Catherine Oertel
# Gerry & Cate
## Schatten der Vergangenheit
Roman

Catherine Oertel

# *GERRY & CATE*
## *SCHATTEN DER VERGANGENHEIT*

Roman

*Bibliografische Information der Deutschen National-bibliothek:*
*Die Deutsche Nationalbibliothek verzeichnet diese Publikation in der Deutschen Nationalbibliografie; detaillierte bibliografische Daten sind im Internet über http://dnb.dnb.de abrufbar.*

TWENTYSIX – Der Self-Publishing-Verlag
Eine Kooperation zwischen der Verlagsgruppe Ranom House und BoD – Books on Demand

1. Auflage 2016
© 2016 Catherine Oertel

Herstellung und Verlag:
BoD – Books on Demand, Norderstedt

Umschlagbilder: © Catherine Oertel,
© konradbak – Fotolia.com
Umschlaggestaltung: © Catherine Oertel

ISBN: 978-3-740-71238-9

*Gewidmet*

*In Liebe und Verbundenheit meinem Mann Maik -
auf ewig dein!
Unseren Söhnen Steven und Michele
sowie meiner Cousine Nette,
der kleinen Schwester meines Herzens.
In Gedanken werde ich immer bei euch sein,
so wie ihr in meinem Herzen seid.*

*Eure Catherine*

# PROLOG

*Scottish Marches*

Es war ein fahler, kühler Morgen, grau in grau und doch so typisch für England um diese Jahreszeit. Kaum ein Lichtstrahl fiel in die kleine Zelle, in der Gerard McGregor seit Monaten eingekerkert war. Reglos stand er, die Gitterstäbe mit beiden Händen fest umklammernd, vor dem geöffneten Fenster und versuchte durch die undurchdringliche Nebelwand einen Blick auf den Himmel zu erhaschen. Resigniert schloss er die Augen, atmete tief die kühle frische Meeresluft, die in den Raum strömte, ein und lauschte den entfernten Schreien der Möwen, die trotz des dichten Nebels unbeirrt über den Küstenstreifen flogen.

Mit einem lauten Ruck öffnete sich der Schieber an der Tür.

»He, 537, komm in die Hufe«, herrschte ihn die energische Stimme eines ihm unbekannten Wachmanns dröhnend an, während er ein Tablett bestückt mit einem Pott Tee und zwei Scheiben Marmeladentoast zu ihm hinein schob.

Er beeilte sich, dem Befehl Folge zu leisten, bevor der Wachmann ungeduldig wurde und das Tablett einfach zu Boden fallen ließ. Was öfter vorkam, wenn Ersatzmannschaften Dienst taten.

»Sieh zu, dass du fertig wirst, es wurde Besuch für dich angemeldet«, bellte der Mann ihn an.

Besuch? Gerry unterdrückte den Impuls, vor Überraschung eine Augenbraue etwas nach oben zu ziehen. Äußerlich ruhig und scheinbar emotionslos nahm er das Tablett entgegen, doch innerlich versetzte ihn die Nachricht in helle Aufregung.

Geräuschvoll schloss sich die Luke. Und ließ ihn mit seinen Gedanken und einem kleinen Funken aufkeimender Hoffnung in seinem Herzen zurück.

Besuch? Für mich? Ausgeschlossen, völlig unmöglich. Der Wachmann musste sich irren.

In all den Monaten, in denen er hier eingesperrt war, wurde nie Besuch für ihn angemeldet. Wie auch, niemand wusste, dass er hier war. Es gab keine Anklage, keinen Prozess, keine Verurteilung. Im Grunde genommen existierte er gar nicht mehr für die Welt da draußen. Und außer für seinen Todfeind, Charles Smith, einen intriganten korrupten Agenten des MI6, welcher ihn Tag für Tag aufs Neue verhörte und quälte, hatte er nicht einmal mehr einen Namen. Mit seiner Einquartierung hier wurde die Nummer, welche auf seiner Kleidung aufgestickt war, zu seiner Identität. Er war jetzt Häftling 537. Und nicht mehr Gerard McGregor, ehemaliger Mitarbeiter des MI6.

Das Tablett auf seinen Oberschenkeln balancierend, setzte er sich aufs Bett und begann zu essen.

Es musste Sonntag sein, sinnierte er, denn sonntags gab es Toast, unter der Woche Porridge. Doch wie dem Haferbrei einige wichtige Zutaten wie Butter, Sahne und Honig fehlten, so hatten die Brote wenig mit einem goldgelb gerösteten Frühstückstoast gemein. Sie waren kalt und zäh wie alte Schuhsohlen. Eine Tatsache, über die geschmacklich nicht einmal der undefinierbare rötliche Aufstrich, mit seiner süßlich klebrigen Konsistenz, hinwegtäuschen konnte. Dennoch quälte er sich die Brote Bissen für Bissen herunter.

Es wurde Besuch für dich angemeldet... hallten die Worte des Wachmanns in seinem Kopf nach.

Besuch... Besuch... frohlockte es in ihm und ließ sein Herz schneller schlagen.

Freu dich nicht zu früh, das kann alles bedeuten. Du weißt nicht »Wer« zu dir kommt.

Freund oder Feind.

Ja, Wer...?, grübelte er. Und wieso gerade heute? An einem Sonntag! Wie hoch musste dieser geheimnisvolle Besucher gestellt sein, dass man ihm an einem Sonntag den Zutritt gestattete?

Oder war das alles nur wieder ein Trick?

Eine neue Art, ihn zu quälen?

Die Hoffnung zu schüren, um ihn später zu verhöhnen, weil er so dumm war zu glauben, er würde tatsächlich Besuch bekommen?

Er hatte alles verloren, alles was ihm je etwas bedeutet hatte. Seine Freiheit, sein Glück, seine Freunde, seine Familie und die Frau, die er über alles liebte. Nichts war ihm geblieben, nichts als ein kleiner Funken Hoffnung, tief in seinem Herzen vergraben, der ihn am Leben hielt.

Von einer plötzlichen Unruhe getrieben, erhob er sich, stellte das Tablett achtlos auf dem Bett ab und ging die wenigen Schritte zum Fenster zurück.

Die Nebelschwaden waren nach wie vor undurchdringlich. Dennoch versuchte er mit zusammengekniffenen Augen, einen Blick auf den asphaltierten Innenhof unter ihm zu erhaschen. Er wusste, es gab keinen anderen Zugang zu diesem speziellen Gebäudeteil, alle

Besucher, die hier rein wollten, mussten zwangsläufig früher oder später den Hof überqueren. Doch außer der grau in grau vor sich hin wabernden Nebelsuppe ließ sich beim besten Willen nichts erkennen.

»Verdammt«, quetschte er zwischen zusammengebissenen Zähnen hervor.

Hatte sich denn alles gegen ihn verschworen?

Wie zur Antwort vernahm er aus weiter Ferne das Blöken von Schafen durch den Nebel hallen.

»Ja... blökt ihr nur. Das ist alles, was ihr könnt und nicht gerade sehr konstruktiv«, fügte er laut hinzu.

Für ihn waren sie nur Geister, gestaltlose Wesen, deren Stimmen Tag für Tag zu ihm herüberwehten. Sie grasten irgendwo auf den Wiesen entlang der Küste, doch da sein Fenster zum Innenhof lag, würde er sie nie zu Gesicht bekommen. Genauso wenig wie der Nebel sich in den nächsten Stunden lichten würde. Trotzdem blieb er eisern, mit einer Hand ans Mauerwerk gestützt, am Fenster stehen und blickte starr geradeaus in die Wolkenwand.

Nach einiger Zeit begannen seine Gedanken abzudriften, die Welt um ihn herum versank, er zog sich mehr und mehr in sich selbst zurück. Sein Herzschlag verlangsamte sich, er wurde ruhig und schließlich ging, wie schon viele Male zuvor, sein Geist auf Wanderschaft, durchstreifte seine Erinnerungen auf der endlosen Suche nach Erkenntnis.

# 1

Es gab einst eine Zeit, da lag die Welt ihm zu Füßen und er hatte eine überaus glänzende Zukunft vor sich. Doch dann... dann kam alles anders.

Thomes starb!

Thomes... der Name klang in seinem Herzen nach, weckte Erinnerungen und ließ ihn den Schmerz aufs Neue fühlen.

Die Bindung zwischen ihm und seinem Patenonkel war von jeher etwas ganz Besonderes. Obwohl nicht blutsverwandt, gehörte Thomes zur Familie. Ein Fakt, an dem es nichts zu rütteln gab.

Thomes war für ihn wie ein älterer Bruder, er war immer für ihn da, und als seine Eltern bei einem Autounfall ums Leben kamen, nahm er ihn bei sich auf und zog ihn groß.

Kein leichtes Unterfangen für einen Mann wie Thomes Jones. Eingefleischter Junggeselle und beruflich sehr eingebunden.

Sein Job beim MI6 bestimmte sein gesamtes Leben. Von 365 Tagen im Jahr nächtigte er mit viel Glück gerade einmal 30 Tage in seinem Londoner Zwei-Zimmer-Apartment. Die restliche Zeit war er im Außendienst unterwegs. Und doch erklärte er sich ohne zu zögern bereit, den zwölfjährigen Teenager bei sich aufzunehmen und für ihn sein bisheriges Leben komplett umzukrempeln.

Warum? - Eine berechtigte Frage, wie Gerry meinte. Die Antwort, die Thomes ihm gab, war ebenso ehrlich wie einfach: »Weil wir eine Familie sind und ich deine Mutter sehr geliebt habe.«

Ja... so war es immer gewesen, Thomes liebte Flora, doch als sie Marc kennen lernte und sich in ihn verliebte, gab er sie frei und ging nach London, um ihrem Glück nicht im Wege zu stehen. Doch Flora vermisste Thomes, sie war nicht bereit, ihren Freund aus Kindertagen einfach so gehen zu lassen, und so wurde aus einer Jugendliebe eine unzertrennliche Freundschaft.

Gerry hatte seine Eltern verloren, Thomes seine besten Freunde und so schweißten der Schmerz und die Trauer sie zusammen.

Thomes nutzte sein außergewöhnliches Organisationstalent. Innerhalb weniger Tage kaufte er eine neue Wohnung, organisierte Gerrys Umzug, meldete ihn auf einer guten Schule an, stellte eine Haushälterin ein und schaffte es, seine jobmäßigen Aktivitäten so zu legen, dass er die meiste Zeit des Jahres bei Gerry verbringen konnte.

Im Laufe der Jahre wuchsen sie immer mehr zusammen. Sie waren nicht einfach nur Freunde, sie waren Gefährten, die gemeinsam durchs Leben gingen. Thomes war in vielen Bereichen sein Lehrmeister und er sein gelehriger Schüler. Er sah zu ihm auf und schließlich, nach langer harter Ausbildung, trat er in Thomes' Fußstapfen und wurde sein Partner beim MI6.

Mit 33 Jahren hatte er es geschafft, er war auf dem Höhepunkt seiner Karriere angekommen. Fast zehn Jahre lang hatte er äußerst erfolgreich mit Thomes zusammengearbeitet. Als Team waren sie unschlagbar. Ein bisschen verrückt vielleicht, aber das gehörte dazu. Der Job trieb sie mitunter an ihre Grenzen, dafür blieben privat keine Wünsche unerfüllt. Ob Frauen, schnelle Autos oder Geld, sie hatten alles. Alles was das Leben lebenswert machte, und sie genossen es in vollen Zügen.

Doch dann geschah das Unfassbare.

Thomes starb und seine kleine perfekte Welt hörte von einem Moment zum anderen auf zu existieren. Auf einmal war sie nicht mehr nur schwarz und weiß, gut oder böse.

Nein... sie war schlecht und korrupt durch und durch, denn Thomes' Tod war kein Unfall, auch wenn die aus der Chefetage es so hinzustellen versuchten.

Es war Mord, eiskalt geplanter und präzise ausgeführter Mord.

Er war dabei, er musste es wissen.

Die Erinnerungen an jenen Sommertag Anfang Juli hatten sich unauslöschbar in sein Gedächtnis eingebrannt.

Thomes und er hatten ein paar Tage frei und wie immer an solchen Tagen genossen sie ihr spätes Frühstück gegen Mittag auf der sonnenüberfluteten Dachterrasse ihrer Londoner Wohnung. Verborgen hinter hohen Natursteinmauern, verziert mit gotischen Mauer- und Säulenelementen, bewacht von Gargoyle- und anderen Tierstatuen, die ihren Vorbildern in der Westminster-Abey in nichts nachstanden, erinnerte dieses Kleinod an eine gut erhaltene Ruine einer gotischen Kirche.

Dieser Eindruck wurde durch den angedeuteten Kreuzgang und die verzierten Säulen noch verstärkt, nur das Dach fehlte. Dafür sorgten eine ausgeklügelte

Bepflanzung und gut durchdachte Licht-Highlights dafür, die Besonderheit dieses Ortes ins rechte Licht zu rücken.

Der Duft von frisch gebrühtem Kaffee lag in der Luft, während sie sich gesättigt in den bequemen Stühlen zurücklehnten. Gerry liebte diese Momente der Zweisamkeit. In denen man nichts weiter vernahm, als das leise Rascheln der Zeitung beim Umblättern, ab und an das Klappern der Kaffeetasse, wenn einer von ihnen sie etwas unachtsam auf dem Tisch abstellte, während er mit den Augen noch die Zeilen überflog, sowie das gleich bleibende Wispern der sich leicht im Wind wiegenden Pflanzen.

Das äußerst penetrante Läuten des Telefons riss sie abrupt aus ihrer Idylle der Ruhe. Bereits als es klingelte, wusste Gerry, es war ein Fehler dranzugehen, deshalb beeilte er sich nicht das Gespräch anzunehmen, obwohl das Telefon genau neben ihm lag. Sie hatten frei und darüber hinaus am Abend eine äußerst reizvolle Dinnerverabredung mit den rothaarigen Zwillingen von nebenan.

Nach dem achten Klingeln hob er endlich ab, aber nur weil Thomes ihn, mit einem äußerst bösen Blick, dazu nötigte.

Es war Smith, der anrief, um sie für einen Spezialauftrag zu rekrutieren. Kein dienstlicher Befehl, nicht direkt zumindest. Obwohl sie unter der Leitung und Schirmherrschaft des MI6 standen, war es doch eher ein Auftrag außer der Reihe. Manchmal nahmen sie solche Aufträge an, sie waren immer auf freiwilliger Basis und wurden überaus gut bezahlt. Er stellte auf laut, damit Thomes das Gespräch mithören konnte.

»Ich brauch Ersatz für Frankie, ihn und seinen Partner hat man gerade mit Verdacht auf Lebensmittelvergiftung ins Krankenhaus gebracht. Sein komplettes Team steht bereit, ich möchte sie ungern allein los schicken.« Es folgten unwichtige Details, mit denen Smith versuchte, ihnen die Sache schmackhaft zu machen. Als er seine Ausführungen beendet hatte, nickte Thomes zustimmend, überließ aber wie immer ihm die endgültige Entscheidung.

Er hätte ablehnen sollen, alles in ihm schrie »Nein!« Doch er hörte nicht auf seine innere Stimme, auf sein Bauchgefühl, das ihn warnte.

Er schob es auf seine Libido, der es nach den attraktiven Frauen dürstete. Lange schlanke Beine, wallende Haarmähnen sowie große, feste Brüste. Und das alles im Doppelpack. Abende mit den Zwillingen endeten niemals langweilig, nicht zuletzt, weil er nie sagen konnte, ob er nun mit Chantal und/oder Charisma im Bett landete. Welcher Mann würde da nicht schwach werden?

Doch das war der falsche Grund um abzulehnen, wenn auch ein sehr verlockender.

»Kommt schon, Männer, lasst mich nicht hängen. Das ist für euch doch nur ein kleiner Routineauftrag, nichts Außergewöhnliches. Rein, raus, sauber und schnell. Geplante Einsatzdauer läppische fünf Stunden. Na los, rappelt euch auf. Was versäumt ihr schon in den fünf Stunden, die Nachmittagssonne? Ich biete euch ein einmaliges Ausflugsprogramm, kleiner Rundflug mit Landpartie und dazu eine super Bezahlung. Was gibt es da zu überlegen?«

Smith wusste genau, wie er sie köderte. Die Entscheidung war gefallen. Sie konnten den Auftrag erledigen und brauchten nicht einmal ihre Pläne für den Abend zu ändern.

Die genauen Einzelheiten erfuhren sie am Hangar. Smith hatte Recht, die Aufgabe war einfach, der Plan simpel. Mit dem Team hatten sie schon öfter zusammen gearbeitet. Man kannte sich, die Stärken und Schwächen jedes Einzelnen, allesamt gute Kämpfer, auf die hundert Prozent Verlass war. Und doch wollte die warnende Stimme in seinem Hinterkopf einfach nicht verstummen.

»Was ist los?« Thomas legte ihm eine Hand auf die Schulter. »Trauerst du deinem entgangenen Nachmittagsschläfchen nach?«

»Ach, ich weiß auch nicht. Ich werde das Gefühl nicht los, dass an der ganzen Sache was faul ist. Vielleicht liegt es an Smith, ich trau ihm nicht. Wenn er was will, dann schleimt er einen voll bis man einwilligt, doch er ist...«

»...eine linke Bazille?«, vollendete Thomes seinen Satz.

»Ja das auch«, Gerry lachte verhalten. »Und ein Wadenbeißer. Kaum dreht man ihm den Rücken zu, dann beißt er dich gnadenlos ins Bein. Nein, im Ernst, er ist falsch wie eine Schlange. Wieso hat er nicht früher erwähnt, dass er ganz allein die Einsatzüberwachung übernimmt? Das ist komplett gegen die Regeln.«

»Regeln? Seit wann kümmerst du dich um Regeln? Komm lass das Grübeln, wird schon schief gehen, wie immer. Und hör endlich auf mit deinen Fingerknöcheln zu knacken, du machst die anderen nervös.«

»Es geht los«, schallte der Ruf eines Teammitglieds zu ihnen herüber.

Sie griffen ihre Sachen und liefen zum Helikopter hinüber.

Anfangs verlief alles nach Plan, der Hinflug, der Absprung. Sie betraten das private Anwesen, schalteten lautlos mehrere Wachen aus und holten aus dem Tresor die SD-Karten auf denen wer weiß was für Dokumente und Dateien gespeichert waren, die die nationale Sicherheit bedrohten. Lautlos wie sie kamen, verschwanden sie auch wieder.

Auftrag erledigt!

Doch dann ganz plötzlich begann Charles Smith vom Plan abzuweichen. Scheinbar nach Lust und Laune, verlegte er Zeitpunkt und Ort, an denen die Helikopter sie wieder an Bord nehmen sollten. Bereits da hätte er stutzig werden müssen. Sicher, das konnte passieren, einmal, doch gleich mehrmals hintereinander?

Niemals!

Es war seltsam, wie zielsicher Smith sie immer wieder per Funkspruch mit geänderten Koordinaten versorgte, kaum dass sie im Begriff waren, ihren Treffpunkt zu erreichen. Er schickte sie kreuz und quer von A nach B, bis sie schließlich völlig entkräftet in einem verlassenen und völlig heruntergekommen Stadtteil, weit entfernt von ihrem eigentlichen Einsatzort, ankamen.

Laut Smith lag ihr ach so sicherer Abholtreffpunkt genau in der Mitte des ehemaligen Marktplatzes. Dort sollten sie Stellung beziehen und auf weitere Instruktionen warten.

Schon beim Betreten des Platzes zog sich Gerry krampfhaft der Magen zusammen. Sie waren umgeben von mehrstöckigen Häusern, die ideale Verstecke für Heckenschützen abgaben. Ihnen selbst bot sich hingegen nicht der geringste Schutz. Alles in ihm schrie: Gefahr, pass auf, kehr um. Aber der Befehl war nun einmal eindeutig und dennoch war es reiner Selbstmord, sich dieser Gefahr auszusetzen. Er tauschte einen viel sagenden Blick mit Thomes und sah in seinen Augen dieselben Zweifel. Mit den Fingern gaben sie sich Handzeichen, dann rückten sie langsam, die Fensterfronten der Häuser fest im Blick behaltend, vor. Seine Nackenhaare richteten sich auf. Er konnte die Gefahr mit jedem einzelnen Muskel seines Körpers spüren.

Plötzlich brach die Hölle los, als das Sperrfeuer auf sie eröffnet wurde. Kugeln flogen um sie herum, instinktiv erwiderten sie das Feuer. Männer stöhnten zu Tode getroffen auf, Befehle wurden geschrien. Von den Helikoptern fehlte jede Spur, die angekündigte Rückendeckung viel damit ins Wasser. Spätestens zu diesem Zeitpunkt war er nicht mehr bereit, an Zufälle zu glauben. Man hatte sie verraten und verkauft.

Der Funker schrie sich die Seele aus dem Leib, er versuchte sämtliche Frequenzen; aber Charles Smith, ihr einziger Kontakt zur Außenwelt, war nicht mehr erreichbar.

So gut es ging, gaben sie sich gegenseitig Deckung, doch schnell wurde klar, sie hatten nicht die geringste Chance. Mit einem Satz warf Thomes sich auf ihn und fing mit seinem Körper die Kugeln ab, die für ihn bestimmt waren.

Noch heute glaubte er in seinen Alpträumen Thomes Finger zu spüren, die sich in seine Schulter krallten, während sie gemeinsam zu Boden stürzten. Er spürte den harten Aufprall auf dem Asphalt, der ihm für einen kurzen Moment die Luft raubte. Thomes lag über ihm und drückte ihn mit aller Kraft zu Boden, während er ihn eindringlich beschwor: »Bleib liegen Junge. Fuck, mich hat's erwischt. Scheiß Hinterhalt, es gibt keine Deckung, die knallen uns einen nach dem anderen ab. Die halbe Truppe hat es schon erwischt. Am besten, du stellst dich einfach tot. Okay?«

»Vergiss es. Scheiße... Thomes, im Ernst, dass kannst du nicht von mir verlangen und jetzt geh von mir runter, damit...«

»Schnauze, das kann ich und das werde ich. Du musst überleben, hörst du, egal was passiert, du musst das hier überleben. Lass das Schwein, das uns verraten hat, bluten.«

»Wir werden ihn gemeinsam bluten lassen.«

»Elender Sturkopf. Wir wissen beide, wie das hier endet. Wenn du es schaffst, geh zu Patrick und sag ihm: Ich habe mein Bestes getan, jetzt ist er dran.«

»Nein... Fuck... verdammt noch eins, den Teufel werde ich tun, dass kannst du ihm alles selbst sagen. Ich lass nicht zu, dass du dich für mich opferst. Wir haben es immer geschafft und wir werden es auch diesmal schaffen. Halte durch, Thomes.«

Er versuchte Thomes von sich runter zu schieben, doch sein Arm klemmte samt Waffe zwischen dem Bordstein und Thomes Körper fest.

»Verfluchte Scheiße!«, würgte er wütend hervor.

»Verdammter Dickschädel, wirst du wohl still liegen bleiben.« Thomes hielt ihm mit einer Hand den Mund zu: »Es ist zu spät, Gerard.«

Er nannte ihn nie Gerard, außer die Kacke war höllisch am Dampfen.

»Hörst du? Zu spät, die Kugeln haben – ach - tu einfach, worum ich dich bitte. Dieses eine Mal, auch wenn es dir schwer fällt. Bleib liegen und stell dich tot.« – Ein Hustenanfall unterbrach ihn, Blut floss aus seinen Mundwinkeln, er wischte es seitwärts mit dem Handrücken weg, ehe er fortfuhr: »Ist schon gut, Junge. Alles ist gut.« Eine weitere Salve Gewehrfeuer unterbrach ihn.

Gerry spürte, wie der Körper des Freundes in seinen Armen zuckte, während unzählige Kugeln erneut in sein Fleisch einschlugen. Fühlte wie feuchtwarme Nässe seine Kleidung durchtränkte und wusste instinktiv, dass es nicht sein Blut war.

Er wollte laut aufschreien: »Nein...«

Doch es kamen nur atemlos gestammelte Worte über seine Lippen, während er verzweifelt versuchte, mit seiner freien Hand das Blut in Thomes' Körper zu halten.

»Verdammte Scheiße, Thomes, du alter Hurenbock, wage es ja nicht, zu sterben. Halte durch, Alter, halte durch. Nur noch ein paar Minuten, die Verstärkung muss jeden Moment eintreffen.«

»Mir ist so kalt, Gerry!«

Thomes' Kopf kippte nach vorn, Gerry fühlte den rasselnden schweren Atem an seinem Hals und hörte die kaum wahrnehmbaren geflüsterten Worte direkt an seinem Ohr: »Wenn es vorbei ist, dann bring mich nach Hause, Gerry - bring mich nach Hause - in die Highlands.«

Das Rasseln ging in ein Gluckern über, gefolgt von einem kurzen unterdrückten Husten. Ein Schwall warmen klebrigen Blutes ergoss sich über Gerrys Wange und lief an seinem Hals herab, während Thomes versuchte weiter zu sprechen.

»Pst... nicht reden, Thomes, schon deine Kräfte, wir gehen beide nach Hause, ich verspreche es dir. Du musst nur noch ein bisschen durchhalten. Okay?«

»Durfte es dir nicht sagen«, stammelte Thomes. Er sprach nur noch in abgehackten Silben, immer wieder musste er sich unterbrechen um zu Atem zu kommen.

»All die Jahre - gab mein Wort – habe geschwiegen – Patrick kann es bezeugen – war oft nicht leicht – doch nun – kann die Wahrheit nicht mit ins Grab nehmen - hab dich immer geliebt – vom ersten Moment, als du in meinen Armen lagst - so stolz auf dich – so stolz - mein Sohn, mein...«

Thomes konnte den Satz nicht mehr beenden, allem Anschein nach war er ohnmächtig geworden. Sein Körper lag reglos auf Gerry und fühlte sich von Minute zu Minute schwerer an. Gerrys Finger krallten sich in Thomes' Schulter: »Was meinst du? Wovon redest du? Nein... nein... tu mir das nicht an, bitte, Thomes, halt durch. Halte durch.«

Scheiße, Scheiße, ich muss was tun!

Thomes redete wirres Zeug.

<Patrick kann es bezeugen! Habe geschwiegen – all die Jahre!>

Das ergab keinen Sinn.

Oh Gott, er phantasierte bereits, das war kein gutes Zeichen.

Wird er doch sterben? Jetzt in diesem Moment? Nein... nein... Panik breitete sich in ihm aus, es fühlte sich an wie eine wogende Welle, die sich über ihn legte, ihm die Luftzufuhr abdrückte und verschluckte. Alles um ihn herum begann sich zu drehen. Er lag immer noch auf dem Rücken, und trotzdem hatte er das Gefühl zu fallen. Er fiel weiter und weiter, in ein bodenloses Etwas, bis er schließlich voller Verzweiflung die Augen schloss.

Als er sie wieder öffnete, schien die Zeit still zu stehen, so als würde die Welt für einen Moment den Atem anhalten. Um ihn herum war nichts als Stille, während er starr geradeaus in den wolkenlosen Himmel blickte. Erst als Rauchbomben dicht neben ihm aufschlugen, riss ihn das in die Wirklichkeit zurück und er nahm den Kampflärm um sich herum wieder bewusst wahr.

Der Rauch verteilte sich rasend schnell, biss in seine Augen und ließ ihn zusehends schwerer atmen.

Wie lange noch?, ging es ihm durch den Kopf.

Noch drei – vier Minuten, ehe er das Bewusstsein verlor?

Und was dann?

Sollte das das Ende sein?

Nach allem was sie zusammen erlebt hatten, sollte er nun kampflos hier liegen bleiben und darauf warten, dass sie wie räudige Kojoten aus ihren Löchern gekrochen kamen, um sie einen nach dem anderen abzuknallen?

Hatte Thomes Recht?

War aufzugeben und zu hoffen, sie hielten ihn für tot, der einzige Weg, dem sicheren Ende zu entkommen? Nein... nein... zum Henker.

Er würde nicht aufgeben, niemals.

Thomes brauchte seine Hilfe und er würde ihn niemals im Stich lassen.

Motorenlärm riss ihn aus seinen Gedanken. Was ist das? Ich kenne das Geräusch. Ja... welch himmlischer Ton. Einzigartig und unverwechselbar.

Wie aus weiter Ferne vernahm er das gleichmäßige rotierende Geräusch von Hubschrauberflügeln, das von Sekunde zu Sekunde lauter wurde. Als einer der Helikopter unmittelbar in seiner Nähe zur Landung ansetzte, wurden die Rauchwolken von dem starken Windzug der Rotoren davon geblasen.

Gerettet...

»Thomes die Kavallerie ist da.« schrie er, um den ohrenbetäubenden Lärm zu übertönen. »Hörst du? Unsere Jungs sind da. Sie holen uns hier raus.«

Schritte näherten sich.

Kräftige Arme packten zu, zogen Thomes von ihm herunter und ließen ihn im selben Moment wie ein Stück Abfall am Straßenrand fallen.

Er wollte sie anschreien, seid vorsichtig, der Mann ist verletzt, er braucht einen Arzt, doch seine Worte blieben ihm im Hals stecken, als er in Thomes Antlitz blickte. Weit geöffnete Augen, aus denen das Licht und der Glanz für immer verschwunden waren, starrten ihn leer an.

»Neeeein...« Wie ein zu Tode verwundetes Tier schrie er auf und kauerte sich neben ihn.

Als der erste Schock nachließ, fuhr er mit zitternder Hand behutsam über Thomes' Gesicht und schloss ihm die Augenlider. Seine Haut fühlte sich immer noch warm und weich an; wären da nicht das ganze Blut und der Staub gewesen, die seine edlen Gesichtszüge überdeckten, man hätte fast glauben können, er würde nur schlafen.

Befehle wurden geschrien: »Los... los, nur die Überlebenden, beeilt euch, die Jäger sind unterwegs.«

Hände packten ihn grob von hinten, man versuchte ihn in Richtung Helikopter zu zerren. Verzweifelt krallten sich seine Finger in Thomes' Weste fest, was zur Folge hatte, dass er ihn mit sich schleifte, während er immer und immer wieder vor sich hin murmelte: »Muss Thomes nach Hause bringen. Nach Hause in die Highlands.«

Man schrie ihn an, er solle los lassen, doch er wehrte sich, ohne Thomes würde er nicht gehen. Erst als einer der Männer mit zupackte und sich Thomes über die Schulter warf, folgte er ihnen. Wenig später sprang er in den Helikopter. Er blieb am Boden sitzen und nahm den toten Freund fest in seine Arme.

Der Hubschrauber hob ab, keine Minute zu früh. Die Jäger waren da, sie warfen ihre tödliche Last ab und verwandelten alles unter ihnen in ein gigantisches Flammenmeer.

Als sie Stunden später im Hauptquartier ankamen, brachte man ihn und den kleinen Rest Überlebender ins Lazarett. Ohne ihren Funker, dem es gelang, einen Kontakt zu den Helikopterpiloten herzustellen, wären sie alle tot.

Seine Verletzungen hielten sich in Grenzen. Ein glatter Durchschuss, mehrere Streifschüsse, ein paar Blutergüsse und Abschürfungen. Er hatte Glück, unverschämtes Glück.

Von seinen Kameraden überlebten nur zwei die nächsten Tage. Aber das erfuhr er erst viel später, zunächst wurde er in einem Einzelzimmer mit vergitterten Fenstern untergebracht. Eine Art Sicherheitsverwahrung, auch wenn man es offiziell nie so nennen würde. Er kannte die Prozedur, die nun folgte, zur Genüge. Sie befragten ihn, schrieben ihre Protokolle und schließlich ließ man ihn gehen. Bis zur endgültigen Aufklärung des Falls war er beurlaubt. Es war ihm Recht, schließlich hatte er noch einen schweren Gang vor sich, er musste Thomes zu Grabe tragen.

## 2

Über den Tod spricht man nicht! Und wenn, dann nur sehr verhalten.

Etwas, was Gerry nie so recht verstand. Der Tod gehörte zum Leben, das hatte er schon sehr früh lernen müssen und er fand es beruhigend zu wissen, was mit ihm geschah, wenn er einst diese schöne Welt verlassen musste. Deshalb und wegen ihres außergewöhnlichen Jobs, hatten Thomes und er bereits vor Jahren ihre Angelegenheiten geregelt. Ob Patientenverfügung, Vormundschaft, Erbe: Sie waren für alle Eventualitäten gewappnet. Es war ein Pakt, der auf Ehre und Freundschaft beruhte und mit Hilfe ihres Anwalts, William O'Donnel, besiegelt wurde.

Dank dieser weisen Voraussicht, setzte sich mit Eintritt des bestätigten Todesfalls eine Maschinerie in Gang, die es dem Hinterbliebenen leicht machte, die Angelegenheiten des Verstorbenen in seinem Sinne zu regeln.

Daher fand Gerry, als er endlich, seit jenem verhängnisvollen Tag, ihre gemeinsame Wohnung wieder betrat, bereits alle nötigen Papiere, die Thomes Nachlass und die Überführung seiner sterblichen Hülle nach Schottland regelten, in seiner Post vor. Das einzige, was ihm zu tun blieb, war mit den Papieren Thomes' Leichnam beim zuständigen Pathologen freigeben zu lassen. Um alles Weitere würde sich ein renommiertes Bestattungsinstitut kümmern.

Soweit der Plan! - Doch wieder trieb ein Unbekannter sein perverses Spiel mit ihm.

Es war einer dieser heißen Julitage. Die Mittagssonne platzte mit voller Wucht auf den asphaltierten Parkplatz. Die Luft war stickig und roch stark nach Teer, als Gerry das Auto auf dem Hof des Hauptquartiers des britischen Geheimdienstes abstellte und herüber zum Seiteneingang des mehrstöckigen Nebengebäudes ging, in welchem sich die forensisch medizinische Abteilung befand.

Hierher brachte man alle Mitarbeiter, die während des Dienstes verstarben. Er kannte den Weg, er war ihn schon oft gegangen, doch niemals zuvor ging er ihm so an die Nieren wie heute.

Er würde Thomes wiedersehen.

Dieser Fakt löste eine Kettenreaktion an Emotionen aus. Das ging von rasender Wut bis hin zu tiefer Verzweiflung, entlud sich in absoluter Hilflosigkeit, und endete schließlich damit, dass er sich nach einer schlaflos durchwanderten Nacht zweimal übergeben musste, bevor er das Haus überhaupt verlassen konnte.

Er rauchte eine Zigarette nach der anderen, um sein Nervenkostüm zu beruhigen. Doch er wusste beim besten Willen nicht, ob er den Anblick, Thomes auf der kalten metallenen Bahre, die sich aus dem Kühlfach schob, liegen zu sehen, überhaupt ertragen konnte, ohne endgültig vor Trauer und Schmerz zusammenzubrechen.

Er war nicht er selbst, als er abwesend dem unsichtbaren, sich dahin schlängelnden Parcours mitten durch die Ansammlung notdürftig ausgebesserter Schlaglöcher folgte.

Er war gereizt und angespannt. Wie ferngesteuert wichen seine Füße den von der Sonne aufgeweichten Teerklumpen aus, während eine Stimme in seinem Kopf ihn mahnte: - Reiß dich zusammen Mann, du kannst das, die Gefühle ausschalten und professionell den Job erledigen. – Ja, er konnte das, doch Thomes war kein Job.

Noch ein letzter tiefer Atemzug aus der Zigarette in seiner Hand, dann schnippte er mit den Fingern die Kippe fort. Mit versteinerter Miene betrat er schließlich das Gebäude.

Äußerlich völlig gefasst und ruhig, doch innerlich fühlte er sich wie ein Vulkan, der kurz vor dem Ausbruch stand.

Wie immer nahm er den Lastenfahrstuhl, um ins Kellergeschoss zu gelangen. Das flackernde kalte Licht der Neonleuchten ignorierend, folgte er dem kahlen, fensterlosen Flur bis zum Ende. Vor den beiden Flügeltüren mit der Aufschrift Pathologie blieb er kurz stehen und drückte zweimal auf den sich an der Wand befindenden Klingelknopf. Während er auf das Öffnen der Türen wartete, zog er aus dem Kuvert in seiner Hand die erforderlichen Papiere heraus.

Ein kurzes Schnarren ertönte, gleichzeitig schwangen die beiden Flügeltüren einladend nach innen auf. Der typische Geruch nach Formaldehyd und Desinfektionsmitteln, der dem Gemäuer anhaftete, schlug ihm entgegen und nahm ihm fast den Atem.

Egal wie oft er schon hier war, er würde sich nie daran gewöhnen. - Wie hielten die Leute, die hier arbeiteten, das nur aus? - Der penetrante Geruch setzte sich in seinen Haaren, seiner Kleidung und auf seiner Haut fest. Selbst wenn er sich nur wenige Minuten in den Räumlichkeiten aufhielt, überkam ihn das dringende Bedürfnis nach einer ausgiebigen Dusche. Auch wenn er wusste, dass es zwecklos war, denn er würde danach immer noch den Geschmack auf der Zunge haben.

Scheußlich! – Irgendjemand gab ihm den gut gemeinten Rat, sich etwas Lavendelöl unter die Nase zu reiben, um den Geruch zu überdecken. Ein Fehler, den er kein zweites Mal beging. Denn seitdem genügte selbst ein Hauch von Lavendel und seine Gehirnbahnen assoziierten ihm Tod und Verwesung anstelle von Wohlgeruch.

»Guten Tag! Was kann ich für sie tun?«

Ein älterer, ihm bislang unbekannter Pathologe, grauhaarig mit Nickelbrille, in klassischer grüner OP-Kleidung, kurzärmeliger Kasack mit V-Ausschnitt und der dazu gehörenden Hose mit seitlicher Schnürung, sah ihn fragend an.

»Hallo. Hm...« Er räusperte sich. »Ist Scott nicht da?«

»Diese Woche nicht, hat Weiterbildung in Miami. Ich bin Dr. Webber, seine Vertretung, kann ich ihnen vielleicht helfen?«

»Nun ja.« Er überreichte dem Mann die Papiere und erläuterte in kurzen Sätzen sein Anliegen. Und plötzlich war er froh, dass Scott nicht im Dienst war, so ging er unliebsamem Smalltalk aus dem Weg. Der in seinem speziellen Fall, über die Beileidsbekundungen hinaus, sicherlich in einer Debatte über Thomes und sein viel zu früh beendetes Leben geendet hätte.

Das würde er in seinem derzeitigen Zustand nicht überstehen.

In der Beziehung waren Pathologen anscheinend alle gleich, sie redeten viel und gern. Lag bestimmt an ihrer schweigsamen Klientel. Fragen stellte man ihnen am besten kurz und präzise, so dass sie nicht mehrere Antwortmöglichkeiten hatten. Ansonsten fand man sich schnell in einem endlosen Vortrag wieder.

Der ältere Mann vor ihm wendete die Schriftstücke in seinen Händen hin und her. »Tja!«, meinte er schließlich, mit ratlosem Gesichtsausdruck. »Ich befürchte, da haben wir ein kleines Problem.«

»Ein Problem? Was für ein Problem? Ist mit den Papieren etwas nicht in Ordnung?« Aufkommender Ärger und Ungeduld schwangen in Gerrys Stimme mit. Er konnte keine Komplikationen gebrauchen.

»Doch, doch natürlich«, beeilte sich sein Gegenüber ihm zu versichern. »Die Papiere scheinen in Ordnung zu sein.«

»Was dann? Fehlt etwas?«

»Es ist alles da. Nur...«

»Was? Reden sie endlich. Wo ist das Problem, Mann?« Er bemühte sich ruhig und vor allem höflich zu bleiben, er bemühte sich wirklich. Gott allein wusste, wie sehr und was es ihn für Anstrengungen kostete, die aufkeimende Wut zu unterdrücken. Eine Zigarette wäre gut. Die würde seine Nerven beruhigen. Wieso war eigentlich neuerdings überall Rauchverbot? Die Toten würde der Zigarettenrauch bestimmt nicht stören.

»Nun, soweit ich informiert bin, haben wir im Moment keine Klienten hier. Anfang der Woche sind die letzten abgeholt worden. Ich kann mir das überhaupt nicht erklären. Ich meine, anhand dieser Papiere, die wie ich bereits erwähnte, vollkommen in Ordnung sind, da müsste... nun ja... irgendwas schief gelaufen sein...«

Gerrys Geduldsfaden riss: »Was soll das heißen? Wo ist Thomes? Was haben sie mit ihm gemacht?«, polterte er los.

»Nichts! Ich habe gar nichts gemacht.«

»Nichts?« Außer sich vor Wut packte Gerry den vor ihm stehenden Mann an der Gurgel. Seine Nerven lagen blank. Er hatte keine Zeit für Spielchen.

»Rück den Leichnam raus Mann, sonst...«

»Bitte... tun sie mir nichts!«, flehte der Doc erschrocken. »Bitte glauben sie mir doch. Es ist niemand mehr hier.«

»Warum sollte ich?«, knurrte Gerry.

»Weil... es die Wahrheit ist.«

Gerrys Finger legten sich fester um den Hals des Pathologen und drückten erbarmungslos zu, bis sein Gegenüber eingeschüchtert erwiderte: »Warten sie, ich kann es beweisen, ich zeige Ihnen die Akten, es ist alles belegt.«

»Pah, Akten, Papier ist geduldig, ich nicht!«

»Okay! Okay, dann sehen Sie doch selbst in die Kühlkammern, da ist niemand drin. Bitte, sehen Sie, und in der Zwischenzeit such ich die Unterlagen heraus.« Er zeigte zu einem Aktenschrank und als Gerry ihn gehen ließ, stürzte er eilends darauf zu.

»Keine Tricks. Sonst...« Gerry machte eine eindeutige Handbewegung an seinem Hals entlang und zog anschließend das Kabel aus dem Telefon. Vorübergehende Störung! Soll vorkommen.

»Nein, nein, seien Sie unbesorgt. Ich habe nur noch zwei Monate bis zu meiner Pensionierung. Die Firma zahlt mir bei weitem nicht genug, als dass ich mein Leben so kurz vor dem Zieleinlauf aufs Spiel setzen würde.«

Mit leicht zitternden Händen suchte er die entsprechende Akte heraus, während Gerry eine Kühlbox nach der anderen öffnete und wieder verschloss. Sie waren alle leer.

»Da haben wir ihn ja, Thomes Jones, geboren am 5. Mai 1946«, krächzte der Pathologe und sah Gerry dabei fragend an; als dieser nickte, fuhr er fort. »Er ist zusammen mit noch einem anderen Leichnam an ein Bestattungsinstitut der Stadt überstellt worden. Sehen Sie, hier ist die Überstellungsurkunde unterzeichnet von einem Gerard McGregor.« Er hielt ihm das Schriftstück unter die Nase.

»Wie ich bereits sagte, hier geht alles streng nach Vorschrift. Wir haben noch nie einen Klienten verloren.«

»McGregor? Ausgeschlossen. Das ist völlig unmöglich.« Siedend heiße Schauer liefen Gerry den Rücken herunter. Nur mit viel Mühe konnte er seinen Zorn noch zügeln. Pure Mordlust überkam ihn, wenn er daran dachte, dass irgend so ein mieses Schwein es gewagt hatte, sich unter Verwendung seines Namens an Thomes' Leichnam zu vergreifen.

»Haben Sie den Mann gesehen? Können Sie ihn mir beschreiben? Größe, Alter, Gewicht. Denken Sie nach, Mann.«

»Warten Sie, laut Akte war der Abholtag der Mittwoch letzter Woche.« Dr. Webber fuhr sich überlegend mit der Hand über die Stirn und seinen schütteren Haaransatz. »Nun ja, da hatte ich Dienst. Hm... Wie sah der Mann aus? Das ist eine gute Frage. Ehrlich gesagt habe ich gar nicht so darauf geachtet, denn normalerweise liegen meine Patienten in der Waagerechten vor mir auf dem Tisch. Da entwickelt man eine ganz andere Sichtweise.

Der Mittwoch, was war am Mittwoch? Ah ja, Sie haben Glück, ich erinnere mich, an dem Tag war ich mit meiner Frau zum Essen verabredet. Wir wollten in das neue Restaurant in Chelsea und ich kam, wegen dieses Herren, viel zu spät.

Ich weiß noch, wie ich meiner Frau erzählte, dass er gar nicht gesund aussah. Ihm lief der Schweiß nur so über die Stirn und überhaupt machte er einen sehr heruntergekommenen Eindruck. Von der Statur war er ungefähr so groß wie Sie, aber nicht so athletisch gebaut, rein optisch würde ich seine Körpermasse auf das 3-fache von Ihnen schätzen. Kann mich natürlich täuschen, da er einen viel zu engen Anzug trug. Das ist sehr unvorteilhaft, sagt meine Frau und sie hat absolut recht damit. Jedenfalls sah der Anzug aus, als wäre er in der Reinigung zu heiß gewaschen worden. Wenn Sie verstehen, was ich meine.«

Der Doc meinte es gut, aber dennoch war seine Aussage viel zu allgemein. Es gab wahrscheinlich tausende Männer, auf die solch eine Beschreibung zutraf und die gerade in Londons Straßen unterwegs waren.

»Sonst ist ihnen nichts aufgefallen? Narben, Tätowierungen, Augenfarbe?«

»Auf die Augen habe ich nicht geachtet, wahrscheinlich war ich zu sehr von den fettigen roten Haaren abgelenkt.«

Auf einmal machte es klick in Gerrys Gehirn. Er kannte die wandelnde Presswurst mit den schmierigen roten Haaren. »Smith!« Er spuckte den Namen förmlich aus. »Ich bring ihn um!«

»Nein. Nein. Smith hieß er auf gar keinen Fall.«

»Wenn ich ihnen ein Foto zeige, würden sie den Mann wiedererkennen?«

»Ja, ich denke schon. Dennoch, der Name war McGregor. Da bin ich mir ziemlich sicher. Wir hatten nämlich mal einen McGregor hier als Assistenten, der...«

Fluchend riss Gerry dem Mann die Akte aus der Hand und unterbrach damit seinen Redeschwall: »Geben Sie her!« Er überflog die einzelnen Schriftstücke und begann lautstark zu toben. »Ist das alles, was Sie haben?«

»Ja.«

»Lügen Sie mich nicht an. Die Akte ist zu dünn, wo ist der Rest?«, grollte er.

»Welcher Rest?«

»Ich dachte, Sie hängen an Ihrem Leben.«

»Ich schwöre Ihnen, das ist alles, was wir haben«, antwortete der Pathologe und fuchtelte unterstreichend mit seinen Händen in der Luft herum.

»Wo ist der Autopsiebericht?«

»Es wurde keine Autopsie durchgeführt!«

»Was? Wieso nicht?«

»Weil der Leichnam, als er hier ankam, bereits durch einen Leichenbeschauer freigegeben war. Mit Stempel und Unterschrift. Lesen Sie es selbst«, forderte er Gerry auf. »In den Papieren steht: <Natürliche Todesursache infolge von altersbedingtem Herzversagen> und darunter der Vermerk: <Zur Bestattung

freigegeben.> Daran halten wir uns. Er kommt bis zur Abholung ins Kühlfach und das war's dann.«

»Herzversagen? Er war voller Blut und von Kugeln durchsiebt. Das muss Ihnen doch aufgefallen sein. Selbst ein Blinder würde sehen, dass das kein natürlicher Tod war. Ah, ich versteh schon, Sie sehen nur was Sie sehen sollen, alles streng nach Vorschrift.« Wütend schlug er mit seiner zur Faust geballten Hand gegen die Wand.

»Verdammt.«

Es war alles so zwecklos. Wo er auch hinkam, er rannte gegen Mauern.

»Thomes ist fort«, hämmerte es in seinem Kopf.

»Fort... fort...«

Erst in diesem Moment begriff er die volle Tragweite des Geschehens. Er schluckte schwer und versuchte sich gleichzeitig auf seine Atmung zu konzentrieren, um die aufkommenden Tränen zurückzuhalten. Er konnte es ganz deutlich fühlen, er stand kurz vor einem Zusammenbruch.

»Was haben Sie sich denn von einer Autopsie erwartet?«

»Ich weiß nicht«, antwortete er tonlos. »Irgendetwas, das mich zu Thomes' Mörder führt.« Kraftlos lehnte er sich mit dem Rücken an die Wand, den Kopf tief gesenkt.

»Sie haben den Toten gekannt!« Es war mehr eine Feststellung als eine Frage.

»Ja... er war ein sehr guter Freund und mein Partner!« Die Trauer spiegelte sich überdeutlich in seinem Antlitz wieder.

»Wenn das so ist...« Der Doc ging zum Schreibtisch, öffnete eine der unteren Schubladen und holte eine

Streichholzschachtel heraus. Unschlüssig hielt er sie einen Moment in der Hand, ehe er sie Gerry zuwarf. »...dann habe ich hier was für Sie.«

»Was...« Ungläubig öffnete Gerry die Schachtel und sah auf zwei blutverschmierte Projektile.

»Wie Sie schon sagten, das viele Blut war nicht zu übersehen. Ich mach Dienst nach Vorschrift und stell keine Fragen, um Ärger so kurz vor meiner Pensionierung aus dem Weg zu gehen, aber deshalb bin ich nicht blind. Und zum Leidwesen meiner lieben Frau immer noch sehr neugierig. Sie sagt immer zu mir, eines Tages würde das mein Verderben sein. Ich hoffe nicht.

Was Ihren Freund betrifft, er trug eine schusssichere Weste. Na ja, was soll ich sagen? Das machte mich stutzig. Die Kugeln sind einfach so durch seine Weste hindurch geschlagen, dass hätte nicht passieren dürfen. Aus rein wissenschaftlichem Interesse habe ich mir die Kugeln und ihre Auswirkungen auf den Körper etwas genauer angesehen. Ich erspare Ihnen die Einzelheiten, nur so viel: Ihr Freund hatte Null Überlebenschancen.

Was die zwei Projektile angeht. Das ist nicht gerade mein Fachgebiet, aber wenn ich Ihnen einen guten Rat geben darf. Das scheint mir ganz spezielle Munition zu sein, die gibt es bestimmt nicht an jeder Straßenecke. Sie sollten vorsichtig sein, wem Sie die zeigen, in manchen Kreisen könnte allein die Tatsache, dass Sie Kenntnis davon haben, tödlich sein.«

»Danke!«

»Wofür..?«

»Ich verstehe. Trotzdem, danke! Und wegen vorhin, ich habe Sie grob angefasst, es tut mir leid! Ich bin sonst nicht so, es ist nur wegen Thomes. Ich...« Fast verlegen brach er ab.

»Ist schon gut, habe es längst vergessen. Ich hoffe Sie finden Ihren Freund.«

»Ich auch!« Gerry räusperte sich und kehrte zu seinem geschäftsmäßigen Tonfall zurück. »Gibt es Kopien von der Akte?«

»Nein, bisher nicht. Scott sagte ich könnte die Akten liegen lassen. Er digitalisiert sie dann, wenn er zurück ist.«

»Gut!« Gerry nickte dem Mann kurz zu, dann drehte er sich um und stürmte mitsamt Akte davon.

»He... he Sie da, das können Sie nicht machen, das ist Eigentum der Regierung. Hören Sie, kommen Sie zurück.« Achselzuckend wendete sich Dr. Webber seinem Schreibtisch zu und während sein Blick an dem Foto seiner Frau hängen blieb, murmelte er vor sich hin: »Ich hab's versucht, doch ich bin ein alter Mann, er war einfach nicht aufzuhalten.«

Dr. Webber sollte Recht behalten. Im System ging nichts verloren und so folgte Gerry den spärlichen Spuren, die ihn schließlich zwei Tage später zu einem Friedhof weit außerhalb der Stadt führten.

Es war ein schwerer Gang für ihn, er fühlte sich schuldig, nicht nur weil er zu spät kam, um seinem Oheim die letzte Ehre zu erweisen. Viel schwerer wog die Tatsache, dass er sein Versprechen nicht einlösen konnte.

# 3

Tief in Gedanken versunken ging McGregor durch die Reihen reich bepflanzter Gräber. Vorbei an einer Schwadron aus Grabsteinen und Engeln, die in wallenden Gewändern kniend, stehend oder liegend die Ruhestätten bewachten. Große alte Bäume breiteten ihre Kronen über dem gesamten Areal aus. Sie waren wie riesige Schirme, die das grelle Sonnenlicht filterten, es fern hielten von dieser Stätte der Ruhe und Einsamkeit.

Je weiter er ging, umso verwahrloster erschienen ihm die Gräber. Ein paar Quergänge weiter befand er sich im ältesten Teil der Anlage. Hier gab es kaum noch eine pflegende Hand, die den üppig wachsenden Pflanzen Einhalt gebot. Keltische Kreuze, von Moosen und Efeu überzogen, ragten aus dem wuchernden Unterholz hervor. Selbst die Wege waren in diesem Teil des Friedhofs arg vernachlässigt. Efeuranken schlängelten sich von den Seiten zur Mitte hin. Wenn man ihnen nicht bald Einhalt gebot, würden sie den gesamten Weg überdecken.

Zweifelnd blieb er stehen und sah auf den kopierten Friedhofsplan in seiner Hand. Ein freundlicher Mitarbeiter der Friedhofsverwaltung hatte ihm die Nummer von Thomes' Grabstätte darauf notiert und die Wegbeschreibung mit einem roten Marker eingezeichnet.
Die Parzelle, die er suchte, lag in einem erst kürzlich neu angelegten Teil. Auf dem Plan sah er deutlich die Friedhofsmauer, die sich zu seiner Rechten befand.

Irgendwo hier musste der Durchgang sein, welcher ihm den Weg zur anderen Seite ermöglichte.

Etwa zweihundert Schritte weiter fand er endlich, was er gesucht hatte, gut versteckt zwischen alten Familiengrüften und hoch gewachsenen Zypressen. Das schmiedeeiserne Tor stand weit offen und so trat er hinaus aus den Schatten und fand sich auf einer großen grünen, sonnenüberfluteten Wiese wieder. Ratlos ließ er seinen Blick über die vor ihm liegende, kurzgemähte Rasenfläche gleiten.

Einen Grabstein suchte er hier vergebens, hier gab es nichts, nichts als grünes Gras, das ihn eher an einen Golfplatz erinnerte als an eine Ruhestätte.

Laut Zeichnung musste er zehn Meter dem Weg folgen und dann vierzehn Meter nach links gehen. Ein rotes Kreuz bezeichnete auf dem Plan die Stelle, die er suchte, sehr genau, doch hier war nichts.

Gar nichts.

»Kann ich Ihnen helfen?«, hörte er eine rauchig klingende Männerstimme direkt hinter sich.

Er drehte sich um. Vor ihm stand einer der Friedhofsgärtner.

»Aye, danke! Ich suche das Grab meines Freundes!« Er zeigte ihm den Plan. »Ein Ehrenbegräbnis von einem Kriegshelden, Anfang der Woche.«

»Lassen Sie mich mal sehen.« Der Mann stellte seine mit Gartengeräten gefüllte Schubkarre ab und sah auf den Plan.

»Parzelle 0859/10/28/W19U346193, das ist gleich da vorne, wo der Rasen einen kleinen Buckel macht.« Er deutete mit der Hand auf eine imaginäre Stelle irgendwo im Grün.

»Da, sehen Sie es? Das Erdreich hat sich noch nicht wieder gesetzt. Das dauert seine Zeit, vor allem um diese Jahreszeit, wenn es länger nicht regnet.« Er setzte sich, den Schubkarren vor sich herschiebend, langsam in Bewegung. »Kommen Sie mit, ich bringe Sie hin, das liegt auf meinem Weg. Ich muss auf dem Nachbarfeld ein Grab ausheben, für die morgige Beisetzung. Die Stadt spart überall, ich bin Gärtner, Totengräber und Bestatter, alles in einem.«

Gerry folgte ihm dankbar. Nur wenig später blieben sie mitten auf dem grünen Feld stehen.

»Da wären wir. Ich erinnere mich, Ihren Freund habe ich am Dienstag, in den frühen Abendstunden zur letzten Ruhe gebettet, als es nicht mehr so brütend heiß war. Ein Ehrenbegräbnis war's nicht, aber ich spreche immer ein stilles Gebet, wenn ich die Urne absenke.«

»Wie meinen Sie das? Eine Urne? Wieso? Ich verstehe das nicht, man sagte mir nicht, ich meine aus den Unterlagen ging nicht hervor, dass...«

Verbrannt...

Thomes wurde verbrannt, deshalb konnte er kein Grab finden. Die Erkenntnis traf ihn wie ein Schlag.

Große blassblaue Augen sahen Gerry mitleidig an. »Oh, ich verstehe, Sie waren noch nie bei einer Beisetzung der Stadtverwaltung. Okay, also das ist so...«

Der Mann kratzte sich mit der Hand am Hinterkopf, die Geste hatte etwas Verlegenes an sich, so als wolle er Zeit schinden, da ihm die passenden Worte fehlten.

»Wir nennen Feld 0859 unter uns: Das Feld der vergessenen Seelen. Sie wissen schon, hier liegen all jene, deren Begräbnis die Stadt bezahlt, weil sie sich kein eigenes leisten können oder keine Angehörigen haben, die das übernehmen könnten. Das sind grundsätzlich Urnengräber, die Stadt muss sparen, denn jedes Jahr werden es mehr, die hier genau wie Ihr Freund anonym beigesetzt werden. Ein typisches Armenbegräbnis halt.«

»Soll das heißen, er wurde anonym und ohne Zeremonie beigesetzt?«

Der Mann nickte zustimmend. »Genauso!«

»Wie kann das sein?« Thomes war ein Held, er starb im Einsatz für sein Land. Er hatte ein Ehrenbegräbnis verdient oder zumindest, dass man ihn mit dem ihm gebührenden Respekt zu Grabe trug, mit Trauerfeier, einem Grabstein und allem Drum und Dran.

Jedenfalls nicht so...

Ausgelöscht...

Ausradiert und für immer vergessen. Das konnte doch alles nicht wahr sein. Das durfte nicht sein.

Nein... nicht sooo...

»Bitte sagen Sie mir, dass das nicht so bleibt.«

»Tja, daran lässt sich nun nichts mehr ändern. Das heißt, wenn Ihnen so viel daran gelegen ist, dann gehen Sie zur Friedhofsverwaltung und beantragen Sie eine Umbettung. Ist aber nicht ganz billig und kann dauern. Manchmal bis zu einem halben Jahr. Bei Urnenbeisetzungen haben Sie in der Regel gute Karten, denn die Umsetzung liegt im Verantwortungsbereich der Friedhofsverwaltung. Bei Särgen sieht das ganz anders aus. Da hängt das Gesundheitsamt mit drin und das dauert.«

Wie erstarrt blickte Gerry auf die Rasenfläche unter sich, während aus seinem Gesicht sämtliche Farbe wich.

»Ich muss dann weiter, habe noch eine Menge zu tun heute.«

Nur unterbewusst nahm Gerry die Worte des Gärtners wahr, ehe jener seiner Wege ging. Fast ohnmächtig vor Schmerz sackte er in sich zusammen und fiel vornübergebeugt auf die Knie. Mit zitternden Händen fuhr er mit den Fingerkuppen über die einzelnen Grashalme, die auf Thomes' Grabstätte wuchsen.

»Verzeih mir, Thomes«, flüsterte er mit erstickter Stimme, während Tränen über seine Wangen liefen.

»Bitte verzeih mir. Ich konnte nicht verhindern, dass...«, er stockte für einen Moment, seine Finger gruben sich voller Verzweiflung in die staubtrockene Grasnarbe, »man dich namenlos verscharrt, wie einen Hund. Aber ich mach's wieder gut. Ich verspreche es! Du brauchst keine Angst haben, ich lass dich nicht hier.«

Schwer atmend wischte er sich mit dem Handrücken die Tränen fort. Er schloss die Augen, um sich zu sammeln. Es war jetzt nicht die Zeit um zu trauern, er konnte und durfte sich keine Schwächen erlauben. Er musste stark sein, stark und effizient.

Der Gärtner hatte ihn auf eine Idee gebracht, noch war nicht alles verloren, er hatte immer noch die Möglichkeit, es wieder gut zu machen. Als er die Augen öffnete, stand sein Plan fest.

»Morgen, Thomes, wirst sehen, morgen bringe ich dich nach Hause in die Highlands.«

Er war gut vorbereitet.

Den zusammenklappbaren Spaten hatte er in seinem Rucksack verstaut, der groß genug war, um die

Urne in sich aufzunehmen. Es war helllichter Tag, als er Thomes' Überreste exhumierte.

Niemand kümmerte sich um den Mann im grünen Overall. Nur selten verirrte sich ein Besucher in die Nähe dieses Feldes. Er ließ sich von ihren Blicken nicht stören und fuhr wie selbstverständlich in seiner Arbeit fort. Verweilte ihr Blick jedoch etwas länger auf ihm, dann sah er sie an, tippte sich mit den Fingerspitzen an die Schirmmütze und nickte ihnen zu, so als würde er sie grüßen.

Als er seine Arbeit beendet hatte, kehrte er zu seinem Jeep, den er in einer Seitenstraße im Schatten einer großen alten Kastanie abgestellt hatte, zurück. Den Rucksack mit seiner kostbaren Fracht verstaute er im Fußraum hinter dem Fahrersitz. Mit wenigen routinierten Handgriffen entledigte er sich des weit geschnittenen Overalls, unter dem er Jeans und ein kurzärmeliges weißes T-Shirt trug. Den Arbeitsanzug steckte er mitsamt der Kopfbedeckung und den Arbeitshandschuhen in eine braune Papiertüte, welche er später auf einem Parkplatz entlang der Schnellstraße entsorgte.

Er warf noch einen letzten Blick über die Schulter, dann startete er den Wagen. Er brauchte keine Karte, er kannte den Weg. 409 Meilen bis Glasgow und weitere zwei Stunden Fahrt zu dem abgelegenen Anwesen der McGinnys mitten hinein in die Schottischen Highlands.

Es war bereits Nacht, als Gerry endlich nach elfstündiger Fahrt bei seinen Freunden ankam. Entgegen seinen Gewohnheiten hatte er sich auf dieser Fahrt weitestgehend an die Geschwindigkeitsbegrenzungen gehalten. Das kostete ihn zwar Zeit, doch das Risiko, mit seiner wertvollen Fracht in eine Radarfalle zu geraten, erschien ihm zu hoch.

An seinem Ziel angekommen, fiel er in Patricks ausgebreitete Arme.

»Feasgar math!«, begrüßte der ältere Mann ihn auf Gälisch.

»Feasgar math dhut fhéin!« <Dir auch einen guten Abend!>

»Tha bron mòr oirnn. Ciamar a tha thu Gerry?« <Die Trauer ist groß. Wie geht es dir Gerry?>

»Es... geht so! Es ist...« Er verstummte, um den Kloß in seinem Hals herunter zu schlucken.

Unbeholfen, fast verlegen stand er nach der Umarmung mit gesenktem Kopf da und wusste nicht so recht wohin mit seinen Händen. Er war froh wieder hier zu sein und doch wollte sich das warme heimelige Gefühl, das man hat, wenn man nach Hause, kommt nicht einstellen. Er fühlte sich seltsam beklommen, fast wie ein Fremder.

»Ich versteh schon. Für keinen von uns ist es leicht. Jetzt bist du hier, das ist gut. Wir haben uns große Sorgen gemacht.« Patrick gab ihm einen freundschaftlichen Klaps auf die Schulter. »Doch was rede ich hier. Komm erst einmal rein, Junge. Setzen wir uns in die Küche. Abigail ist drin, sie macht dir was zu essen. Dein Zimmer hat sie auch schon hergerichtet. Alles andere regeln wir Morgen, wenn du ausgeruht bist. Ach, ehe ich es vergesse. Ich habe bereits mit Pater McClure wegen der Beisetzung gesprochen.«

Gerry öffnete den Kofferraum, um sein Gepäck zu entnehmen, bei Patricks Worten hielt er mitten in der Bewegung inne, denn ihm wurde schmerzhaft klar, dass Patrick und Abigail noch gar nichts von den Ereignissen der letzten Tage wussten. Er hatte ihnen sofort nach seinem Klinikaufenthalt telefonisch Thomes' Tod mitgeteilt. Nicht das Wie oder Warum, nur die Fakten. Dass er alles für die Überführung in die Wege leiten würde und anschließend zu ihnen käme. Das war noch bevor Thomes' Leichnam verschwand. Heute Mittag schickte er Patrick eine SMS: <Treffe heute Abend ein. G.>

Was hätte er auch weiter sagen sollen? Telefonisch wurden zwischen ihnen immer nur die nötigsten Informationen ausgetauscht. Alte Gewohnheiten legte man nicht ab, erst recht nicht in Ausnahmesituationen.

Doch nun war er hier und schuldete den beiden eine Erklärung. Jetzt, hier, bevor sie das Haus betraten. Er wollte keine Absolution von ihnen. Er empfand das, was er getan hatte, nicht als falsch, ganz im Gegenteil, er würde es jederzeit wieder tun. Dennoch gebot es ihm der Anstand ihnen mitzuteilen, was oder besser gesagt wen er im Gepäck mit sich führte.

Zum lange überlegen, wie stellte ich es am besten an, blieb ihm keine Zeit, denn Patrick öffnete just in diesem Moment mit den Worten: »Ich helfe dir beim Gepäck«, die Beifahrertür.

»Nein. Warte, ich...« Gerry sprang förmlich dazwischen und krallte sich den Rucksack.

»Ich wollte dir nur behilflich sein.« Stirnrunzelnd trat Patrick beiseite und sah ihn fragend an.

Da war sie wieder, die Spannung zwischen ihnen. Wie eine unsichtbare Mauer, und anstatt sie einzureißen, verstärkte er sie durch seine Taten noch.

»Aye, ich weiß. Es ist nur, ich...« Panisch hielt er den Rucksack fest an seine Brust gedrückt. Sein Herz raste wie verrückt, seine Finger umklammerten krampfhaft den Stoff. Er würde ihn nie mehr loslassen, geschweige denn je wieder hergeben. Für einen kurzen Moment zog er ernsthaft in Erwägung davonzurennen, sich mit einem Schwung ins Auto zu setzen und einfach Gas zu geben, doch er widerstand in letzter Minute der verlockenden Versuchung.

»Gerry? Was ist mit dir? Alles in Ordnung?« Patricks besorgte Stimme holte ihn in die Wirklichkeit zurück.

»Geht schon. Danke!«, erwiderte er außer Atem, während er sich zur Ruhe zwang. Nichts war in Ordnung, gar nichts! Wie sollte es auch, Thomes war tot. Und er wünschte, er würde in dem Sack da ruhen. Dann würde er den Schmerz, der ihm gerade das Herz zerriss, nicht mehr spüren.

Er musste sich zusammenreißen. Schluss mit den Spielchen, Patrick war sein Freund und er benahm sich wie Gollum. Fehlte nur noch, dass er laut schrie: Mein Schatz - Mein Schatz. Himmel, jetzt ist es so weit, ich drehe durch.

Er beschloss, der gerade Weg war immer noch der beste. Es würde nie einen passenden Zeitpunkt geben. Mit einer äußerst entschlossenen Handbewegung öffnete er die Schnalle am Rucksack.

»Patrick! - Ich habe Thomes dabei«, sagte er schließlich und ließ ihn einen Blick auf die Urne werfen. »Ich konnte nicht verhindern, dass...«, seine Stimme versagte und seine Hände begannen unkontrolliert zu zittern, so stark, dass Patrick den Rucksack nehmen musste, um ein Unglück zu verhindern.

Ungläubig starrte dieser in den Sack. Er sah sowohl die Erde als auch einzelne Grashalme und Wurzeln, die an dem Gefäß klebten. Alles zusammen Spuren, die überdeutlich dafür sprachen, wie Gerry an die Urne kam.

»Du hast Thomes...«

»...ausgebuddelt, aye, denn ich konnte ihn nicht da lassen. Auf diesem Feld. Namenlos verscharrt wie einen Hund. Ich habe es ihm versprochen, ich...« Voller Verzweiflung brach Gerry schwer atmend, am ganzen Körper zitternd neben dem Auto zusammen. Die Anspannung der letzten Wochen forderte ihren Tribut.

Er hatte sich mit aller Macht zusammengerissen, war nicht bereit gewesen, die Trauer über den Verlust in sein Herz zu lassen. Hatte sich verschlossen, um präzise arbeiten und nach Thomes Leichnam suchen zu können, aber nun liefen seine Gefühle über. Der Schmerz schnürte ihm die Kehle zu, ließ sein Herz sich qualvoll zusammenziehen und presste mit aller Macht die Luft aus seinen Lungen.

Er wollte laut aufschreien, sich all den Schmerz und das Leid, die plötzlich auf ihn einstürmten und ihn zu zerreißen drohten, von der Seele schreien, so lange bis seine Kehle wund wäre und kein einziger Ton mehr über seine Lippen käme. Doch stattdessen stöhnte er nur gequält auf.

Tränen bahnten sich ihren Weg und liefen ungehemmt über seine Wangen, er schluchzte laut auf. Die Ellenbogen auf die Knie gestützt, bedeckte er seine Augen mit den Handballen und begann mit dem Oberkörper wie ein kleines Kind hin und her zu wippen.

Mein Gott, der Junge sah schrecklich aus. Sein Anblick zerriss ihr das Herz. Voller Sorge, weil die Männer nicht ins Haus kamen, hatte Abigail die Pfannen beiseitegeschoben und war auf den Hof gelaufen.

Der Anblick von Gerrys zusammengekauerte Gestalt auf dem Boden, ließ sie hilflos daneben stehen. »Ciod e a tha ort? <Was fehlt dir?>«, flüsterte sie besorgt, während sie sich zu ihm hinunterbeugte und ihre Hand tröstend auf seine Schulter legte. Doch Gerry zuckte bei der Berührung so sehr zusammen, als wäre ihre Hand aus glühendem Eisen. Erschrocken richtete Abigail sich auf und trat einen Schritt zurück.

Verstört sah sie zu Patrick, der ihr einen Rucksack reichte: »Hier. Nimm Thomes mit rein. Ich kümmere mich um den Jungen.«

»Thomes? Was meinst du mit...?«

»Der Rucksack, Weib, fass zu und nimm ihn mit ins Haus.«

»Aye«, sie griff instinktiv zu. Patricks Stimmlage duldete keinen Aufschub. Der Rucksack war schwerer als sie dachte und als sie einen Blick hinein warf, kam nur ein verwirrtes: »Oh... natürlich... ich versteh... ich...«, über ihre Lippen, ehe sie eilends ins Haus zurückging.

Patrick ließ sich neben Gerry nieder und zog ihn trotz seines Widerstandes unbeholfen in seine Arme und drückte ihn fest an seine breite Brust.

»Schon gut Junge, lass es raus. Alles ist gut.« Tröstend strich er über Gerrys Rücken. »Lass den Schmerz und die Trauer einfach zu. Du bist jetzt nicht mehr allein, wir sind für dich da und fangen dich auf.«

»Aye...« Das Zittern hörte nicht auf, Gerrys Zähne schlugen hörbar aufeinander, je mehr er sich bemühte, umso weniger gelang es ihm im Zusammenhang zu sprechen.

»Ich wollte ihn abholen – in Pathologie – Leichnam war weg – habe gesucht – überall – kam zu spät - habe versagt. Patrick, ich habe versagt.«

Versagt – dieses Wort stand im Raum, es sagte alles und es zerschmetterte ihn.

»Nein, hast du nicht. Und ich will das nie wieder von dir hören. Hast du verstanden? Du hast Thomes heimgebracht. Nur das ist wichtig. Ich weiß, wie viel ihm das bedeutet hätte.« Er ließ Gerry Zeit sich zu beruhigen. Erst später, als das Zittern vollständig aufgehört hatte, stand er mühsam auf und hielt ihm seine Hand hin.

»Komm, lass uns hinein gehen. Ich könnte jetzt einen Whisky gut gebrauchen.«

»Hast du irgendwo ein Taschentuch für mich?«

»Aye.« Er reichte ihm das Tuch und während Gerry sich die Tränen abwischte, griff Patrick sich das Gepäck, um es ins Haus zu schaffen.

Abigail wartete in der Küche auf sie. In ihren Augen glitzerten Tränen, als Gerry sie stumm in die Arme nahm und drückte, so fest und lange, als wolle er sie nie wieder los lassen. Es war seine Art ihr zu sagen, es war nicht so gemeint, verzeih mir.

»Na, na, Abby, lass den Jungen los, du drückst ihn noch kaputt.« Kommentierte Patrick ihr tun. »Reich uns lieber die Flasche Whisky rüber, die du in der Speisekammer versteckt hältst.«

»Alter Griesgram«, konterte sie zurück. »Ich kann Gerry so lange drücken wie ich will. Was den Whisky angeht, wenn du eh weißt, wo er ist, dann hol ihn dir gefälligst selbst.«

Sie zog einen der Stühle heran und fuhr an Gerry gewandt fort: »Komm, Junge, setz dich, du hast doch bestimmt Hunger. Ich habe dir Würstchen mit Bohnen und Spiegelei gemacht.« Sie werkelte geschäftig mit ihren Pfannen umher und stellte ihm wenig später den voll beladenen Teller auf den Tisch.

Man merkte ihr an, dass sie sehr besorgt um ihn war, und ihre Fürsorge tat ihm gut, auch wenn er kaum einen Bissen herunter brachte. Kurz danach stellte sie wortlos die Flasche Whisky mit zwei Gläsern auf den Tisch und ließ die Männer allein.

Gerry war ihr sehr dankbar dafür. Endlich konnte er sich all das, was er in den letzten Wochen erlebt hatte, von der Seele reden. Mit jedem Wort, mit jeder Silbe bröckelte die Mauer zwischen Patrick und ihm, bis sie endlich ganz verschwand.

In diesem Moment war er zu Hause angekommen.
Und zum ersten Mal seit Thomes' Tod fühlte er sich nicht allein und verloren. Patrick und Abigail waren seine Familie, genauso wie Thomes es war. Solange er denken konnte, waren die Familien miteinander befreundet. Thomes, Abigail und seine Mum Flora wuchsen zusammen hier auf. Sie verband eine Freundschaft, die über den Tod hinaus anhielt und sämtliche Familienangehörige mit einschloss.

Selbst als Thomes und er nach London gingen, riss diese außergewöhnliche Zusammengehörigkeit nicht entzwei. Im Gegenteil, die Entfernung schweißte sie zusammen. Sie waren für einander da, in guten wie in schlechten Tagen. Sie waren Freunde, ein Clan, eine

Familie und nichts und niemand würde dieses Band jemals zerstören können.

# 4

Eine hüfthohe Steinmauer grenzte den kleinen Friedhof ein. Einzig ein kleines schmiedeeisernes Tor gewährte Zugang zu diesem friedlichen Ort, welcher umgeben von grünen Auen und zart lila blühender Heide inmitten der Highlands lag.

Nicht weit entfernt schlängelte sich ein plätschernder Bachlauf von den Berghängen herunter, auf denen hier und da ein paar Schafe grasten. Die Landschaft war rau, hügelig mit Ecken und Kanten und gerade deshalb einzigartig, genau wie seine Bewohner. Selbst hier auf dem Friedhof wurde alles so belassen wie die Natur es geformt hatte. Es wurde nichts eingeebnet, es gab keinen Weg, keine Grabbepflanzungen und selbst das Rasenmähen übernahmen überwiegend ein paar Schafe, die der Pater hier grasen ließ.

Nur die Grabsteine und Kreuze zeichneten diesen Ort und seine besondere Bestimmung aus. Aber auch hier ließ sich die Eigentümlichkeit erkennen. Denn sie standen nicht in Reih und Glied nebeneinander aufgereiht, sondern kreuz und quer zwischen den Hügeln verstreut, manchmal in kleinen Gruppen zusammendrapiert, jedoch immer innerhalb der sie eingrenzenden und schützenden Mauern.

Von der Seeseite wehte eine frische Brise über das Land, als sie sich versammelten, um Thomes zu Grabe zu tragen. Gerry stand vor dem Grab seiner Eltern. Zu ihrer Linken direkt an der Mauer würde Thomes seine letzte Ruhestätte finden. Im Schoß der Familie, genauso, wie er es sich gewünscht hatte. Außer dem Pater waren nur noch Patrick McGinny und seine Frau Abigail bei der kleinen Zeremonie anwesend.

Pater McClure hielt die Grabrede komplett in Gälisch, sie war einfach und doch feierlich. Als er mit einem Segensspruch schließlich die Urne in dem vorbereiteten Erdloch versenkte, holte Gerry Thomes' alte Mundharmonika hervor und begann darauf zu spielen. Es war eine sehr traurige und melancholische Melodie, die getragen vom Wind weit ins Land heraus geweht wurde.

Ein letzter Gruß, ein letztes Lebewohl für den geliebten Freund!

Als der letzte Ton verklungen war, reichte Pater McClure ihm eine Schale mit Erde. Andächtig nahm er eine Hand voll und warf sie ins Grab. Reglos, den Blick tief gesenkt, verharrte er einen Augenblick, sagte Lebewohl auf seine ganz persönliche Art, dann wendete er sich ab, damit Abigail und Patrick seinem Beispiel folgen konnten.

Betretenes Schweigen legte sich über die kleine Trauergemeinde. Eigentlich sollten sie jetzt gehen und den Rest dem Totengräber überlassen. Doch dieser war vor ein paar Monaten zu seiner Tochter nach Edinburgh gezogen. In Anbetracht dessen hatte Patrick gestern zusammen mit Gerry in den frühen Abendstunden das Grab ausgehoben und nun würde es an ihnen liegen, es auch wieder zu verschließen.

»Bitte, Pater McClure, wenn es Ihnen nichts ausmacht, seien Sie so nett und fahren Sie mit meiner Frau schon vor. So kann Abigail das Essen herrichten, während Gerry und ich uns um alles Weitere hier kümmern«, wandte sich Patrick schließlich an den Pater, welcher den Vorschlag dankbar annahm.

Schweigend sahen sie den beiden nach, wie sie langsam, sich gegenseitig stützend, Arm in Arm, den schmalen Weg zur Straße hinunter gingen, an welcher in kleinen Nischen entlang der Fahrbahn die Autos geparkt waren.

Patrick schnäuzte in sein Taschentuch. Nachdem er es umständlich wieder weggesteckt hatte, begann er mit dem Spaten Schaufel für Schaufel das Grab mit Erde aufzufüllen.

Schweigsam ließ Gerry sich auf die Knie nieder, um Patrick zu helfen. Mit beiden Händen drückte er das lockere Erdreich fest, bevor er schließlich die ausgestochene Grasnarbe wieder einsetzte. Als er damit fertig war, blieb er einfach neben dem frischen Grab auf dem Rasen sitzen.

Er fühlte sich seltsam. Müde und in gewisser Hinsicht erleichtert, so als wäre eine große Last von seinen Schultern genommen worden. Bis zu diesem Punkt war alles, was er an diesem Vormittag getan hatte, irgendwie unwirklich gewesen. Seine letzte klare Erinnerung war von heute Morgen, als er den Kilt anlegte und Patrick in der Tür erschien. Danach waren seine Erinnerungen verschwommen. Und er hatte nicht ein einziges Mal den unbändigen Drang nach einer Zigarette verspürt. Das war doch mehr als seltsam. Oder nicht?

Er hatte funktioniert wie ein ferngesteuerter Roboter ohne eigenen Willen oder eigene Empfindungen. Doch jetzt in diesem Moment begann er zu erwachen. Er nahm den Geruch der Erde wahr, die an seinen Händen klebte. Die warmen Sonnenstrahlen auf seiner Haut. Das tiefe Summen einer Hummel, die ganz in seiner Nähe von einer Blüte zur anderen flog.

Und er sah Patrick, wie er hinter dem Grabmal der McGregors ein Paket hervor holte, das er wenig später schwer keuchend neben Gerry absetzte. Vorsichtig, fast bedächtig schlug Patrick die grobe Leinendecke, in die es eingewickelt war, auseinander. Zum Vorschein kam ein aus hellem einst weißem Granitgestein gefertigter Grabstein.

Er war nicht übermäßig groß, die Ecken und Kanten waren grob behauen und leicht abgerundet worden, ohne dabei die kantige Form zu verunstalten. Er war einfach, doch in seiner Schlichtheit strahlte er eine klare Eleganz aus.

Unter Thomes Namen war links das Abbild zweier ineinander verschlungener schottischer Disteln in den Stein gemeißelt worden und daneben in einer kleineren Schrift der Zusatz: Who died, aged 56 Years

Sorgfältig platzierte Patrick die Steinplatte.

»Der alte Robert Stewart hat ihn angefertigt, er ist ein richtiges Schlitzohr, hat den Stein künstlich altern lassen, so fällt es nicht auf, dass dies ein frisches Grab ist. Eigentlich arbeitet er nicht mehr als Steinmetz, hat schon vor Jahren die Geschäfte seinem Sohn übergeben, aber sein Werkzeug hat er noch und das Talent auch. Keiner meißelt die Schriftzeichen so wie er in den Stein. Heute wird alles maschinell gemacht.«

Sprachlos vor Rührung und Dankbarkeit sah Gerry stumm auf den Stein. Patrick dachte wirklich an alles. Was würde er nur ohne ihn tun? Während er selbst die letzten Tage einsam durch die Highlands gestreift war, um mit sich und der Welt ins Reine zu kommen, hatte Patrick sich um die Einzelheiten der Beerdigung gekümmert.

Er war es, der Pater McClure überzeugte, Thomes hier ohne Papierkram beizusetzen. Ein Grabstein mehr auf dem Friedhof, das fiel seiner Ansicht nach doch gar nicht auf, vor allem wenn der Stein schon alt und verwittert aussah, und er könnte wetten, die geniale Idee, auf dem Grabstein keine Geburts- und Sterbedaten einzutragen, stammte auch von ihm. Er wird Patrick niemals fragen, wie hoch der Preis des Paters für diesen Akt der Nächstenliebe war. Aber er wird ihm ewig dafür dankbar sein, dass er dieses Opfer für Thomes erbracht hatte.

Einen Teil seines Versprechens Thomes gegenüber hatte er eingelöst. Er hatte ihn heimgebracht und mit Würde zu Grabe getragen. Doch das Konto war noch lange nicht ausgeglichen.

Wut stieg in ihm auf, unbändige Wut auf jene, die für Thomes' Tod verantwortlich waren. Er wollte Rache, blutige Rache und deshalb schwor er nicht eher zu ruhen, bis die Schuldigen gefunden und Thomes' Tod gerächt war. Auge um Auge, Zahn um Zahn, sie sollten büßen für ihre Taten.

Patrick spürte Gerrys Zorn, die Anspannung, die fast körperlich greifbar war. Er wusste, dass es noch eine Weile dauern würde, ehe er über den Verlust hinweg käme. Die Wunden waren einfach noch zu frisch. Er und Abigail würden ihm helfen so gut es ging, doch den Schmerz konnten sie ihm nicht ersparen. Jeder ging anders mit dem Tod um. Gerry wirkte äußerlich ruhig und gefasst, aber in seinem Inneren brodelte ein Vulkan, der jeden Moment ausbrechen konnte. Alles in ihm schien nach Rache zu schreien und Patrick wusste, er würde ihn nicht davon abhalten können. Doch blinde Rache war gefährlich und nicht unbedingt gleichzusetzen mit Gerechtigkeit.

Patrick richtete sich auf und legte Gerry eine Hand auf die Schulter. »Wenn der Stein dir nicht gefällt, können wir auch einen anderen anfertigen lassen oder lieber ein Kreuz? Wir wussten ja nicht, was du für Vorstellungen hast.«

Patricks Worte rissen Gerry aus seinen Rachegelüsten und besänftigten für den Moment seine inneren Dämonen.

»Nein... er, er ist perfekt! Vielen Dank!«

Gerry fühlte den rauen Stein unter seinen Fingerkuppen, während sie zaghaft über die filigranen Schriftzeichen glitten. »Ihr habt ihn sehr gut ausgesucht. Der Stein passt zu Thomes und besonders die Disteln würden ihm gefallen. Sie sehen genauso aus, wie die auf seinem Feuerzeug, das er immer als Glücksbringer bei sich hatte. Nur an diesem Tag, da...«, Gerry schluckte schwer, »...hatte er es nicht dabei. Es lag noch auf dem kleinen Tischchen im Flur. Ich habe es dort gefunden, als ich zurückkam.«

Patrick gab ein leises Schnaufen von sich. Seine Art der Zustimmung, dann verfielen sie in Schweigen und jeder hing seinen eigenen Gedanken und Erinnerungen nach.

Gerrys Blick glitt in die Ferne, über die hügelige mit Gras bedeckte Landschaft, die sich an die Berghänge schmiegte. Erst jetzt wurde ihm bewusst, wie sehr er dass alles hier vermisste und wie recht Thomes hatte. In ihren Herzen blieben sie immer Highlander, egal wohin das Schicksal sie verschlug, ihre Wurzeln waren hier und genau hierher würden sie immer wieder zurückkehren. Ein Gefühl von Wärme durchströmte ihn. Thomes war heimgekehrt und zu wissen, dass er hier auf ihn warten würde, bis sein Leben gelebt und alle Kämpfe ausgefochten waren, hatte etwas sehr Beruhigendes.

Sein Blick blieb an dem Grabstein seiner Eltern haften.

In Loving memory of
Flora & Mark McGregor
lautete die Inschrift. Über zwanzig Jahre lagen sie nun schon hier. Früher waren Thomes und er oft her gekommen. In den Sommerferien und zu Weihnachten. Dank ihm und den McGinnys wurden die Erinnerungen an seine Eltern stets wach gehalten und mit liebevollen Anekdoten gepflegt. Sie hatten nie versucht, sie aus seinem Herzen zu vertreiben oder gar zu ersetzen und dafür war er ihnen dankbar, äußerst dankbar.

Wenn er es genau betrachtete, dann hatte er in seinem Leben mehr Zeit mit Thomes verbracht, als mit irgendeinem anderen Menschen. Und nun? Nun war er tot und seine Welt brach zusammen.

»Komm, Junge, wir sollten langsam gehen.« Patrick streckte ihm seine Hand entgegen um ihm aufzuhelfen. »Abby wird immer schnell ungehalten, wenn sie mit dem Essen auf mich warten muss.«

Als sie langsam den Weg zurück zum Auto gingen, murmelte Gerry: »Ich vermisse ihn so sehr.«

»Aye, ich weiß.«

»Es ist anders, als damals bei...«, meinen Eltern, wollte er sagen, doch er brachte es nicht über die Lippen.

*Er weiß es.* - Der Gedanke stand plötzlich glasklar in Patricks Kopf.

Nein, nein das konnte nicht sein.

Thomes hätte nie... vielleicht spürte Gerry die Wahrheit. Der Junge hatte einen untrüglichen Instinkt, deshalb war er auch so gut in seinem Job.

Patrick beschloss: Es war der falsche Zeitpunkt für die Wahrheit. Diese würde alles nur verschlimmern. Er musste dafür sorgen, dass Gerrys Seele keinen Schaden nahm. Dass die Wut und der Zorn, die in ihm tobten, ihn nicht überrollten.

»Jeder Tod ist anders. Keiner gleicht dem anderen. Das weißt du doch.«

»Aye...« Gerry wusste das nur zu gut. Er lebte mit dem Tod und nicht selten brachte der Job es mit sich, dass er selbst zum Todesengel wurde. Menschen starben, das war schon immer so und er hatte es vor langer Zeit akzeptiert. Doch diesmal war so viel Zorn, Trauer, Wut und Schmerz in ihm, dass er fürchtete, die Kontrolle zu verlieren und am Ende daran zu zerbrechen.

»Du trägst keine Schuld an Thomes' Tod.«

»Ich weiß.« Er sagte es sich selbst, immer und immer wieder und trotzdem fühlte er sich schuldig. Diese Schuld konnte er nur begleichen, wenn er die wahren Täter fand. Alles in ihm dürstete nach Blut.

»Was wirst du jetzt tun?«

»Ich denke, du weißt, was ich tun werde.« Gerrys Stimme war plötzlich eiskalt. Jetzt war er nur noch Krieger.

Patrick hatte die Veränderung sofort bemerkt. Unwillkürlich zog er eine Augenbraue etwas nach oben. »Das wird dir Thomes nicht wieder zurückbringen. Bist du sicher, dass du dem Richtigen hinterher jagst?

Was ist, wenn dieser Smith gar nichts mit der Sache zu tun hat?«

»Ich kann es ihm nicht beweisen, noch nicht. Aber bald. Und dann werden er und seine Handlanger büßen.«

»Ich kann dich verstehen, doch ich weiß nicht, ob das der richtige Weg ist. Du musst dir absolut sicher sein und selbst dann wird die Rache dich nicht befriedigen.«

»Mag sein, aber sicher lässt sie mich wieder ruhiger schlafen.«

»Gib den Behörden eine Chance zu ermitteln.«

»Ich werde mich bemühen, aber ich kann dir nichts versprechen.«

»Gut. Wenn alle Stricke reißen, weißt du hoffentlich, dass du bei uns immer Hilfe bekommst. Du bist nicht allein. Für Abby und mich bist du wie ein Sohn, du bist uns immer willkommen und wir würden uns freuen, wenn du unser Haus auch weiterhin als dein Zuhause ansiehst.«

»Aye, ich weiß und ich danke euch dafür.«

Gerry sah die offene Sorge in den Augen des älteren Mannes. Und ein Teil von ihm verstand ihn, doch er wollte und konnte ihm keine Zusagen machen, er musste seinen eigenen Weg gehen.

## 5

*London - MI6 Hauptgebäude*

Blutunterlaufene Augen ruhten hasserfüllt auf Gerard McGregor.

Da saß er, der verdammte Highlander, an seinem Schreibtisch, so als wäre nichts geschehen. Ein Bild von einem Mann, groß, athletisch, sonnengebräunt, mit Dreitagebart und schulterlangem Haar. Wie immer rebellisch gekleidet in Jeans und Lederjacke.

Was dachte er sich?

Dass Dienstvorschriften für ihn nicht galten?

Alle anderen hielten sich doch auch an die Kleidervorschriften, aber ein McGregor hatte das nicht nötig. Viel schlimmer war allerdings, dass er da saß und sich bester Gesundheit erfreute, dabei sollte er längst tot sein. Der verfluchte Hurensohn hatte wahrlich mehr Glück und Leben als ein streunender Kater. Er könnte Kotzen bei seinem Anblick.

Wieso war er überhaupt schon wieder im Dienst? Er hatte noch nicht mit ihm gerechnet. Umso überraschter war er, als er vor einigen Tagen beinahe in ihn hinein lief. Im letzten Moment hatte er ihn gesehen und war in das nächstbeste Büro geschlüpft. Schwer atmend hatte er sich mit der Schulter an die Wand gelehnt und versucht, seinen rasenden Pulsschlag wieder unter Kontrolle zu bringen. Nur gut, dass das Zimmer leer war, so konnte er in Ruhe den Schock überwinden. Danach ging er zurück in sein eigenes

Büro. Er brauchte ganze zwei weitere Stunden, um seine Gedanken zu ordnen und seine Lage abzuwägen, ehe er es wagte, in das Großraumbüro, in dem Gerard saß, zu schleichen, um aus sicherer Entfernung sein Opfer zu beobachten.

Seitdem kam er in regelmäßigen Abständen her.

Doch er musste vorsichtig sein. Seine Spuren weiter verwischen. McGregor war schlau. Ihn zu beschäftigen und abzulenken war eine echte Herausforderung. Nun gut, der Spieler in ihm nahm die Herausforderung an. Auf ins nächste Level.

Nüchtern kalkulierte er seine Kosten und den möglichen Gewinn. Er hatte hohe Verluste erlitten, aber mit dem richtigen Schachzug konnte er alles auf einmal wieder ausgleichen. Doch diesmal würde er seinen Plan präziser ausarbeiten und nichts dem Zufall überlassen.

Den Anfang hatte er bereits gemacht. Er hatte dafür gesorgt, dass McGregor hier am Schreibtisch saß und all die Fälle, die er mit seinem ach so heiß geliebten Partner bearbeitet hatte, auf den Tisch bekam. Jede einzelne Akte voller Erinnerungen, die ihn wie Nadelstiche mitten ins Herz treffen mussten. Außendienstler waren von Natur aus schlampig in ihren Berichten. Welch ein Segen, so konnte er ihn Tag für Tag quälen und sich an seinen Qualen ergötzen. Doch der vermaledeite Schotte ließ sich nichts anmerken. War zu allen gleich bleibend freundlich und erledigte die Arbeit, ohne zu murren.

McGregors offene Haare fielen ihm beim Überarbeiten der Akten ins Gesicht und er strich sie ganz beiläufig mit einer äußerst lässigen Handbewegung hinters Ohr. Ohne zu bemerken, dass mindestens zwei

Drittel der weiblichen Mitarbeiter im Raum für einen Moment den Atem anhielten. Sie alle waren dem Charme des Schotten verfallen, diese Schlampen. Und sie alle würden ihre gerechte Strafe bekommen, so wie jene, die ihn enttäuscht hatten.

Monatelang hatte er an dem Hinterhalt gearbeitet, hatte geplant und im Hintergrund die Fäden gezogen. Auf dem Papier sah alles so einfach aus. Die Söldner, die er angeheuert hatte, hatten nichts weiter zu tun, als den Highlander abzuknallen, doch sie hatten kläglich versagt. Der ganze Einsatz endete in einem einzigen Desaster.

Fieberhaft hatte er dafür gesorgt, dass die Spuren nicht zu ihm zurückverfolgt werden konnten. Die Untersuchungskommission hatte er in der Hand, da brauchte er sich keine Sorgen zu machen. Sie würden ihm den Rücken stärken und jeden Verdacht im Keim ersticken. Was die Schützen anging, er hatte jeden einzelnen dieser Versager eigenhändig eliminiert und dabei ein befriedigendes Glücksgefühl empfunden.

Er wünschte, er könnte McGregor persönlich den Tod bringen. Allein der Gedanke bereitete ihm ein Gefühl des Hochgenusses. Er stellte sich vor, wie er in seine Augen blickte und ihm eine Kugel durch den Schädel jagte.

Oh jaaa... das machte das verlorene Kopfgeld allemal wett. Doch eine Kugel wäre viel zu milde für ihn. Er wollte ihn leiden sehen. So sehr leiden, dass er ihn um den Tod anbettelte.

Ein sadistisches Lächeln huschte über seine Gesichtszüge. Er hätte zu gern McGregors Gesicht gesehen, als er feststellte, dass der Leichnam von Jones aus der Pathologie verschwunden war. Es musste ihn doch reinweg verrückt machen, nicht zu wissen, wo sein Oheim abgeblieben war. Es war eine äußerst geniale Idee von ihm, sich unter McGregors Namen des Leichnams zu bemächtigen. Und nun war der große Held irgendwo auf einem Feld namenlos verscharrt.

Schade, dass er das McGregor nicht unter die Nase reiben konnte. Obwohl, wenn er lange genug wartete und alles so klappte, wie er es sich vorstellte, dann... ja dann konnte er es ihm erzählen. Kurz bevor er ihm eigenhändig eine Kugel durch den Kopf jagte oder ihm mit einem Messer das Herz aus dem Leib schnitt.

Voller Vorfreude glitzerten seine Augen. Rache war so süß, wenn man verstand, sie richtig zu genießen. Sie war einfach köstlich.

Doch es wurde Zeit zu gehen. Er hatte noch viel vorzubereiten.

# 6

*London*

Der Schmerz ließ langsam nach. Wie so oft in den letzten Wochen stand Gerry vor Thomes' Räumlichkeiten. Ihre gemeinsame Wohnung gehörte nun ihm allein. Doch noch immer fiel es ihm schwer, Thomes' Zimmer zu betreten.

Das war sein Reich und alles in ihm sträubte sich dagegen, dieses mit seiner Anwesenheit zu entweihen. Jeder einzelne Gegenstand hierdrin war von Thomes persönlich ausgewählt worden. Die Räume waren so voller Erinnerungen, dass er glaubte, Thomes' Geist würde in ihnen ewig lebendig bleiben, wenn er nur seine Ruhe nicht störte.

Anfangs schaffte er es kaum, die Türklinke herunter zu drücken und die Tür langsam zu öffnen, am ganzen Körper zitternd hatte er sich an den Türrahmen gelehnt, bis seine Beine ihn nicht mehr trugen und er auf der Schwelle zusammenbrach. Stunden hatte er dort gesessen, auf dem harten Dielenboden. Hatte sich die Haare gerauft, sich verzweifelt die Schuld an Thomes' Tod gegeben und war schließlich gnadenlos seinem Schmerz erlegen.

Es tat so weh, dass er keine Luft mehr bekam. Alles in ihm krampfte sich zusammen, alles in ihm schrie: Nein... - Herrgott, lass das alles ein bösen Traum sein. Lass Thomes durch diese Tür kommen und ihn entrüstet fragen: Was machst du hier? – Doch es war kein Traum.

Er vermisste ihn so sehr.

Ihre Gespräche, sein Lachen, seinen besonderen Humor. Als er es schließlich nicht mehr aushielt, ertränkte er alle Schuldgefühle und alles Selbstmitleid in hochprozentigem Whisky.

Doch diese Phase der Trauer war endgültig vorbei.

Was, wie er zugeben musste, nicht allein sein Verdienst war. Er verdankte es den Zwillingen, Chantal und Charisma, das er nicht mehr sabbernd und sich selbst bemitleidend seinen Kummer im Alkohol ertränkte.

Sie standen eines Tages, Wochen nachdem er aus Schottland zurückgekehrt war, vor seiner Tür, um ihm zu kondolieren. Sie hatten erst jetzt von Thomes' Tod erfahren, natürlich nur die offizielle Version, dass er plötzlich einem Herzinfarkt erlegen sei.

Eigentlich wollte er sie gar nicht reinlassen, warum er es trotzdem tat? Er weiß es bis heute nicht.

Vielleicht war es ihre energische Art. Abwimmeln funktionierte bei ihnen nicht. Sie waren anders als der Rest der Welt, sie bedauerten seinen Verlust, aber sie bemitleideten ihn nicht. Sie waren kompromisslos ehrlich und deshalb traten sie ihm in den Hintern, als sie seinen, sowie den Zustand der Wohnung etwas näher unter die Lupe nahmen. In ihren engelsgleichen zarten Körpern mit der alabasterfarbenen Haut, die im Superkontrast zu ihren kupferrot gelockten wallenden Haarmähnen standen, steckte ein stahlharter kalkulierender Verstand.

Sie wussten genau, was sie wollten, verloren ihr Ziel nie aus den Augen und hatten mit ihrer eiskalten unnahbaren Aura eindeutig etwas von einer Domina. Zuckerbrot und Peitsche hieß denn auch ihre Devise.

Und das war wörtlich gemeint. Zwei wunderschöne Frauen, die sich dabei abwechselten, ihn bei der Stange zu halten und das rund um die Uhr.

Er fickte sich in dieser Zeit die Seele aus dem Leib. Nach drei Wochen war er clean, kein Alkohol, keine Drogen, der Kühlschrank gut gefüllt, die Wohnung blitzblank. Aber er fühlte sich trotzdem scheiße, denn für ihn war der Sex nur eine andere Art von Droge. Auch wenn sie ihm hundert Mal versicherten, sie kämen voll auf ihre Kosten.

Es war kein liebevoller Sex, kein Streicheln, kein Küssen, kein gegenseitiges Nehmen und Geben. Es war eine viel, viel härtere Gangart, er benutzte sie und sie… sie quälten ihn.

Er musste sich eingestehen, dass er die beiden Frauen in der Vergangenheit total falsch eingeschätzt hatte. In seinen Augen waren sie unschuldige, sanfte Engel; sicher, bei früheren Verabredungen gab es auch hin und wieder einen Dreier. Er hatte es ihrer offenen freundlichen Art zugeschrieben, dass sie sich dafür hergaben, dabei waren sie ganz anders.

Sie setzten ihre Körper und Reize ganz bewusst ein und vor allem liebten sie es, ihre Spiele zu spielen. Die schnelle Nummer auf dem Küchentisch oder unter der Dusche stellte sie schon bald nicht mehr zufrieden und so nahmen sie ihn eines Tages in einen ganz speziellen privaten Club mit, in dessen Kellerräumen sich außergewöhnlich eingerichtete Räume befanden.

Er war nie abgeneigt gegenüber Neuem und da es ihnen sichtlich Spaß machte, sich in verschiedenen Rollen vor ihm zu präsentieren, ließ er sich gern verführen. Chantal rekelte sich in seidigen Laken auf einem riesigen Bett, mit offenem Haar in einem

Hauch von schwarzer Spitze, der so gut wie nichts von ihrem wunderschönen Körper verhüllte, im Gegenteil, der durchwirkte Stoff brachte ihre Reize erst richtig zum Vorschein, während Charisma in engem Lederoutfit, das ihre prächtigen Brüste gekonnt seinen lüsternen Blicken darbot, mit streng nach hinten gekämmten und zu einem Knoten hochgesteckten Haar, nur darauf wartete, ihn ausgiebig zu strafen wenn er beim Liebesspiel zu früh in ihrer Schwester kam.

Was ihrer Ansicht nach immer viel zu früh geschah, denn sie wollte sich ihr eigenes Vergnügen nicht entgehen lassen. Auch wenn sie sah, welche Selbstbeherrschung es ihn kostete, einen Orgasmus ihrer Schwester nach dem anderen über sich ergehen zu lassen, zu spüren, wie ihr zuckendes Fleisch ihn eng umschloss und gleichzeitig das eigene Verlangen, die allumfassende Erlösung hinauszuzögern. So lange bis er es nicht mehr aushielt, sein Schwanz in ihr explodierte und parallel dazu ein Feuerwerk in seinem Schädel entzündete, was ihn ins Universum katapultierte und schließlich keuchend über ihr zusammenbrechen ließ.

Vielleicht hatten die Schwestern recht. Vielleicht waren nicht sie, sondern er die Hure, weil er das alles mit sich machen ließ. Und selbst den Schmerz und die Ketten bereitwillig ertrug.

Sie genossen es, ihn an die Wand zu ketten, woraufhin Charisma seinen Rücken mit einer Peitsche bearbeitete. Er bettelte nicht, bat nicht um Gnade, denn er glaubte aufgrund seiner Schuldgefühle den Schmerz mehr als verdient zu haben.

Er biss die Zähne zusammen, denn sein gequältes Stöhnen, das war es, was die beiden Frauen hören wollten. Ihm Schmerz zuzufügen, ob nun mit einer

Gerte oder heißem Kerzenwachs, dass sie über seine Schultern und seine Brust tropfen ließen, bereitete ihnen ausgesprochenes Vergnügen. Erst wenn Charisma so heiß und feucht durch dieses Vorspiel war, dass sie sich selbst kaum noch im Zaum hatte und sehnlichst nach der Erlösung schrie, durfte er seinen Schaft in sie versenken, um sie hart und wild von hinten zu nehmen.

Er fickte sie und mit jedem Stoß gab er ihr einen Peitschenhieb zurück, während ihre Schwester zusah und ihrem eigenen Orgasmus entgegen trieb.

Er war nicht der devote Typ, zwar unterwarf er sich den Schwestern, immer und immer wieder aber er hasste sich selbst dafür. Er tat es weil er die Befriedigung und die darauf einsetzende Erschöpfung brauchte. Wenn er Glück hatte, fand er danach sogar etwas Schlaf. Tiefen traumlosen Schlaf, in dem er sich nicht die halbe Nacht von einer Seite auf die andere wälzte.

Ihre Beziehung endete so abrupt, wie sie begonnen hatte. Die Mädels nahmen das Angebot einer New Yorker Modelagentur an. Wenn alles gut lief, würden sie die nächsten Jahre nicht nach London zurückkehren. Er trauerte ihnen nicht nach. In gewisser Hinsicht war er ihnen dankbar. Sie hatten ihm etwas gegeben, was er zu jener Zeit dringend brauchte. Doch nun war es vorbei, auch den Club besuchte er danach nie wieder, obwohl es dort einige Frauen gab, die gern seine Dienste in Anspruch genommen hätten.

Seine Auszeit in der Firma ging ebenfalls dem Ende entgegen. Die interne Untersuchung war eine Farce. Man stellte ihm nur sehr banale Fragen, Smiths Verfehlungen kamen nicht zur Sprache. Als er darauf hinwies, dass es etliche ungeklärte Fragen gab, die einer Antwort bedurften, schnitt man ihm das Wort ab. Er habe keine Fragen zu stellen, sondern lediglich die ihm gestellten Fragen zu beantworten. Seine Anschuldigungen gegen Charles Smith wurden abgewiegelt. Der Mann hätte nur seinen Job gemacht. Damit war das Thema erledigt.

Ab sofort war er wieder im Dienst. Im Innendienst wohlgemerkt. Seine eigentliche Tätigkeit würde er erst wieder aufnehmen können, wenn er das okay vom Seelendoktor hatte. Eine gängige Prozedur, wenn ein Partner ums Leben kam. Eine gewisse Anzahl von Stunden auf der Couch des Doktors und er bekam die Unterschrift auf der Diensttauglichkeitsbescheinigung. Das war nun wahrlich nur eine Frage der Zeit und nicht der Rede wert.

Einen neuen Partner für sich zu finden würde schwieriger werden. Vor allem, da er absolut keinen neuen Partner wollte. Er brauchte keinen Aufpasser, der ihn an die Kette legte. Er wollte frei sein, frei und ungebunden.

Verkettung ungünstiger Zufälle hieß es schließlich im Abschlussbericht. Die Akten wurden versiegelt und man legte ihm nahe, seine Hirngespinste von einem geplanten Attentat oder gar Verrätern in den eigenen Reihen für sich zu behalten oder man sehe sich gezwungen, ihn auf unbestimmte Dauer vom aktiven Dienst zu beurlauben.

Äußerlich fügte er sich, setzte sich an den ihm zugewiesenen Schreibtisch und machte Dienst nach Vorschrift. Doch wenn sie glaubten, ihn so unter Kontrolle zu haben und von seinem Ziel abzubringen, dann hatten sie sich getäuscht. Nach Dienstschluss verfolgte er seine Theorien weiter. Er würde nicht aufgeben, niemals. Und ewig konnten sie ihn schließlich nicht kaltstellen.

Die Suche nach Thomes' Mörder füllte Gerrys komplettes Leben aus. Sein Arbeitszimmer glich mehr und mehr einer Kommandozentrale. Die Wände hatte er mit riesigen Tafeln ausgestattet, die er mit Informationen spickte.

In einer Ecke hingen seine handgemalten Skizzen, die er von dem Hinterhalt angefertigt hatte. Daneben notierte er Fragen, mögliche Antworten, alles was ihm wichtig erschien und woran er sich noch erinnern konnte. Wer befand sich wo, als die Schüsse fielen. Er arbeitete Theorien aus und verwarf sie wieder.

Ein anderer Teil der Wand enthielt Informationen zu dem Verschwinden von Thomes' Leichnam. Er hätte diese jetzt, nachdem er Thomes gefunden und beigesetzt hatte, entfernen können, aber irgendetwas in ihm sagte ihm, dass es wichtig war, sie an der Wand zu belassen.

Er wusste, er übersah etwas. Er hatte noch nicht alle relevanten Hinweise gefunden, doch sobald er all die ganzen Einzelteile zusammengetragen hätte, würde sich alles, wie bei einem riesigen Puzzle, zu einem einzigen gigantischen Bild zusammenfügen. Doch bis dahin blieb ihm nichts weiter übrig als weiter Fakten zu sammeln.

Mit der Zeit stellte sich heraus, dass sich sein neuer Schreibtischjob als sehr nützlich erwies. Wie der Zufall es wollte, verdonnerte man ihn dazu, alle seine und Thomes' alte Fälle noch einmal aufzuarbeiten. Das tat er sehr gewissenhaft. War es doch ein erster

Ansatzpunkt auf einen möglichen Täter. Im Laufe seiner Ermittlungen fragte er sich immer wieder: Warum musste Thomes sterben? Doch so sehr er auch versuchte, einen Sinn in dem Ganzen zu sehen, er versagte, er lief gegen unsichtbare Mauern und das machte ihn verrückt.

Es gab kein Motiv.

Er hatte einen ganzen Monat damit verschwendet, in den Akten der früheren Fälle herumzuwühlen, doch er konnte einfach keine Erklärung dafür finden, warum Thomes bei irgendjemandem auf der Abschussliste gestanden haben sollte. Dabei nutzte er wirklich alle ihm zur Verfügung stehenden Mittel aus, um an Informationen heranzukommen. Nicht einmal für einen kleinen Flirt mit der Dame vom Archiv war er sich zu schade und siehe da, ihm eröffneten sich einige neue Möglichkeiten. Wenn er wollte, konnte er wahrlich sehr charmant sein.

Sein Gefühl sagte ihm, Smith war der faule Apfel, der all die anderen mit verdarb. Doch es gab nichts, aber auch gar nichts, was er ihm beweisen konnte. Nichts als viel zu viele ungeklärte Fragen und keine passenden Antworten.

Smith hatte sie im Stich gelassen. - Warum?

In seinen Händen lag die Koordination des Einsatzes und nur er kannte die genauen Zeiten und Orte, an denen man sie rausholen sollte. – War er die Schwachstelle? Er musste es sein. Warum sonst hatte er sie kreuz und quer durch die Pampa gejagt? Doch nur um sie am Ende in die Falle zu locken.

Warum überprüfte niemand seine Konten? Und wieso stellten die aus der Chefetage sich so eifrig vor Charles Smith?

Fest stand, er war nicht mehr erreichbar gewesen. Technischer Defekt, hieß es, pah, wer sollte das glauben? Bei jedem anderen wäre die Karriere nach so einem Fehlgriff für Jahre auf Eis gelegt. Nicht so bei Charles. Auf unerklärliche Weise machte seine Karriere in kürzester Zeit einen rekordverdächtigen Sprung nach oben. Eine Tatsache, die ihn in seinen Augen noch verdächtiger aussehen ließ.

Was oder besser gesagt wen hatte Smith in der Hand, dass er solche Macht gewinnen konnte. Was war das für ein Geheimnis, das er bewahrte und das es ihm ermöglichte, ohne Konsequenzen morden zu lassen?

Denk nach!

Was blieb übrig, wenn alles andere als unsinnig abgetan wurde?

Er wusste es nicht.

Verdammt, er hatte sich in seinem eigenen Geist verrannt. Es kam ihm so vor, als würde er sich selbst beobachten, wie er als Miniaturfigur durch die Windungen seines Gehirns lief, genau wie eine Laborratte durch ein Labyrinth, doch im Gegensatz zu ihr fand er den Ausgang nicht. Stattdessen landete er immer und immer wieder an derselben Stelle.

Er brauchte einen anderen Ansatzpunkt. Er stellte die falschen Fragen, doch was waren die richtigen Fragen?

Wer war das Ziel des Anschlags? Hatten die oder der Täter ihr Ziel erreicht?

Wie ein Tiger in seinem Käfig lief er vor der Wand mit den Skizzen vom Tatort auf und ab. Mit Hilfe der Akten hatte er die Positionen der Opfer darin eingezeichnet. Ließ man die Opfer, welche durch einen oder mehrere Querschläger erwischt wurden, außer Acht, dann ergab sich eine eindeutige Schussrichtung. Scheinbar hatten alle ein primäres Ziel. – Thomes. Doch was, wenn sein Pate gar nicht...

...das Ziel war?

Sondern er...

Ja..., so musste er sein. Er war das Ziel, ihn versuchte man zu treffen. Thomes' hatte sich geopfert, indem er sich zwischen ihn und den Kugelhagel warf. Doch damit konnte niemand rechnen. Was bedeutete, dass wer immer seinen Tod wollte, sein Ziel nicht erreicht hatte und es wieder probieren würde.

Plötzlich ergab alles einen Sinn. Selbst das Verschwinden von Thomes' Leichnam. Sein Tod warf ihn aus der Bahn. Doch die Ungewissheit, die verzweifelte Suche nach seinem Leichnam ließ ihn nicht nur verrückt, sondern auch unvorsichtig werden.

Und wer hatte da seine Finger mit im Spiel? Wer hatte sich als er ausgegeben und den Leichnam verschwinden lassen? – Smith! – Und das würde er ihm mithilfe eines einfachen Fotos und des diensthabenden Pathologen nachweisen können.

Außerdem wurde es langsam Zeit, dass er in den Außendienst zurückkehrte. In dem Großraumbüro hatte er ständig das Gefühl belauert zu werden, so als hätten die Schatten Augen. Er musste da raus, vor allem um nicht verrückt zu werden, aber auch um Kontakte zu aktivieren, von denen niemand wusste, dass er sie überhaupt hatte.

Kontakte, das war auch der Grund, warum er in Thomes' Zimmer gegangen war. Er öffnete den Schrank und entnahm eine Akte. Für einen zufälligen Betrachter sah der Ordner wie eine Sammlung von

Bildern und Texten über Pflanzen aus. In Wahrheit verbarg sich darin nicht irgendein, sondern Thomes' kleines schwarzes Buch.

Wenn man wusste, wie man die Seiten lesen musste, dann offenbarte es einem viele Geheimnisse. Telefonnummern und Namen von Informanten, Bankdaten von geheimen Konten, Aufenthaltsorte von Zeugen und so einiges mehr. Fest stand, es gab einige, die für diese Informationen morden würden. Vorausgesetzt sie würden den Code je entschlüsseln.

Zurück in seinem Arbeitszimmer suchte Gerry unter der Rubrik – From Russia with Love – die schwarze Tulpe Baba Yaga, denn Baba Yaga stand für Sergej, einen russischen Geschäfts- und Lebemann.

Womit konkret er seinen Lebensunterhalt verdiente, wusste niemand so genau. Man munkelte, er habe gute Kontakte zur russischen Mafia.

Offiziell war er in erster Linie Sohn, aber das war nur Tarnung. In Wahrheit hatte er die Geschäfte seines Vaters längst übernommen und zog im Hintergrund die Fäden. Er machte in Immobilien und Antiquitäten, außerdem war er Mitinhaber mehrerer Restaurants und Hotels. In bestimmten Situationen übernahm er die Funktion eines Mittelsmanns, wobei seine Handelsware überwiegend aus Informationen bestand. Was nicht bedeutete, dass er eine Plaudertasche war.

Thomes vertraute ihm, das war eine Referenz, die ihn genau zu dem Mann qualifizierte, den er brauchte. Allwissend und sehr verschwiegen.

Gerry holte sein Handy hervor und tippte mit dem Finger den Mittelteil der Bestellnummer, welche am

Ende des Textes stand, ein. Nach dem 4. Klingeln wurde bereits abgenommen.

»Da.« Erklang die dunkle Stimme Sergejs, welcher immer mit stark russischem Akzent sprach, obwohl er gebürtiger Londoner war und auch hier aufwuchs.

»Hallo! Ich habe großen Appetit auf Haggis. Steht das Gericht demnächst bei ihnen auf der Speisekarte?« Gerry vermied absichtlich, Sergej direkt anzusprechen und nach einem Treffen zu fragen. Obgleich er ihn persönlich kannte. Es erschien ihm einfach nicht passend, mit der Tür ins Haus zu fallen.

»Highlander, bist du das?« Typisch Sergej, für ihn würde er immer der Highlander bleiben. Er erinnerte sich nicht, dass er ihn je anders angesprochen hatte.

»Aye, ich…«

»Warte, Tovarishch… einen Moment, ich werde den Koch fragen.«

Eine halbe Ewigkeit blieb alles still in der Leitung.

»Morgen, 14.00 Uhr im Nikita's.«

»Danke!«

»Do svidaniya!« (Auf Wiedersehen!), hörte Gerry gerade noch, dann wurde aufgelegt.

Morgen. Morgen war Samstag, das passte ihm gut, er musste erst am Montag wieder zum Dienst.

# 7

Am nächsten Tag stand Gerry punkt zwei Uhr vor dem Nikita's, einem Restaurant, das bekannt war für seine ausgezeichnete russische Küche, sowie die exzellente Auswahl an Wodkas. Er war schon des Öfteren zum Abendessen hier gewesen, meist in weiblicher Begleitung, doch nie außerhalb der regulären Öffnungszeiten.

Als er die Türklinke herunter drückte, stellte er fest, dass die Eingangstür verschlossen war. Er sah sich um, nahm einen letzten tiefen Zug aus seiner Zigarette, schnippte beiläufig die Kippe weg und klopfte schließlich energisch an den Türrahmen. Fast im selben Moment wurde ihm geöffnet.

»Dobryi den, Gospoda! Pozhaluista... (Guten Tag, der Herr! Bitte...)«, begrüßte ihn ein Mann im dunklen Nadelstreifenanzug, welcher halb verdeckt hinter der Tür wartete und diese nach seinem Eintreten sofort wieder fest verschloss. Erst als er ins Licht trat und sich ihm zuwandte, erkannte er ihn.

Es war Nikolai, einer von Sergejs Sicherheitsleuten. Er kannte den blonden Hünen mit dem kurzen Igelschnitt und den eisblauen kalten Augen, die ihn unwillkürlich an einen Hai erinnerten, bereits von früheren Treffen. In denen Thomes sich mit Sergej traf. Rückblickend erschien es ihm, als hätte Thomes ihn ganz bewusst, als stillen Begleiter, auf Zusammenkünfte dieser Art mitgenommen. So lernte er ganz diskret Leute kennen und diese ihn.

»Darf ich?« fragte Nikolai höflich.

»Natürlich.« Gerry stellte sich mit ausgebreiteten Armen vor ihn hin und ließ die professionell ausgeführte Leibeskontrolle über sich ergehen. Er war unbewaffnet, was nicht hieß, dass er wehrlos war. Er konnte einen Menschen auf viele Arten töten. Doch darum ging es nicht. Es wäre respektlos gewesen, zu einer Einladung bewaffnet zu erscheinen. Außerdem war er es, der Hilfe erbat, das hieß, sich dem Alphamännchen zu unterwerfen, auch wenn's schwer fiel.

»Bitte, folgen Sie mir, Sie werden bereits erwartet.«

Sergej saß in einem der privaten Dining Rooms. Im Nikita's gab es fünf solcher Nischen, die auf Wunsch vom Haupt- bzw. Esszimmer mit schweren Vorhängen abgetrennt werden konnten. In ihnen fanden bequem bis zu sechs Personen auf weich gepolsterten Bänken, die rund um einen Tisch herum angebracht waren, Platz. Das bot eine sehr intime Atmosphäre, vor allem für Leute, die Wert auf ihre Privatsphäre legten. Doch heute waren die Vorhänge weit geöffnet und der Tisch festlich mit edlem Kristall und erlesenem Porzellan für zwei gedeckt.

Als Sergej ihn sah, stand er respektvoll auf. Er reichte ihm, mit ernster Miene, die Hand und zog ihn gleichzeitig in seine Arme. Eine Geste, die Gerry nicht erwartet hatte.

Vollkommen überrascht ließ er die herzliche Umarmung etwas steif über sich ergehen. Er hatte mit einem kurzen Nicken als Begrüßung gerechnet, jemandem die Hand zu geben war nicht üblich und ihn gar in die Arme zu schließen wie einen Bruder schon gar nicht. Es sei denn, man wollte ihn auf versteckte Waffen abchecken. Was in diesem Fall wohl ziemlich unsinnig gewesen wäre, schließlich machte Nikolai seinen Job hervorragend.

»Highlander, ich freue mich, dass du gekommen bist und mir so die Gelegenheit gibst, dir mein aufrichtiges Beileid auszusprechen. Ich bedauere deinen Verlust aus tiefstem Herzen und ich trauere ehrlich mit dir um deinen Partner, ich habe ihn sehr gemocht. Er war ein durch und durch ehrenwerter Mann. Aufrichtig und rechtschaffen. Ich hegte den allergrößten Respekt für ihn. Menschen wie er sind heutzutage äußerst selten.« Sergejs wohlklingende Stimme drückte ehrliches Bedauern aus.

Seltsam, er hatte Thomes nie gefragt, woher er Sergej kannte. Er war einer der wenigen Menschen gewesen, denen er vertraute, doch in der Öffentlichkeit taten sie immer so als würden sie sich nicht kennen. Und nun drückte Sergej ihn nicht nur an seine Brust, sondern sprach ihm sein Beileid aus. Waren sie am Ende doch mehr als nur Geschäftsleute?

Abschätzend huschte Gerrys Blick über sein Gegenüber. Sergej Sokolow hatte das Auftreten und die Selbstsicherheit eines echten Mafia-Paten. Zumindest so, wie man ihn sich in diversen Filmklassikern immer vorstellte.

Sein dunkler Maßanzug und das schwarze Hemd strahlten Eleganz aus. Die Goldkettchen an Handgelenk und Hals vervollständigten das Bild und waren ebenso Einzelanfertigungen, wie der Siegelring an seiner rechten Hand und der Schmuckstein an dem Gummi, das sein langes seidig blauschwarz glänzendes Haar im Nacken zusammenhielt. Doch egal was er trug, den großen schlanken Mann umgab eine Aura der Macht, deren Präsenz sich sofort zeigte, wenn er einen Raum betrat.

»Danke! Sergej...« erwiderte Gerry schließlich.

Bevor die einsetzende Stille peinlich werden konnte, machte Sergej eine einladende Geste zum Tisch: »Pozhaluista... Bitte, Tovarishch... Freund, nimm Platz und lass uns zusammen speisen. Ich war so frei, von unserem Koch ein kleines Menü vorbereiten zu lassen. Im Gedenken an den Verstorbenen, »Rasputin« war eines seiner Lieblingsmenüs, wenn er hier zu Gast weilte.«

Essen? Was sollte das nun wieder? Gerry war nicht zum Essen hergekommen, dementsprechend war er, mit seiner Jeans und dem einfachen schwarzen Shirt, das er unter der Lederjacke trug, nicht dem Dresscode entsprechend gekleidet. Doch die Einladung abzulehnen wäre unhöflich gewesen, und so zog er kurzerhand seine Jacke aus, warf sie auf die Bank und setzte sich daneben. Während Sergej ihm gegenüber Platz nahm und nach dem Glöckchen auf dem Tisch griff.

Ein leises melodisches Bimmeln erklang.

»Was darf ich dir zu trinken anbieten?« Sergejs dunkle, bei diesem Licht schwarz schimmernde Augen, musterten Gerry aufmerksam, während er auf eine Antwort wartete.

»Wasser, bitte.«

»Wasser und Wodka, wie ein echter Russe. Du hast Stil, Highlander, das habe ich schon immer an dir bewundert.«

Er hatte nichts von Wodka erwähnt, aber wenn das der Weg zum Ziel war, dann würde er ihn gehen.

Nikolai betrat mit einem Tablett den Raum und blieb in gebührendem Abstand abwartend stehen. Erst als Sergej ihm zunickte, trat er an den Tisch heran und kredenzte stumm die Getränke. Zuerst die zwei randvoll mit Wodka gefüllten Gläser, danach eine Karaffe mit kaltem klarem Wasser, in dem Eiswürfel schwammen, die beim Eingießen in die Gläser leise klirrende Geräusche verursachten. Bei der eisgekühlten Flasche Wodka zögerte er kurz und sah dabei Sergej fragend an.

»Nein... ich meine... ja... lass sie hier stehen, wir bedienen uns selbst, und leg noch eine Kiste in den Eisschrank. Danke!«, wies Sergej ihn an, während er seine Serviette auffaltete und sich mit einer eleganten Handbewegung über den Schoß legte.

Nikolai wandte sich mit einem leichten Kopfnicken zum Gehen, wurde jedoch mitten in der Bewegung von Sergej noch einmal zurückgerufen: »Nikolai? Warte! - Wir wollen nicht gestört werden, kümmere dich darum und sag meine Verabredungen für heute ab. Danke!«

Mit einer angedeuteten Verbeugung bekundete Nikolai, dass er sich um alles kümmern würde, und verließ den Raum.

Sergej hob sein Glas zum Toast. »Na zdorov'e! (Auf die Gesundheit!) Und ein langes Leben nach dem Tod«, fügte er hinzu, ehe er das Glas in einem Zug leerte.

»Na zdorov'e«, erwiderte Gerry und kippte das Glas ebenfalls in einem Zug herunter. Der Wodka war eiskalt. Während er seine Speiseröhre hinunter lief, verwandelte er sich in flüssiges Feuer und brannte in seinen Eingeweiden. Oh Mann, das Zeug trieb einem die Tränen in die Augen. Gerry unterdrückte den Reflex, sich kräftig zu schütteln, legte jedoch eine Hand auf die Stelle seines Magens, wo die Flüssigkeit gerade angekommen war, und atmete hörbar aus.

»Der ist gut, nicht?« Sergej stellte sein Glas ab und griff erneut nach der Flasche um nachzuschenken. »Also weg damit, dann reden wir übers Geschäft.«

Gerry ergab sich in sein Schicksal, hob erneut das Glas und... Puh, der heizte ganz schön ein, immerhin war er nicht ganz so schlimm wie der vorangegangene. Dennoch war ihm heiß.

Sergejs Tonfall wurde sachlich und ernst: »Was kannst du mir über Thomes' Tod sagen? Ich meine die wahre Geschichte, nicht das Märchen mit dem Herzinfarkt.« Sergejs russischer Akzent war plötzlich vollkommen verschwunden. Er sah, wie Gerrys Augen kurz aufflackerten. Gut so... Jetzt konnte er sich gewiss sein, dass er seine volle Aufmerksamkeit hatte.

»Warum wolltest du mich sprechen? Ich nehme an, du brauchst meine Hilfe. Also rede frei heraus. Was ist schief gelaufen und wie kann ich dir behilflich sein?«
Wow. Das war direkt. Treffer und versenkt! Gerry hatte nicht erwartet, dass sein Gegenüber so schnell auf den Punkt kommen würde. Vor allem nicht nach dem, was er offenbar heute Abend noch vorhatte. Er dachte mit Graus an die Wodkabestellung, die Sergej geordert hatte. Nach diesem Abend wäre er klinisch tot. Er sollte auf der Hut sein. Dieses Hilfsangebot kam ein bisschen zu schnell.

»Aye, ich brauche deine Hilfe...!«, lautete seine kurze knappe Antwort.

»...aber du weißt nicht, ob du mir vertrauen kannst? Hmm...«

...das kannst du laut sagen, beendete Gerry den Satz in seinen Gedanken. Das Thema war brisant und die

Atmosphäre zwischen ihnen alles andere als entspannt. Ihm wäre wohler, wenn er wüsste, was er für die Hilfe, die man ihm so bereitwillig anbot, würde zahlen müssen. Und wieso wusste der Russe überhaupt, dass es kein Herzinfarkt war?

»...würde ich an deiner Stelle wahrscheinlich auch nicht. Hilft es dir, wenn ich dir versichere, dass du hier nichts zu befürchten hast? Thomes war ein sehr guter Freund, er gehörte zur Familie.«

Das glaube ich nun weniger. Freund, na ja, aber Familie? Vergiss es, Russe, Thomes war Schotte durch und durch.

Sergej sah ihn fragend an: »Er hat dir nie erzählt, wie wir uns kennengelernt haben. Oder?«

»Nein!«

»Nun, das erklärt einiges.« Mit einer eindeutigen Geste forderte er Gerry erneut auf, sein Glas mit ihm zu leeren, fast so als müsse er sich selbst Mut antrinken, erst danach fuhr er fort: »Ich habe selten einen so verschlossenen Mann erlebt. Verschwiegenheit ist eine gute Sache, aber manchmal hat es dein Pate damit etwas übertrieben.«

Hatte er da eben <Dein Pate> gehört? Woher wusste der Russe, dass Thomes sein Patenonkel war? Spätestens jetzt stand fest, Sergej war ihm, was die Informationen über seine Person betraf, haushoch überlegen.

»Nun gut«, drang Sergejs Stimme wieder in sein Bewusstsein. »...möglicherweise dachte er, es seien meine und nicht seine Geheimnisse und deshalb hat er es dir nichts erzählt. Aber er hätte dir ruhig sagen können, dass ich sehr, sehr tief in seiner Schuld stehe.

Vielleicht wärst du dann schon eher zu mir gekommen und wir hätten nicht wertvolle Zeit vertan.

Ja, du hörst richtig. Ich bin in seiner Schuld. Nicht mit Geld oder anderen irdischen Gütern. Es ist eine Blutschuld und durch seinen Tod hat man mir die Möglichkeit genommen, diese Schuld ehrenvoll zu begleichen. Es sei denn, ich räche seinen Tod.

Keine Angst«, fuhr er schnell fort, als er sah, wie Gerrys Augenbraue missbilligend nach oben schoss, »ich weiß, dass dir als seinem Erben dieses Privileg zusteht, und ich mache es dir ganz bestimmt nicht streitig. Ich bitte dich nur, lass mich helfen, seinen Mörder zu finden und so meine Schuld zu begleichen.«

Als Gerry nicht sofort antwortete, fuhr er fort: »Du bist schwer zu überzeugen, mein Freund. Nun gut, lüften wir das Geheimnis...« Er holte seine Brieftasche hervor, zog ein Foto heraus und reichte es Gerry über den Tisch.

Es war ein Familienfoto, Sergej zusammen mit einer drallen Blondine und zwei süßen kleinen dunkelhaarigen Mädchen mit langen geflochtenen Zöpfen. »Ich schulde ihm nicht ein, sondern drei Leben... Er gab mir das Liebste zurück, was ich auf der Welt habe. Meine Familie... meine Mädchen, meine süßen unschuldigen Mädchen. Ohne deinen Oheim gäbe es dieses Foto nicht.«

Das klang ja alles ganz nett, aber war es Grund genug, alle Vorsicht außer Acht zu lassen? Gerry musste sich entscheiden, jetzt sofort. Vertraute er Sergej und nahm die angebotene Hilfe an oder stand er einfach auf und ging. Entgegen aller Vernunft hörte er auf sein Bauchgefühl und blieb.

»Ich verstehe«, erwiderte Gerry. Das tat er wirklich. Er konnte sich hineinversetzen in Sergej, zumindest wenn es um Fragen der Ehre ging, damit kannte er sich aus. So wie dem Russen waren auch seinem Clan Angelegenheiten, die die Ehre betrafen, heilig. Er würde ihn nicht hintergehen und niemals einen Preis für seine Hilfe fordern. Das Eis war gebrochen, und als ob Sergej das spürte, fragte er:

»Also fangen wir noch einmal von vorn an? Womit kann ich dir behilflich sein, mein Freund?«

Gerry zog aus seiner Jackentasche eine der Patronen, die Dr. Webber ihm in der Pathologie überlassen hatte, heraus und stellte sie vor Sergej auf den Tisch.

»Hast du so etwas schon einmal gesehen? Sie gingen durch die Schutzwesten wie Butter. Ich dachte, die wären aus einem geheimen Regierungsprojekt. Aber Fehlanzeige! Ich muss wissen, wo die herkommen. Wer so was verkauft und vor allem an wen?«

»Kann ich die behalten? Vorerst?«, fügte der Russe an.

»Aye, natürlich!«

Sergej hielt das Projektil zwischen Daumen und Zeigefinger und drehte es nachdenklich vor seinen Augen hin und her.

»Copkiller«, sagte er mehr zu sich als zu Gerry. »Ich habe davon gehört, aber noch nie eine gesehen. Die Gerüchteküche brodelt. Wird wirklich Zeit, dem nachzugehen. Viel zu viele seltsame Dinge geschehen. Separat betrachtet, nicht der Rede wert, doch in letzter Zeit häufen sie sich.«

»Was meinst du mit: seltsame Dinge?«

»Männer verschwinden, Frauen auch. Wir sind eine streng gläubige Gemeinde, wir sorgen füreinander.

Wenn die Kirchgemeinde sich mehr und mehr lichtet, dann fällt das auf.

Die Leute reden, sie sagen, ein Mann hätte viel Geld für diverse kleinere Jobs geboten. Die Zeiten sind hart, wer könnte es da verübeln, dass der eine oder andere einen kleinen Nebenjob annimmt. Auf dem freien Markt rollt der Rubel immer noch am besten.

Anfangs lief das ganz gut, man merkte der Gemeinde einen gewissen Wohlstand an. Die Menschen waren zufrieden. Das war auch für meine Geschäfte gut, deshalb ließ ich es laufen.

Doch das war ein Fehler, denn plötzlich wandelte sich alles, die Angst ging um und das Sterben begann. Zum Teil Unfälle, andere verschwanden einfach, kamen von den Jobs, die sie angenommen hatten, nicht mehr zurück. Ich habe Nikolai gebeten, ein paar Männer darauf anzusetzen.«

Gerry runzelte leicht die Stirn. »Hört sich an, als räume jemand hinter sich auf. Erst den Job ausführen lassen und dann die Spuren beseitigen.«

»Ja, den Gedanken hatte ich auch. Nun gut, trinkst du noch einen Wodka mit oder wollen wir lieber erst essen?«, änderte er plötzlich das Thema.

»Essen wäre gut.« Alles war besser als Wodka. Der wievielte war das? Vielleicht der neunte oder waren sie schon im zweistelligen Bereich? Scheiße, er hatte den Überblick verloren. Der Russe war emsig beim Nachschenken und äußerst trinkfest.

Er hätte etwas essen sollen, bevor er herkam, aber nein, er hatte seinem Magen wie üblich nichts weiter als schwarzen Kaffee angeboten. Der sich jetzt mit dem Wodka verbündete und seine Magenschleimhäute attackierte. Ihm war schlecht, mehr noch, ihm war zum Kotzen übel, ob man ihm ansah, wie schlecht es ihm ging? Vielleicht war er schon grün im Gesicht. Außerdem brauchte er eine Zigarette, er würde alles für eine Zigarette geben.

Sergej betätigte erneut das Glöckchen, und kurze Zeit später stellte Nikolai einen großen Teller, übervoll beladen mit Pirozhki, mit Hackfleisch und Frischkäse gefüllte Teigtaschen, auf dem Tisch ab.

»Greif zu!«, forderte Sergej ihn auf.

Angesichts des leckeren Essens war die Zigarette erst einmal vergessen. Gerry ließ sich Zeit beim Essen, um seinen überreizten Magen nicht zu überfordern, doch siehe da, je mehr er zu sich nahm, umso besser fühlte er sich.

Nikolai war wie ein Schatten, immer wieder brachte er neue Teller und Platten mit herrlich duftenden Speisen. Als er zum Abschluss mit Äpfeln, Zimt und Rosinen gefüllte Blätterteigteile, neben einer Kugel Vanilleeis, die mit Walnüssen bestreut waren, kredenzte und dazu ein Kännchen starken schwarzen Kaffees, glaubte Gerry platzen zu müssen, wenn er auch nur noch einen weiteren Bissen in den Mund steckte.

Die Serviette neben dem Teller ablegend, lehnte er sich in die weichen Polster zurück. Er gab es nicht gern zu, aber so gut hatte er schon lange nicht mehr gegessen. Fehlte nur noch...

Nikolai schien seine Gedanken erraten zu haben, denn er erschien just in dem Moment mit einem Humidor vor ihnen und bot Sergej sowie ihm eine der Havanna-Zigarren an.

Das Sahnehäubchen dieses Abends, eine echte Montecristo, der Russe verstand es gut zu leben. Genüsslich rollte Gerry die Zigarre zwischen den Fingerspitzen hin und her, während er mit geschlossenen Augen den aromatischen Duft des Tabaks einatmete. Das war viel besser als eine Zigarette.

Das Rauchen einer Zigarre war Genuss pur, eine Verführung der Sinne, die bereits mit dem Köpfen der Zigarre mithilfe des Cutters begann und sich im Anzünden fortsetzte, das niemals durch das Benutzen einer Kerzenflamme oder eines Feuerzeugs entweiht wurde. Doch die wichtigste Zutat, um eine gute Zigarre richtig genießen zu können, war Zeit. Man musste Zeit haben und anscheinend hatten sie gerade alle Zeit der Welt. Denn Sergej stapelte geschickt ein paar Kissen hinter seinen, Rücken auf und legte die Beine hoch.

»Wie ich sehe, weißt du den Wert einer guten Zigarre zu schätzen.« Leise lachend entzündete Sergej seine Montecristo und reichte ihm den Cutter sowie die Streichhölzer hinüber.

Routiniert und in vollkommener Ruhe führte Gerry das Ritual durch. Zuerst die vorgeschriebene Abfolge der Handgriffe und dann nahm er den ersten Zug. Sofort spürte er, wie sich das würzige Aroma mit der leichten Schoko-Kaffeenote auf seiner Zunge ausbreitete, während der aromatische Geruch des Rauches verführerisch in seine Nase aufstieg.

Ein Gefühl unendlicher Gelassenheit überkam ihn, als er tief und entspannt erst ein- und geraume Zeit später eine graue Qualmwolke ausatmete. Als wäre es das Selbstverständlichste der Welt, tat er es Sergej gleich und machte es sich auf der Bank bequem. Den Blick in den Raum und an die Decke gerichtet, genoss er einen weiteren Zug.

»Unglaublich, wie ähnlich du deinem Paten bist. Für einen Moment habe ich geglaubt, ich sähe Thomes vor mir, wie er die Zigarre anzündet. Dieselben anmutigen Bewegungen und dasselbe Schmunzeln um die Mundwinkel«, bemerkte Sergej beiläufig, während er genüsslich an seiner Zigarre zog und den Rauch inhalierte.

Gerrys Blick wurde traurig, versonnen sah er den Rauchwolken zu, wie sie durch den Raum schwebten, und dann begann er ganz leise, nicht in allen Einzelheiten aber in groben Zügen, zu erzählen, wie Thomes wirklich ums Leben gekommen war.

Dass sie während eines Einsatzes in einen Hinterhalt gerieten und schließlich mit der seltsamen Munition, die ihre Schutzwesten durchschlug als wäre sie aus Papier, beschossen wurden. Er deutete an, dass er glaubte, es sei eine Verschwörung im Gange und dass der Koordinator in der Geschichte mit drin hing, denn ausgerechnet, als sie in den Hinterhalt gerieten, brach die Funkverbindung ab.

Mehr konnte er nicht preisgeben, selbst wenn er wollte, denn eigentlich war das schon zu viel. Als er endete, legte sich eine betretene Stille über den Raum.

Jeder hing seinen eigenen Gedanken nach, bis eine leichte Unruhe sie ins Hier und Jetzt zurückbrachte. Gerry blinzelte ins Licht, er hatte jegliches Gefühl für Raum und Zeit verloren. Irgendjemand hatte die schweren Vorhänge geschlossen, und wenn er genau hinhörte, nahm er ein leises Wispern war, dass von der anderen Seite zu ihnen drang. Sie waren nicht mehr allein. Das Restaurant hatte inzwischen geöffnet, ging es ihm durch den Kopf.

Begleitet von einem leisen Stöhnen setzte Sergej sich auf. »Glaubst du, ich bin paranoid, wenn ich behaupte, dass das alles zusammen hängt? Ich meine, meine Leute verschwinden, der Anschlag, diese spezielle Munition. Das ist doch alles kein Zufall mehr.

Da fällt mir ein, zwei von meinen Mädchen kamen mit einer sehr merkwürdigen Geschichte. Erzählten was von einem Freier, der sie zu einem leeren Flugzeughangar bestellt hatte und sich von ihnen als Meister anbeten ließ.

Das ist ansich nichts Ungewöhnliches, Rollenspiele und dergleichen gehören zum Job. Doch sie erzählten, während er sie fickte, gingen aus einem Funkgerät mehrere Notrufe ein, sie hätten ganz eindeutig Schreie und Schüsse gehört.

Nikolai dachte, sie wollten sich nur interessant machen, doch sie schworen auf ihre kleinen süßen Hintern, dass das kein Fake war. Ein paar Tage später verschwanden sie spurlos. Er macht sich große Vorwürfe deshalb.«

Ruckartig setzte Gerry sich auf, auf einmal war er hellwach. »Wann war das? Anfang Juli? Wie sah der Mann aus?« Er kramte nach seinem Handy. »Wenn ich dir via Bluetooth ein Bild schicke, denkst du, jemand von deinen Leuten würde ihn wiedererkennen?«

»Ich werde es an Nikolai weiterleiten, vielleicht eines der anderen Mädchen, große Hoffnung habe ich allerdings nicht.«

Gerry nickte. Einen Versuch war es immerhin wert. Seine Finger flogen über die Tasten und innerhalb einer Minute hatte er Smiths Foto an Sergej gesandt. Eigentlich hatte er das Foto nur aufgenommen, um es dem Pathologen zu zeigen, nun erwies es sich auch so als nützlich.

Sergej sah sich das Foto genau an. »Wenn der Mann etwas mit Thomes' Tod oder dieser seltsamen Munition zu tun hatte, dann werden wir das für dich herausfinden. Und keine Sorge, die Rache ist ganz dein.«

»Danke!«

»Was kann ich sonst noch für dich tun?«

»Nichts, danke!«

»Nichts? Neet, das ist zu wenig. Vielleicht später. Was immer du brauchst, du bekommst es.«

Gerry versprach gegebenenfalls auf das Angebot zurück zu kommen.

Es wurde ein langer Abend. Sie tranken reichlich, redeten über Gott und die Welt, vor allem aber über Thomes und die gemeinsame Zeit mit ihm. Zum Abschied umarmte Sergej ihn noch einmal und bestand darauf, dass Nikolai ihn heimfuhr. Er befand das für nicht nötig, doch als er in schwärzester Nacht seinen Fuß vor die Tür setzte und sein mit Wodka abgefüllter Körper der frischen Luft ausgesetzt wurde, da war er dankbar für jede helfende Hand.

Er stieg schwankend in die bereit stehende Limousine ein, die Tür klappte zu, und von da an hatte er keinerlei Erinnerungen mehr, kompletter Filmriss. Am nächsten Morgen wachte er in seinem Bett auf. Entkleidet bis auf die Shorts. Seine Sachen hingen ordentlich zusammengelegt über dem Stuhl. Die Vorhänge hatte man vorsorglich geschlossen. Auf dem Nachtschrank fand er neben seinen Schlüsseln und seinem Handy ein Glas Wasser sowie ein Päckchen Aspirin.

Das alles deutete darauf hin, dass er nicht allein nach Hause gekommen war. Sollte ihm das Sorgen bereiten?

Das Goldstück, ging es ihm durch den Kopf. Sergej hatte gesagt, Nikolai sei ein wahres Goldstück, dessen Wert man nicht hoch genug schätzen konnte.

Als Gerry gleich zwei der Tabletten schluckte, war er geneigt, diesen Wert voll anzuerkennen.

# 8

Die Tage verstrichen, reihten sich eintönig aneinander zu Wochen. Der Innendienst zermürbte Gerry, die Arbeit war langweilig und stupide. Wenn das noch länger so weiter ging, dann würde sein Gehirn genauso verstauben wie die Akten auf seinem Schreibtisch.

Gerry hatte versucht, den Pathologen Dr. Webber zu erreichen, um ihm das Foto von Smith zu zeigen, doch er traf nur Scott an. Dieser erzählte ihm, mit der dem Pathologen eigenen, ausschweifend-geschwätzigen Art, dass der Doc überraschend vorzeitig in den Ruhestand gegangen sei. Seine Frau hatte eine Reise auf einem Kreuzfahrtschiff gewonnen.

»Stell dir das vor, da flattern die gesamten Unterlagen in deinen Briefkasten, alles bezahlt und es ist keine Verarsche. So ein Glück möchte ich auch Mal haben.«

Glück?

Nein, Gerry glaubte nicht, dass das etwas mit Glück zu tun hatte. Eher mit, schaff die Zeugen beiseite. Hoffentlich irrte er sich und das Ganze wurde für den Doc nicht zu einer Reise ohne Wiederkehr. Patrick würde ihn wahrscheinlich als paranoid beschimpfen. Vielleicht war er das auch, nichtsdestotrotz behielt er diesen Gedanken erst einmal in seinem Kopf.

Lustlos blätterte Gerry eine weitere Seite einer uralten Fallakte um. Gott, er hatte das alles so satt. Er erstickte noch, wenn nicht bald...

Mit einem lauten Rumsen knallte ein weiterer Stapel Akten auf seinen Schreibtisch. Er sah nicht einmal zu dem Kollegen auf, murmelte nur ein müdes: »Danke...«, und unterdrückte ein Gähnen.

»He, McGregor, der Chief will dich sehen.«

Das ließ Gerry dann doch aufblicken.

»Sollst sofort zu ihm rauf kommen«, fügte der Agent an.

Zwei Minuten später stand Gerry vor der Tür seines Vorgesetzten, Chief David Bell, und klopfte an.

»Ja, bitte.«

»Chief«, grüßte er knapp und blieb im Türrahmen stehen.

»Ah, McGregor, kommen Sie rein, setzen Sie sich. Zitronenbonbon?«, bot Bell ihm mit einem Wink auf ein Glasschälchen, welches immer gut gefüllt auf seinem Schreibtisch stand, an.

»Nein, danke!« Eine Zigarette wäre Gerry lieber gewesen, als das klebrige Zeug, das der Chief in sich reinstopfte, seit er mit dem Rauchen aufgehört hatte. Widerstrebend folgte er der Aufforderung des Chiefs und nahm auf dem Besucherstuhl vor dem Schreibtisch Platz. Er wäre viel lieber stehen geblieben.

»Wie geht es Ihnen?«

»Gut. Danke!« Die Gunst der Stunde nutzend, fügte er hinzu: »Wie sieht es aus? Wann kann ich endlich...«, weiter kam er nicht.

»Sie brauchen nichts zu sagen, ich weiß Bescheid. Sie wollen zurück in den Außendienst. Ich sehe schon, Ihre Akte spricht für sich, alle psychologischen Tests bestanden, auf dem Schießstand sind Sie so sicher wie eh und je. Okay! Bleibt nur noch eine Frage offen.«

Chief Bell sah ihn durchdringend an.

Jetzt kommt's. Was hatten sie sich nun wieder ausgedacht, um ihn im Innendienst festzuhalten?

»Haben Sie einen neuen Partner?«

»Nein, bisher noch nicht.« War ja klar, immer die alte Leier.

»Dann kann ich nichts für Sie tun.«

»Was soll das heißen?«

»Kein neuer Partner, kein Außendienst.«

»Aber, es ist nicht meine Aufgabe, einen neuen Partner für mich zu finden.«, begehrte Gerry auf.

»Nicht? Ich dachte, Sie wollten so schnell wie möglich wieder in den Außendienst versetzt werden. Finden Sie jemanden, der freiwillig mit Ihnen arbeitet, und ich gebe mein okay. Mehr kann ich nicht tun. Anweisung von ganz oben. Tut mir leid.«

»Seit wann darf ich mir meine Partner selbst suchen?«, konterte Gerry grollend. So schnell würde er nicht aufgeben.

»Seitdem Sie in dem Ruf stehen, als einziger Überlebender von ihren Einsätzen zurückzukehren.«

Autsch, das war weit unter der Gürtellinie.

»Verdammt!«, fluchte er vom Stuhl aufspringend. »Das ist nicht fair und das wissen Sie.«

Das Gespräch verlief ganz und gar nicht so, wie er es sich erhofft hatte. Der Chief erhob sich ebenfalls, sich mit den Händen auf der Tischplatte abstützend, maßen sie sich gegenseitig, wie zwei Kampfhähne in der Arena. Er würde bestimmt nicht nachgeben. Keinen einzigen Millimeter.

»Fair? Mann, wo leben Sie denn? Was ist heutzutage schon fair? Also gut, lassen Sie mich was probieren«, lenkte der Chief in versöhnlicherem Tonfall ein und griff nach dem Telefon. »Na los, worauf warten

Sie, trollen Sie sich vor die Tür, ich ruf Sie, wenn ich fertig bin.«

Als die Tür sich, mit einem leisen Klicken, hinter ihm schloss, fuhr Gerry sich frustriert mit den Fingern durchs Haar, um sie schließlich im Nacken zu verschränken. Er sollte sich selbst einen Partner suchen. Die spinnen doch alle. Abgesehen davon, dass er keinen Partner brauchte und auch keinen wollte, würde er ganz bestimmt nicht durch die Firma rennen und betteln, dass irgend so ein Frischling sich bereit erklärte mit ihm zusammenzuarbeiten.

Nein... niemals, eher würde die Hölle gefrieren. Unruhig wanderte er vor der geschlossenen Tür auf und ab, bis sie ruckartig aufgerissen wurde.

»Reinkommen«, wurde Gerry barsch hineinzitiert.

Oh Scheiße..., das hörte sich nicht gut an, der Chief war sauer. Während er langsam die Tür schloss, ging Bell vor dem Fenster in Stellung. Ohne ihn eines weiteren Wortes oder Blickes zu würdigen, stand er stumm da und starrte aus dem Fenster.

Gerry lehnte sich mit dem Rücken an die Tür, verschränkte die Arme vor der Brust und wartete der Dinge, die nun folgen würden. Er hatte Zeit, von ihm aus konnten sie den ganzen Nachmittag hier stehen und sich anschweigen. Sekunden dehnten sich zu kleinen Ewigkeiten. Irgendwann war es ihm zu blöd, dem Chief weiter Löcher ins Kreuz zu starren, und so schloss er einfach die Augen.

Erst das Klingeln des Telefons brachte wieder Leben in das Szenario. Mit versteinerter Miene hörte der Chief dem Anrufer zu. Als er auflegte, wandte er sich an Gerry: »Okay, McGregor, Sie kriegen Ihre Chance. In einer Stunde im Hauptgebäude. Sie nehmen den hintersten Aufzug in der linken Reihe, man wird auf Sie zukommen. Versuchen Sie ihr Glück. Und jetzt machen Sie, dass Sie hier rauskommen.«

»Danke, Chief.«

»Ja, ja... vermasseln Sie es nicht und nun raus hier.«

Gerry wusste nicht, was genau er erwartet hatte, aber am Ende des Tages war er wieder im Spiel. Er hatte seine Waffe zurück, einen neuen Auftrag und einen neuen Partner.

Auf letzteren hätte er gut verzichten können. Die Frage war nur, wer von ihnen beiden überraschter über diesen Umstand war. John Carter, den ein dummer Zufall zur falschen Zeit an den falschen Ort geführte hatte, oder er. Hätte er eine Wette abschließen sollen, wer einmal sein neuer Partner würde, auf diese Konstellation wäre er sicher nicht gekommen.

John Carter war das Paradebeispiel eines Anti-Agenten. Ein Computergenie, ein Schreibtischtäter, wie er im Buche stand. Es gab wahrscheinlich im gesamten Areal niemanden, der ungeeigneter war, um für ihn das Kindermädchen zu spielen. Das war grotesk. Er wollte keinen Partner, er konnte keinen Partner gebrauchen und erst recht keinen Frischling.

Doch er hatte keine andere Wahl und so fügte er sich widerstrebend in sein Schicksal.

Er war nicht lebensmüde, auch wenn das einige aus der Firma zu glauben schienen, deshalb schleppte er Carter als erstes auf den Schießstand. Überraschung, der Junge war ein Naturtalent. Er hatte eine ruhige Hand und ein scharfes Auge, dazu die Trefferquote eines Scharfschützen. Zumindest wenn es darum ging, leblose Objekte zu treffen. Und er kannte sich mit Waffen bestens aus. Kein Wunder, denn er war bislang in der Forschung und Entwicklung tätig gewesen. Ein Arbeitsplatz, der ihm überaus zusagte.

John Carter hatte genau so wenig in den aktiven Dienst gewollt, wie Gerry sich nach einem Schreibtischjob sehnte. Nur das das niemanden in der Firma interessierte.

Ungeachtet dessen entpuppte Carter sich als sehr angenehmer Partner. Ruhig und gewissenhaft, war er stets bemüht, ihm nicht unnötig auf den Sack zu gehen.

In den folgenden sechs Monaten rauften sie sich zusammen. Auch wenn er es nicht wahr haben wollte, er mochte den Jungen. Sie waren auf einer Wellenlänge und ergänzten sich prima. Er brachte dem Frischling ein paar überlebenswichtige Tricks bei und John erledigte dafür bereitwillig den Papierkram. Die perfekte Symbiose.

Unter anderen Umständen wären sie sicher die besten Freunde geworden. Doch es kam alles ganz anders.

# 9

»Nein! Nein!«, formten seine Lippen tonlos. Das konnte doch alles nicht wahr sein. Er kochte vor Wut. Stümper, er war umgeben von Stümpern.

»Es war nicht unsere Schuld. Der Highlander tauchte plötzlich auf. Schoss um sich wie ein Verrückter, rannte zu Carter und verschanzte sich mit ihm in einem Kellerloch, bis Verstärkung kam.«

Ungeduldig hob er die Hand, um den Redeschwall des Mannes zu unterbrechen. Der Schlappschwanz glaubte tatsächlich, seine armseligen Erklärungsversuche würden von seinem Versagen ablenken. Aber ihn interessierte das nicht, er wollte Ergebnisse sehen.

Der Auftrag lautete: Legt den verdammten Frischling um.

Eine einfache Aufgabe, wenn man bedachte, dass er total harmlos war und garantiert noch nie auf einen Menschen gezielt, geschweige denn geschossen hatte. Carter war eine Null im Außendienst, ihn abzuknallen das reinste Kinderspiel. Das hätte sein siebenjähriger Neffe besser hinbekommen als dieser Versager. Seine gesamte Truppe bestand aus elenden Versagern, aber er würde den Pennern das nicht durchgehen lassen.

»Wie viele von unseren Männern haben wir verloren?«, fragte er scharf.

»K-keinen...« Ein klägliches Stottern antwortete ihm, der Pisser wagte es nicht, ihm in die Augen zu sehen. Immerhin hatte er den Mut besessen, allein zu dieser Verabredung zu kommen und ihm Rede und Antwort zu stehen.

»A-aber vier V-Verletzte«, fügte er leise, sich dabei geistesabwesend auf die Fußspitzen tretend, hinzu.

»Ernsthafte Verletzungen?« In seiner Manteltasche schloss sich seine Hand um die Neunmillimeter und sofort durchströmte ihn ein ruhiges warmes Gefühl der Vorfreude. Er liebte diese Waffe.

»N-nein, Meister. N-nur S-Streifschüsse...«

Verdammter Schleimer. Meister - das ging runter wie Öl, und es vermittelte eine gehörige Portion Respekt. Er war ihr Meister, er hatte das Sagen. Herrscher über Leben und Tod.

Oh ja, das fühlte sich gut an, verdammt gut. Er wünschte nur, er hätte etwas mehr Zeit, um dieses Gefühl ein bisschen länger auszukosten, doch man konnte nun einmal nicht alles haben.

Ein gedämpfter Knall hallte durch die sternenklare Nacht. Schreckte ein paar Tauben auf, die über ihnen in den Streben der Brücke ihr Nachtlager bezogen hatten. Sie flogen eine Runde über seinen Kopf hinweg, dann ließen sie sich wieder nieder, als wäre nichts geschehen.

Er schraubte in aller Seelenruhe den Schalldämpfer ab und ließ die Waffe zurück in die Manteltasche gleiten, danach ging er zu dem am Boden liegenden Mann. Sah in die vor Schreck und Schmerz starr aufgerissenen Augen. Und tatsächlich, bei seinem Anblick verflog seine Wut.

Er bückte sich, nahm dem wehrlosen Mann seine Brieftasche ab, durchstöberte sie nach Bargeld, ließ es ebenfalls in seiner Manteltasche verschwinden und warf den Rest, mit einer schwungvollen Armbewegung, über das Brückengeländer in die reißenden Fluten.

Der Mann röchelte, mühsam drehte er sich um und unternahm einen schwachen Versuch, von ihm weg zu kriechen, denn ihm schwante, was jetzt kam, aber er hatte keine Chance. Mit zwei Schritten war er über ihm, stellte dem Penner seinen Fuß auf den Rücken und bückte sich nach vorn. Seine Hände legten sich um den Kopf des Mannes, ein kurzer kräftiger Ruck mit leichter Drehbewegung und ein knackendes Geräusch ertönte, der Körper unter ihm erschlaffte.

Mit geübten Handgriffen hievte er den Leichnam über die Brüstung. Er fiel und fiel in bodenlose Schwärze. Die Flut würde ihn mitreißen und auf Nimmerwiedersehen ins offene Meer hinaustragen. Genau wie all die anderen Stümper vor ihm. Denn genau so ging man mit Versagern um.

Erst rieb er sich die Handflächen aneinander, als wolle er sie von lästigem Staub befreien, dann griff er in seine Manteltasche, holte ein Zitronenbonbon heraus und schob es sich genüsslich in den Mund. Das Papier ließ er achtlos fallen und ging langsamen Schrittes, ganz so als würde er einen gemütlichen Abendspaziergang machen, zurück zu seinem Wagen, den er in einiger Entfernung zur Brücke geparkt hatte. Er musste sich um neue Männer kümmern. Langsam gingen ihm die Reserven aus.

# 10

Es war Anfang Februar und einer dieser verfluchten Tage, an denen irgendwie alles schief ging. Gerrys Laune war auf dem Tiefpunkt angekommen.

Er hasste diese sinnlosen Aktionen, in denen sie stundenlang mögliche Verdächtige überwachten. Es war schweinekalt, seine Finger waren bereits steif gefroren und seine Zehen spürte er schon seit mindestens einer Stunde nicht mehr. Er wollte nur noch heim, heiß duschen oder besser noch ausgiebig baden, auf jeden Fall aber früh schlafen.

»Die Ablösung ist da«, hörte er Johns Stimme aus dem kleinen Sender in seinem Ohr. »Ich hole dich in fünf Minuten vorn an der Ecke ab.«

»Okay, ich mach mich auf den Weg.«

Langsam, wie ein alter Mann, setzte er sich in Bewegung. Und Morgen derselbe Scheiß in Grün. Nur nicht daran denken. Carter saß wenigstens im Auto, trocken und vor allem warm. Sie hätten tauschen können, die anderen Teams wechselten sich ab, doch John war in seinen Augen noch zu unerfahren, als dass er ihn allein da rausgeschickt hätte.

Nein... es war besser so.

Einmal hatten sie es probiert, doch es ging fast schief. So ein paar bekiffte Drogendealer schossen auf Carter. Er sprang dazwischen, ballerte sein komplettes Magazin leer und zog ihn in einen Kellereingang. Es grenzte fast an ein kleines Wunder, dass niemand verletzt wurde. Seitdem machte er den Job an vorderster Front und John die technische Überwachung. Ein guter Deal, wenn es nicht so schweinekalt gewesen wäre.

Er hustete. Eine Hand legte er auf seine Brust, mit der anderen hielt er sich an einem Laternenmast fest, bis der Hustenanfall vorbei war.

Carter fuhr mit dem Wagen vor und hielt dicht neben ihm an, mit einem Stöhnen ließ Gerry sich auf den Beifahrersitz fallen.

»Der Chief hat angerufen, wir sollen in die Zentrale kommen.«

»Aye, ist gut, machen wir gleich morgen früh«, antwortete Gerry mit krächzender Stimme. »Heute will ich nur noch nach Hause, sei so gut und fahr mich heim. Ja?«

»Du solltest zu einem Arzt gehen, dein Husten wird immer schlimmer. Und auch wenn du das Mikro zuhältst, ich höre dich trotzdem.«

Der Wagen setzte sich langsam in Bewegung und bog an der nächsten Kreuzung links ab.

»He, Moment mal, das ist der falsche Weg. Hast du vergessen, wo ich wohne?«, protestierte Gerry und unterdrückte ein erneutes Husten.

»Nein, aber der Befehl lautet, wir sollen sofort...«

»Verfluchte Scheiße. Warum musst du immer so überkorrekt sein und jedes Wort, das der Chief dir sagt, auf die Goldwaage legen?«

John zuckte als Antwort nur leicht mit den Schultern. Es hatte keinen Zweck, in solchen Situationen mit Gerard zu diskutieren. Am besten war einfach wegzuhören, dann grollte er etwas, beruhigte sich aber schnell wieder und fügte sich in sein Schicksal.

Doch heute klappte das offenbar nicht, denn er hörte ein energisches: »Halt an.«

»Was? Wieso? Wir sind gleich da.«

»Halt an, ich will einen Kaffee holen. Das wird ja wohl noch erlaubt sein«, knurrte Gerry gereizt.

»Aber wir... der Chief...«, wartet, wollte er sagen.

»Wenn ich dich daran erinnern darf, ich habe die letzten sieben Stunden in der Kälte gehockt und mir die Eier abgefroren, ich will einen anständigen Kaffee und außerdem muss ich mal pissen. Also lass mich in Ruhe, wir kommen schon noch früh genug zum Chief, um uns unsere wöchentliche Strafpredigt abzuholen.«

Mit einem Seufzen auf den Lippen lenkte John den Wagen in die nächste Parklücke. Kaum standen die Räder still, da sprang Gerry aus dem Auto, schmiss die Tür hinter sich zu, stürmte in den nächsten Starbucks-Laden und ward nicht mehr gesehen.

Die Minuten verstrichen.

Unruhig trommelte John mit den Fingern auf dem Lenkrad herum und beobachtete den Sekundenzeiger auf der Borduhr, der stetig seine Bahn zog.

Sieben Minuten, Gerard war seit sieben, jetzt fast acht Minuten weg. Er gab ihm noch genau zweieinhalb Minuten, dann würde er rein gehen und nach ihm sehen.

Der Laden hatte doch keinen Hinterausgang, oder doch?

Verdammte Scheiße, der Highlander hatte sich doch nicht etwa abgesetzt, um dem Gespräch mit dem Chief aus dem Weg zu gehen?

Nein... beruhigte John sich selbst. Obwohl, er war nicht gerade gut drauf heute, zuzutrauen wär es ihm. Gott verdammt, McGregors Partner zu sein, war schlimmer als Flöhe hüten. In Augenblicken wie diesen sehnte er sich geradezu zurück an seinen Schreibtisch.

Elf Minuten.

Okay, das reichte jetzt, John machte sich auf den Weg in den Laden. Suchend ließ er den Blick über die Leute schweifen, bis er endlich Gerrys breiten Rücken an einem der kleinen Stehtische in der hintersten Ecke entdeckte. Er sprach mit einem älteren, elegant gekleideten Herren. Er wollte gerade auf ihn zugehen, als Gerry sich von dem Mann verabschiedete und mit versteinerter Miene an ihm vorbei nach draußen stürmte.

Scheiße, das bedeutete Ärger. John machte auf den Fersen kehrt und rannte zurück zum Auto.

»Gib mir den Schlüssel. Ich fahre«, bellte Gerry.

»Das halte ich für keine gute Idee. Sag mir einfach wohin ich fahren soll.«

Widerstrebend stieg Gerry ein. »In die Firma, wohin sonst.«

»In die Firma. Gut.« John wusste, er sollte nicht weiter fragen, denn wie es aussah, hatte Gerry seine Wut kaum noch unter Kontrolle.

Er tat es trotzdem: »Was ist passiert? Wer war der Mann?«

»Das geht dich nichts an.«

Schweigen senkte sich über sie. Die Luft zwischen ihnen war plötzlich wie elektrisch aufgeladen und um mindestens fünf Grad gefallen. Erst als sie zum Hauptgebäude liefen, fasste Gerry John am Oberarm und hielt ihn kurz zurück.

»Es tut mir Leid. Du bist ein guter Kerl, aber glaub mir, es ist besser so.«

Gerry sah Johns verständnislosen Blick, bevor er ihn mit einem geübten Schlag außer Gefecht setzte. Geschickt fing er seinen Sturz ab und bettete den leblosen Körper an die Hauswand.

»Tut mir echt Leid, Kumpel, aber den Weg muss ich allein gehen.« Und dann stürmte er ins Gebäude, auf der Suche nach Charles Smith.

*Eine Viertelstunde zuvor...*

Endlich. Das war das Beste am ganzen Tag. Gerry hielt den heißen Kaffeebecher in seinen Händen und wärmte seine verfrorenen Finger daran auf. Als er einen kleinen Schluck trank, musste er wieder husten.

Oh, Mist, das tat weh. In seinem Schädel gab es viele kleine Explosionen. Husten war nicht gut, husten war gar nicht gut. In Gedanken konzentrierte er sich auf seine Atmung, nur nicht zu tief einatmen, um den Hustenreiz auszuschalten. Langsam schlurfte er zum Ausgang.

»Hallo... junger Mann. Warten Sie, sind Sie nicht?« Er wurde am Arm festgehalten.

Unwirsch entzog er sich dem Griff. »He, was soll das?«, fauchte er. »Finger weg!«

»Schuldigung, mein Fehler, ich habe Sie offenbar verwechselt.«

Gerry sah auf, diese Stimme kam ihm bekannt vor.

»Sie?«, stieß er fassungslos hervor. Er hätte den Mann beinahe nicht wiedererkannt, in seinem langen Mantel mit dem feinen Anzug darunter und der dunkel gebräunten Haut sah er so ganz anders aus, als damals in der Pathologie, wo er immer nur die grüne OP-Kleidung trug und die blasse Hautfarbe seiner Klienten angenommen hatte.

»Dr. Webber?«

»Ja. Ja genau. Sie erinnern sich an mich. Geht es Ihnen gut? Sie sehen gar nicht gut aus.«

»Ich denk, ich bekomm eine Erkältung.« Das war die Untertreibung des Tages. Scheiße, fühlte er sich mies. »Was machen Sie hier? Ich meine, ich habe Sie gesucht, aber man sagte mir, Sie wären auf einer Kreuzfahrt. Später hieß es unbekannt verzogen.«

»Ja, diese Kreuzfahrt stand unter keinem glücklichen Stern. Meiner Frau bekam die Seefahrt nicht, deshalb waren wir froh über jeden Landgang. In Hongkong verpassten wir den Lotsen, der uns zurück an Bord bringen sollte. Da hatten wir echt Glück, denn das Shuttleboot flog in die Luft.«

Zeugen beseitigen, eine Reise ohne Wiederkehr, ging es Gerry durch den Kopf, während der Pathologe weiter sprach. »Meine Frau war so fertig, dass sie nicht mehr auf das Schiff zurückkehren wollte. Also brachen wir die Reise ab und flogen stattdessen zu ihrer Schwester nach Florida. Was soll ich sagen, es hat uns so gut gefallen, dass wir uns ein kleines Häuschen dort gekauft haben.«

Ah... daher die gesunde Hautfarbe mitten im Winter. Ob er wohl ahnte, dass er einem Anschlag entgangen war? Wer immer dahinter steckte, er schreckte vor nichts zurück.

»He, kippen Sie mir nicht um. Sie sind ganz blass geworden.« Mit einer geübten Handbewegung packte Dr. Webber Gerry unter dem Arm und führte ihn zu einem der kleinen Stehtische, damit er sich abstützen konnte. »Mist, seit dem Umbau gibt es gar keine Sitzplätze mehr, mir wäre wohler, wenn Sie sich setzen könnten.«

»Geht schon«, erwiderte Gerry dankbar.

»Ich habe oft an Sie gedacht. Haben Sie gefunden, wonach Sie suchten? Ich meine, Ihren Freund, haben Sie ihn gefunden? Es hat mir keine Ruhe gelassen, dass er einfach so verschwand. Das ist in meiner gesamten Laufbahn noch nicht vorgekommen.«

»Aye, habe ich. Ist eine längere Geschichte.«

»Hm... versteh schon. Sie sagten, Sie haben mich gesucht?«

»Aye.«

»Ich hätte bei Scott eine Telefonnummer für Sie hinterlassen sollen, aber ich weiß bis heute nicht einmal Ihren Namen und Sie werden ihn mir auch nicht nennen, oder?«

»Nein... Ist ein Name so wichtig?« Ein erneuter Hustenanfall unterbrach ihn.

»Das hört sich gar nicht gut an. Sie sollten zu einem Arzt gehen, könnte eine Lungenentzündung werden. Haben Sie Fieber?«

»Weiß nicht. Sagen Sie, erinnern Sie sich noch an den Mann, der meinen Freund damals abgeholt hat?«

Dr. Webber nickte und Gerry holte sein Handy hervor. »Ist das der Mann?« Er hielt ihm das Bild von Smith hin.

»Ja... ja, das ist der Mann.«

»Ganz sicher?«

»Hundertprozentig! So eine Erscheinung vergisst man nicht so schnell.«

»Ich danke Ihnen.«

»Keine Ursache. Haben Sie Anzeige erstattet? Hätte ich auch gemacht. Wenn Sie möchten, sage ich als Zeuge aus. Warten Sie, ich gebe Ihnen meine Karte, Sie können sich jederzeit bei mir melden.«

»Danke, aber das ist nicht nötig, wirklich nicht.«

»Ah.. ich verstehe. Wir werden uns nicht wiedersehen. Oder?«, fragte er plötzlich besorgt.

»Nicht in diesem Leben!«

»Machen Sie keine Dummheiten!« Fast väterlich legte er ihm die Hand auf den Unterarm und drückte kurz zu.

»Keine Sorge, Doc. Keine Sorge«, erwiderte Gerry und stürmte aus dem Laden, um zu tun, was getan werden musste.

Wutentbrannt war Gerry in das Dienstgebäude gestürmt, in den nächstbesten Fahrstuhl gesprungen und just im falschen Stockwerk ausgestiegen. Leider bemerkte er das erst später. Immer zwei Stufen auf einmal nehmend, hechtete er durchs Treppenhaus nach oben in die nächste Etage.

Er atmete schwer, Schweiß stand ihm auf der Stirn, doch der Adrenalinkick trieb ihn unbarmherzig weiter. Die Glastür schwang auf und Smith lief ihm direkt in die Arme. Sie tauschten einen kurzen hasserfüllten Blick und das Schwein wusste, welche Stunde geschlagen hatte.

Smith versuchte tatsächlich wegzurennen, es blieb bei einem kläglichen Versuch. Wie ein Panter, der zum Sprung ansetzt, stürzte Gerry sich auf ihn, riss ihn im Flug um und schlidderte mit ihm ungebremst den polierten Gang herunter. Erst die gegenüberliegende Wand stoppte abrupt ihren Lauf.

Er hörte Stimmen, doch die Leute interessierten ihn nicht. Smith lag unter ihm und er prügelte auf ihn ein. Rechts, links, wieder rechts flogen seine Fäuste, eine Gegenwehr war faktisch nicht vorhanden.

»Ich weiß, was du getan hast. Glaub mir, wenn ich mit dir fertig bin, dann wirst du dir wünschen, du wärst tot«, quetschte Gerry zwischen zusammengebissenen Zähnen hervor.

Er war wie in einem Rausch, die Wut in ihm ließ ihn immer wieder aufs Neue zuschlagen. Smith sollte denselben Schmerz fühlen, den er empfand, als Thomes' Leichnam verschwand.

»Du elender Wichser, vergreifst dich an den Toten. Hast du Thomes so sehr gehasst? Rede... Rede, du Mistkäfer. Du...«

Doch noch größer als das Verlangen, ihm Schmerzen zuzufügen, war der Drang, Antworten zu erhalten. Er würde ihn nicht töten, noch nicht, nicht bevor er nicht zugegeben hatte, dass er hinter dem Anschlag auf Thomes steckte. Himmel, allein dafür, dass er sich unter falschem Namen Thomes' Leichnam bemächtigt hatte und ihn auf dem Feld der Namenlosen verscharren ließ, hatte er in seinen Augen den Tod tausendfach verdient.

Verdammt... Smiths Gejammer zeigte Wirkung. Kräftige Hände packten Gerry von hinten und zerrten ihn von Smith herunter. Er wünschte, man hätte ihn nicht davon abgehalten, sein Werk zu vollenden.

Als John aus dem Fahrstuhl trat, sah er gerade noch, wie einige Männer Gerry in eines der Verhörzimmer stießen. Sofort ging er in den angrenzenden Raum, von dem man durch einen Spiegel den Delinquenten beobachten konnte. Gerry hustete fürchterlich, er schwankte, krümmte sich zusammen und brach schließlich an der gegenüberliegenden Wand zusammen.

»Mein Gott, Carter, da sind Sie ja endlich. Ich habe Sie bereits mit durchgeschnittener Kehle in einem Busch liegen sehen. Wo waren Sie? Verdammt noch Mal. Sie sollten McGregor an die Leine legen und keinesfalls aus den Augen lassen«, bellte der Chief ihn von der Seite an, während er die Tür zum Beobachtungsraum schloss.

»Ich... ich musste dringend zur Toilette, McGregor wollte schon vorgehen, ich wusste doch nicht...«, log er rasch und verschwieg wohlweislich, dass er ausgeknockt vor dem Gebäude gelegen hatte.

Angriff auf einen Kollegen, das war krass, aber gleich zwei Angriffe innerhalb weniger Minuten? Nee, das konnte der Highlander nun wirklich nicht gebrauchen, auch so würde genügend Ärger auf ihn zukommen. »Ich werde zu ihm reingehen und sehen, wie es ihm geht«, stellte er trocken fest.

»Das werden Sie schön sein lassen. Der ist in der Lage und bringt Sie um.«

»Er ist mein Partner, wenn er mich umbringen wollte, dann...« hätte er das längst getan, müsste er den Satz eigentlich beenden, verkniff es sich aber, zuckte stattdessen hilflos mit den Schultern und dachte daran, wie er vor wenigen Minuten zu sich gekommen war, ohne einen einzigen Kratzer. McGregor war nicht ohne Grund ausgerastet, soviel stand fest, und er hatte ihn nur deshalb aus dem Weg geräumt, damit er keinen Ärger bekam.

»Es ist eine Schande.« Chief Bell tigerte vor dem Spiegel, welcher auf dieser Seite durchsichtig war und als Fenster fungierte, auf und ab. »Sehen Sie ihn sich an. Sehen Sie ihn sich gut an, Carter. Er ist einer meiner besten Männer. Tödlicher als eine Kobra. Erledigt den Job immer zu aller Zufriedenheit. Gut, manchmal ein bisschen eigenwillig in der Ausführung. Was soll's, jeder von uns hat seine Macken. Doch nach dem Ding, bleibt mir nichts anderes übrig, als ihn zu suspendieren und dem Sicherheitspersonal zu übergeben.« Er schüttelte mit dem Kopf und murmelte. »Was für eine Verschwendung.«

»Sie wollen den Highlander inhaftieren lassen? Bitte, Chief, das können sie ihm nicht antun. Wenn die Internen ihn erst einmal in der Zerre haben, dann... Herr Gott, Sie wissen doch, wie Smith ist, bestimmt hat er wieder eine seiner Bemerkungen und Sticheleien fallen lassen. Damit kann er einen echt auf die Palme bringen. Außerdem ging es McGregor die ganze Woche schon mies, da braucht es nicht viel, um auszurasten. Überdies war es wohl eher eine rein private Auseinandersetzung zwischen den beiden.« Warum ergriff er Partei für ihn? Er wusste, er sollte das nicht tun, doch er konnte nicht anders.

»So, meinen Sie? Eine private Auseinandersetzung. Interessanter Ansatz.« Der Chief griff in seine Hosentasche und holte ein Zitronenbonbon heraus. »Könnte durchaus sein, ja doch, damit könnte ich mich anfreunden«, fuhr er fort und schob das Bonbon beiläufig in den Mund. »Smith ist ein Arsch, darauf brauchen sie mich nicht hinzuweisen. Na gut, dann werde ich das so annehmen und in den offiziellen Bericht schreiben. Aber suspendiert ist McGregor trotzdem, sagen Sie ihm das. Und wenn Smith Anzeige erstattet, dann muss er auch selbst sehen, wie er da wieder raus kommt.«

Auf dem Flur entwickelte sich unterdessen ein kleiner Tumult, während Smith verarztet wurde. Die Sanitäter packten ihn auf eine Trage und nahmen ihn mit. Die Grüppchen der schaulustigen Mitarbeiter lösten sich langsam auf. Es gab hier nichts mehr zu sehen.

Gerry saß immer noch an der Erde, mit dem Rücken an die Wand gelehnt in dem kleinen Verhörraum, in den man ihn gedrängt hatte, nachdem es endlich fünf erwachsenen Männern gelungen war, ihn von Smith wegzuzerren.

Der Adrenalinstoß ließ langsam nach, sein Körper fuhr herunter. Die Wut und der Zorn waren verraucht, dennoch wollten seine Hände nicht aufhören zu zittern. Sein Herz schlug laut und schnell, dröhnte geradezu in seinen Ohren. Das grelle Licht der Neonröhren blendete ihn, verzweifelt schloss er die brennenden Augen. Jeder einzelne Muskel seines geschundenen Körpers tat ihm weh. Zu allem Übel konnte er nicht aufhören zu husten. Bei jedem neuen Anfall krümmte er sich nach vorne, der Schmerz trieb ihm die Schweißperlen auf die Stirn und die Tränen in die Augen.

Nach einer halben Ewigkeit, zumindest erschien es ihm so, kam endlich der herbeigerufene Notarzt auch zu ihm. Zusammen mit Carter und dem Chief betrat er den Raum. Scheinbar hatten sie Angst, ihn mit dem Doc allein zu lassen, immerhin waren sie so taktvoll, während der Behandlung neben der Tür stehen zu bleiben.

Als Erstes fiel dem Arzt der desolate Zustand seines Patienten auf. Die tief liegenden fiebrig glänzenden Augen ließen ihn eine ausgiebige Untersuchung durchführen. Er half Gerry auf und bat ihn, in ruhigem Tonfall, dass er sich in Ermangelung eines ordentlichen Untersuchungstisches einfach auf den vorhandenen Tisch legen sollte, auf welchem er zuvor eine der Isolierdecken aus seinem Arztkoffer ausgebreitet hatte.

Gerry ließ alles stumm über sich ergehen. Machte den Oberkörper frei, legte sich hin, setzte sich auf, atmete tief ein und wieder aus, hustete, protestierte nicht einmal, als der Doc eine Spritze aufzog und ihm ein Mittel in die Vene injizierte. Auch die Pillen, die er ihm reichte, schluckte er ohne Widerstand.

Kurze Zeit darauf fühlte er sich seltsam entrückt. Er lag auf dem Rücken und seine Augen fielen immer wieder zu. Dafür ließ die Unruhe in seinem Inneren endlich nach.

Geschäftig füllte der Doc das Protokoll aus. Arbeitete die einzelnen Punkte gewissenhaft ab. Und kam zu einer abschließenden Diagnose. Er notierte:

Sehr schlechter Allgemeinzustand. Glänzend fiebrige Augen, Hämatome und Abschürfungen an Armen und Oberkörper, Rasselgeräusche in der Lunge, stoßweise schwere Atmung, Husten, schneller Herzschlag, Bauch o.B. (ohne Befund). Fieber 40,2°C nach Messung im Ohr.

Patient weist alle Anzeichen für eine fortgeschrittene schwere Lungenentzündung mit hohem Fieber auf. Bei der Schwere der Erkrankung ist davon auszugehen, dass es zu Desorientierung und Halluzinationen gekommen ist, infolgedessen es zu dem drastischen Ausbruch kam. Ein Burn-out- sowie posttraumatisches Stresssyndrom sind abzuklären. Anzeichen dafür durchaus vorhanden.

Therapie: Leichtes Beruhigungsmittel gespritzt. Antibiotikum und Aspirin als Fiebersenker verabreicht.

Ungeduldig nahm der Chief den Doc beiseite und fragte mit einer eindeutigen Handbewegung auf Gerry: »Und? Ist er...«
»...plem plem? Nein!«
»Bedeutet das, Sie werden ihn nicht einweisen?«
»Wenn Sie die Geschlossene meinen, nein!«
»Aber er ist über einen meiner Männer hergefallen. Glauben sie mir, er war komplett außer Kontrolle. Ich weiß, wie so was aussieht. Außerdem haben Sie die Verletzungen seines Opfers doch selbst gesehen. Wer weiß, ob Smith überhaupt durchkommt.«
»Keine Sorge, dass schafft der schon. Es wird ein längerer Krankenhausaufenthalt notwendig sein, es werden jedoch keine Schädigungen zurückbleiben. Ich würde mir wirklich mehr Sorgen um diesen Patienten hier machen. Mit einer Lungenentzündung in dem Stadium ist nicht zu spaßen.
Hat er Angehörige, die sich um ihn kümmern können?«, wandte er sich mit einem fragenden Blick an John. »Ansonsten muss ich ihn stationär aufnehmen.«
»Ja, tun Sie das, weisen Sie ihn stationär ein«, fiel der Chief ihm ins Wort. Ihm schien bei dem Gedanken, McGregor einweisen zu lassen, ein Stein vom Herzen zu fallen.
»Ich kann mich um ihn kümmern. Ich bringe ihn heim und bleibe bei ihm«, hörte John sich sagen und bemerkte Gerrys dankbaren Blick im Spiegel.

»Nein. Das werden Sie nicht tun, Carter.« Bell sah ihn mit dieser bitterbösen Miene an, die sagte: Wage es ja nicht, mir zu widersprechen.

Aber er ließ sich davon nicht beeindrucken, nicht mehr. »Er ist mein Partner und ich werde mich um ihn kümmern.« Ja, er legte sogar noch einen oben drauf, als er anfügte: »Ich baue den Rest der Woche mein Überstundenkonto ab. Das geht doch in Ordnung. Nicht wahr, Chief?«

Ein Zähneknirschen war die Antwort. Er wertete das als Zustimmung, der Doc anscheinend auch.

»Okay, dann... mach ich die Papiere fertig. Im Moment ist er stabil, doch sollte sich sein Zustand verschlechtern, dann muss er in eine Klinik.«

Der Arzt kritzelte auf das Blatt: Entlassung in private Obhut. Bettruhe empfohlen. Weiterbehandlung durch Hausarzt.

Er sah auf die Uhr, fügte Datum, Uhrzeit und seine Unterschrift hinzu.

Mit einer gekonnt fließenden Bewegung riss er einen Durchschlag von dem Protokoll, das er ausgefüllt hatte, ab und reichte es John.

»Er braucht auf jeden Fall weiter ärztliche Betreuung. Rufen Sie seinen Hausarzt an, geben Sie ihm das Protokoll, mein Kollege wird dann alles Weitere mit Ihnen besprechen.

Was den Patienten betrifft: Ich habe ihm ein leichtes Beruhigungsmittel gespritzt, deshalb wirkt er etwas schläfrig, bringen Sie ihn zu Bett und lassen Sie ihn schlafen.

In den folgenden Tagen geben Sie ihm hiervon«, er reichte ihm eine Packung Tabletten, »eine zur Nacht, dürfte genügen, die lässt ihn circa sechs Stunden durchschlafen. Außerdem schreibe ich ihm ein Rezept aus. Aspirin gegen das Fieber, ein hustenstillendes Medikament und einen Schleimlöser, sowie ein starkes Antibiotikum.

Achten Sie darauf dass er viel trinkt. Mindestens zwei Liter am Tag. Sollte das Fieber nicht runter gehen, empfehle ich Wadenwickel. Soweit alles klar?«

»Ja, danke.«

John hielt sein Versprechen und pflegte Gerry die nächsten Tage, bis sein Gesundheitszustand stabil genug war, um allein zurechtzukommen.

Die Diagnose des Notarztes bewahrte Gerry vor einer Haftstrafe. Mit der vorübergehenden Suspendierung war er mehr als milde bestraft. Dennoch kehrte er nach seiner Genesung nicht wieder in den Dienst zurück, stattdessen schrieb er seine Kündigung. Er brauchte Abstand und Zeit, seinen Standpunkt zu überdenken. Ein Neuanfang schien verlockend.

Als er in das Flugzeug nach Glasgow stieg, wusste er nicht einmal, ob er je wieder nach London zurückkehren würde.

Doch er kam zurück...

# 11

*London – zwei Jahre später*

Ein Bündel Geldscheine flog quer durch den Raum. Gerry fing es gekonnt mitten im Flug auf und ließ es mit einer fließenden Handbewegung in einer Schublade seines Schreibtisches verschwinden.

»Willst du nicht nachzählen?«, forderte Sergej ihn auf.

»Wozu? Ich weiß doch, dass ich dir vertrauen kann.« Gerry stand auf und griff nach der Kaffeekanne. »Setz dich! Magst du einen Kaffee? Ist frisch gebrüht, oder lieber was Stärkeres?«

»Kaffee… bitte. Spasibo – Danke!«

Während Gerry zwei Tassen Kaffee eingoss, zog Sergej den Mantel aus, legte ihn über einen der mit dunklem Leder bezogenen Stühle und ließ sich auf dem anderen nieder. Seine Aktentasche landete auf dem Boden, direkt neben seinem Stuhl.

»Und? Was verschafft mir die Ehre deines Besuches? Ich hoffe, keine mittleren bis großen Katastrophen, denn davon hatte ich in letzter Zeit selbst genug.«

»He… Tovarishch – Freund. Was soll das heißen? Darf ich dich nicht ganz spontan besuchen?«

»Ach Sergej, wir wissen beide, was spontane Besuche von dir zu bedeuten haben.« Gerry schob ihm eine Tasse hin und setzte sich. »Wenn es nur um die Bezahlung des Jobs ginge, dann hättest du Nikolai vorbei geschickt wie sonst auch. Also was ist los?«

»Du kennst mich einfach zu gut«, bemerkte Sergej trocken. »Sollte mir das Sorgen bereiten?«

Er würdigte den noch dampfenden Kaffee keines Blickes und griff stattdessen nach seinem Aktenkoffer, legte ihn auf dem antiken Schreibtisch ab, öffnete mit einem leisen Klacken die Schlösser und schob ihn schließlich zu Gerry herüber.

»Das ist für dich!«

Den Kopf etwas in Schräglage haltend, öffnete dieser vorsichtig den Deckel, so als erwartete er, dass jeden Moment ein kleines Teufelchen herausspringen würde. Doch dem war nicht so, stattdessen stieß er einen kurzen, anerkennenden Pfiff aus.

»Oh, Wow... damit kannst du natürlich täglich hier zur Tür hereinspazieren. Warte, du hast mir gerade das Geld für den Job gegeben. Wofür...?« Er machte eine kurze Pause, ehe er fragte: »Wie viel ist das?«

»Eine Million in Pfund.«

»Versuchst du Mal wieder, mir ein unmoralisches Angebot zu machen?«

»Würde es funktionieren?«

»Nein«, antwortete Gerry schnell und ohne nachzudenken. In den letzten eineinhalb Jahren hatte er einige Angebote von Sergej, exklusiv für ihn zu arbeiten, erhalten und ausgeschlagen. Doch der Russe ließ nie locker.

Es war zu einer Art Spiel zwischen ihnen geworden. Sergej machte ein Angebot und er lehnte ab. Eine glatte runde Million, das war allerdings mehr als er erwartet hatte. Seit wann war sein Marktwert derart gestiegen?

»Netter Versuch, aber ich bin nicht so ein Mädchen.« Energisch klappte Gerry den Deckel zu und schob den Aktenkoffer in die Tischmitte zurück.

Sergej lachte. »Nein…, nein das bist du wirklich nicht«, er seufzte theatralisch. »Dabei würde das vieles einfacher machen.«

Plötzlich ernst fügte er hinzu: »Jeder ist käuflich, wenn der Preis stimmt. Es ist wirklich schade, dass du diese Skrupel hast. Mit deinen Talenten könntest du es weit bringen.

Nicht, dass du das falsch verstehst, ich bin dir wirklich dankbar, dass du meine Häuser abcheckst und die Schwachstellen aufdeckst.

Personen- und Sicherheitsschutz, das ist ein ehrenwerter Beruf, aber auf Dauer? Wenn du exklusiv für mich arbeiten würdest, könntest du auch deine anderen Gaben nutzen. Und wie du weißt, sorgen wir gut für die Mitglieder unserer Familie.«

Langsam schüttelte Gerry verneinend den Kopf. »Dein Angebot ehrt mich. Dennoch, ich bin zufrieden so, wie es ist.«

Das war er wirklich. Für einen Mann mit seinen Fähigkeiten gab es auf dem freien Markt viele Einsatzmöglichkeiten. Angebot und Nachfrage bestimmten sein Leben und es war ein gutes Leben.

Als er sich vor zwei Jahren ein neues Beschäftigungsfeld suchte, übernahm er kleinere Detektivaufträge. Doch er merkte schnell, dass einsame Hausfrauen beschatten und Fotos schießen, wenn sie ihre langweiligen Ehemänner betrogen, nicht seine bevorzugte Berufswahl darstellte.

Also spezialisierte er sich auf Sicherheitssysteme. Inzwischen engagierten ihn gut betuchte Klienten, aber auch Museen und Firmen, damit er ihre Sicherheitsanlagen auf die Probe stellte. Und er fand Geschmack daran, einen Einbruch/Diebstahl bis ins kleinste Detail zu planen und auszuführen. Da der Raub mehr oder weniger mit den Besitzern abgesprochen war, hatte er null Risiko und obendrein wurde diese Arbeit sehr gut bezahlt.

Direkten Personenschutz übernahm er nur in Ausnahmefällen. Seine Kunden wussten, was sie erwartete und kamen nur auf Empfehlung zu ihm. Aufträge, die er nicht annehmen wollte schlug er aus, egal wie viel Geld man ihm bot. Er hatte lange genug Befehle befolgt. Wenn er spielte, dann nur noch zu seinen Bedingungen und nach seinen Regeln. Doch in letzter Zeit... arrggg...

Unbewusst begann Gerry seinen Nacken mit einer Hand zu massieren.

»Nun gut. Du weißt, es liegt mir fern, dich zu bedrängen. Jedoch... Habe ich gehört, dass du Ärger hast. Nikolai erwähnte so etwas. Ich könnte...«

Ärger... Aye, so konnte man das auch nennen. Die vom MI6 waren hinter ihm her, sie wollten, dass er wieder für die Firma arbeitete, aber er lehnte konsequent ab. Da begannen die Unfälle.

Erst waren es ganz banale Sachen wie ein zerschrammtes Auto oder ein Ziegelstein, der plötzlich vom Dach direkt vor seine Füße fiel. Als er sich davon nicht beeindruckt zeigte, ging es mit den Verhaftungen los. Alles streng nach Lehrbuch. Er fragte sich wirklich, für wie blöd die ihn hielten. Nichtsdestotrotz hatte er jetzt eine Anzeige wegen Ruhestörung an der Backe.

Keine drei Tage später klopften sie schon wieder an seine Tür, diesmal lautete die Anklage Fahrerflucht und letzte Woche war er angeblich an einem Raub beteiligt. Nichts davon war wahr, doch immer war rein zufällig ein Mitarbeiter des MI6 zugegen und bot ihm an, die Sache ganz unbürokratisch für ihn zu regeln.

Er lehnte dankend ab, so billig verkaufte er sich nicht, außerdem konnte er auch ohne deren Hilfe seine Unschuld beweisen. Nur die Kaution fiel um einiges höher aus als erwartet, also rief er Nikolai an, weil er nicht genug Bargeld bei sich hatte. Wenn das so weiter ging, musste er sich ernsthaft etwas einfallen lassen, dass ihm die Geier auf Dauer vom Hals hielt.

»Bist du deshalb persönlich gekommen, Sergej? Das wäre wirklich nicht nötig gewesen. Ich habe Nikolai bereits erklärt, dass das alles nur ein Missverständnis war.«

»Wie du meinst.« Damit schien das Thema für den Russen beendet und er fuhr fort: »Ich bin hier, weil man mich bat, dir den Inhalt des Koffers auszuhändigen. Ein kleines Dankeschön von den Eltern der kleinen Tatjana. Sie sind dir unendlich dankbar, dass du ihre Tochter zurückgebracht hast.«

»Das habe ich gern gemacht. Dafür nehme ich kein Geld.«

»Genau das habe ich befürchtet, deshalb konnte ich nicht Nikolai damit vorbeischicken. Die Sache ist delikat, der Familie ist es sehr wichtig, dass du das Geld annimmst. Es abzulehnen, wäre eine Beleidigung. Eine Kränkung und Demütigung, das kann ich nicht zulassen.«

»Sergej, ich...«, gequält sah er den Freund an. »Ich...«

Das Klingeln von Sergejs Handy unterbrach ihn.

»Geh ruhig ran.«

Sergej nickte. »Da...«, meldete er sich. Hörte kurz zu und wandte sich an Gerry. »Ich muss hier kurz was klären. Entschuldigst du mich einen Moment?«

»Aye, natürlich, geh in die Küche, da bist du ungestört.«

Sergej nickte und verließ den Raum.

Als die Tür sich schloss, lehnte Gerry sich zurück und schloss für einen Moment die Augen.

»Tatjana...«, flüsterte er und sah die Kleine direkt vor sich stehen. Wie sie ihn mit ihren großen blauen Augen ängstlich ansah. Ihren Blick würde er nie vergessen. So traurig und verloren.

Er fand sie in dem Keller eines alten Abrisshauses, das sich auf einem stillgelegten Fabrikgelände befand. Am liebsten wäre er zu ihr hingerannt und hätte sie ganz fest in seine Arme geschlossen, doch er hatte Angst sie dadurch zu verschrecken.

Sie trug immer noch das rosa Spitzenkleidchen und die Prinzessinnenkrone, genau wie auf dem Foto, das kurz vor ihrem Verschwinden auf ihrer Geburtstagsparty aufgenommen wurde und das ihre Eltern ihm gegeben hatten, nachdem klar war, dass Tatjana an ihrem vierten Geburtstag entführt und verschleppt wurde.

Kein Kind sollte so etwas erleben.

Die Polizei hatte überall gesucht, befragte die üblichen Verdächtigen, das Kindermädchen, den Butler, um schließlich auf die Idee zu kommen, der Gärtner war es. Nachdem keine Lösegeldforderung einging, tendierte man dazu, das Mädchen sei einfach weggelaufen. Und genau an der Stelle kam Gerry ins Spiel.

Sergej bat ihn um diesen Gefallen, und als er hörte, worum es ging, sagte er sofort zu. Obwohl er wusste, dass die Spur längst kalt war und die Chancen, das Mädchen lebend wieder zu finden eins zu einer Million standen. Dennoch, als unabhängiger Ermittler hatte er viel mehr Spielraum, als die an das Gesetz gebundenen Beamten.

Er hatte seine eigenen Methoden, Befragungen durchzuführen, und den großen Vorteil, sich dabei nicht zurückhalten zu müssen, denn eine gebrochene Nase oder ein paar zerquetschte Finger scherten niemanden, wenn er dafür ein entführtes Mädchen in den Schoß der Familie zurückbrachte.

Keine Lösegeldforderung. Dieser Fakt bereitete ihm die größten Kopfschmerzen, brachte ihn aber schließlich auf die richtige Fährte. Es ging nie darum, das Mädchen wieder gehen zu lassen. Was, wenn Tatjana nicht das erste verschwundene Mädchen war?

Genau da setzte er an.

Er besorgte sich die Vermisstenanzeigen der letzten zehn Jahre, nicht nur die von einem Revier, sondern von der ganzen verdammten Stadt, samt den umliegenden Ortschaften. Dazu Entführungen und ungeklärte Todesfälle. Es war ihm egal, wie viele Gefallen er dafür einlösen musste, Hauptsache, er bekam die Kopien der Akten.

Tagelang brütete er über den Papieren, suchte die Gemeinsamkeiten, die zwischen den vermissten Mädchen bestanden, und endlich wurde er fündig. Andere Stadtteile, andere Herkunftsschichten, aber immer Mädchen im Alter von drei bis fünf Jahren. Blonde

Locken, blaue Augen. Keine Lösegeldforderungen. Sie alle verschwanden, einige tauchten entlang der Themse wieder auf. Unfalltod stand auf den Akten.

Was, wenn es keine Unfälle waren? Wie viele hatte der Fluss wohl ins offene Meer hinausgetragen?

Langsam zeichnete sich ein Muster ab. Es gab ältere Fälle, die gut zehn Jahre zurück lagen, dann eine Pause von sechs Jahren und seit einem halben Jahr hatte es weitere fünf vermisste Mädchen gegeben.

Er folgte jeder noch so vagen Spur. Am Ende war es ein langer steiniger Weg bis in das Kellergeschoss, wo er die kleine Tatjana fand.

Er hatte einen Finger auf den Mund gelegt, ihr bedeutet, still zu sein, und dann geflüstert: »Habe keine Angst, Tatjana. Deine Mum schickt mich, ich bring dich zu ihr.« Mit geübtem Blick sah er sich um. »Bist du allein hier?«

Sie nickte zaghaft.

»Gut. Dann lass uns gehen. Okay?« Er machte einen Schritt auf sie zu, doch sie wich ängstlich zurück.

Mist, natürlich hatte die Kleine Angst vor ihm. Woher sollte sie wissen, dass er gekommen war, um sie zu retten. Sie hatte keinen Grund ihm zu trauen.

Und er hatte keine Zeit. Keine Zeit, jeden Moment konnte...

Er drehte sich erneut um, blickte zur Tür, lauschte in die Stille. Sie mussten hier weg, jetzt sofort, jeden Moment konnte es zu spät sein. Er wandte sich wieder ihr zu, doch sie rührte sich nicht vom Fleck.

»Komm her, bitte komm her, du brauchst keine Angst zu haben.«

Sie sah aus, als ob sie jeden Augenblick anfangen würde zu weinen.

Und nun?

Arg.. Fuck... was...

Himmel, er wusste nicht, was er mit einem kleinen verstörten, sicherlich unter Schock stehenden Mädchen tun sollte, deren Gesichtszüge sich immer mehr zu einer Grimasse zusammenzogen.

»Warte... nicht weinen, bitte nicht weinen.« Er kramte in der Innentasche seiner Jacke. »Ich habe hier jemanden für dich. Michele, nein Miegel oder so ähnlich... entschuldige ich hab seinen Namen vergessen, aber sieh hier...«

Zum Vorschein kam eine ziemlich verwaschene Schlenkerpuppe aus verschiedenfarbigen Stoffen, deren Umrisse annähernd Ähnlichkeit mit einem Bären hatten.

»Mischa«, flüsterte Tatjana.

»Mischa, genau... Mischa war sein Name. Wir müssen jetzt gehen, okay?«

Stumm sah sie ihn an, so als wägte sie ab, ob sie ihm vertrauen konnte. Dann griff sie nach der Puppe und zeigte gleichzeitig mit der anderen Hand auf ihren Fuß. Da sah er sie, die schwere Eisenkette, die von der Wand quer durch den Raum bis zu ihr hin führte. Mithilfe herkömmlicher Handschellen hatte man ihr Fußgelenk mit der Kette verbunden. Einfach und effektiv, sie konnte sich bewegen und saß doch in der Falle.

Der Anblick dieses kleinen blonden Engels, den man wie ein Tier an die Wand gekettet hatte, brach ihm das Herz. Tränen stiegen ihm in die Augen, er blinzelte sie fort und holte tief Luft. Gleichzeitig stürzte er, alle Vorsicht außer Acht lassend, mit zwei riesigen Schritten zu ihr, ging vor ihr auf die Knie und knackte das Schloss. Das war eine leichte Übung für ihn, das passende Werkzeug dafür hatte er immer bei sich.

Mit einem klirrenden Geräusch fiel die Kette zu Boden und zwei dünne Ärmchen schlangen sich um seinen Hals. Im ersten Moment blieb er wie versteinert vor ihr knien, doch dann schloss er langsam seine Arme um sie.

»Ich bring dich jetzt nach Hause. Okay?«, sagte er rau mit fast erstickter Stimme.

Sie nickte tapfer und er hob sie hoch. Sie war so leicht, leicht wie eine Feder und er trug sie den gesamten Weg zurück. Unbehelligt erreichten sie das Auto, und er brachte sie sicher zu ihren Eltern zurück.

Damit wäre der Fall für ihn erledigt gewesen. Ein anonymer Anruf bei der Polizei, und alle hätten ruhig schlafen können. Doch er hatte angefangen, die Geschichte persönlich zu nehmen, und so fuhr er zurück, um zu beenden, was er begonnen hatte.

Die kleine Tatjana sollte nachts wieder ruhig schlafen können, ohne ihr Leben lang Angst haben zu müssen, dass der Mann, der ihr weh getan hatte, wiederkam, um seine perversen Spielchen fortzusetzen, um sie am Ende, wie die vielen anderen vor ihr, in der Themse zu entsorgen.

Und er wäre wiedergekommen, früher oder später, denn sein krankes Hirn hätte es nicht zugelassen, dass ihm das Mädchen durch die Lappen ging.

Den Mann zu töten, war eine saubere Lösung. Die einzig akzeptable Lösung. Auge um Auge und doch viel zu gut für ihn. Er hätte es verdient zu leiden, so wie die kleinen blonden Engel gelitten hatten.

Zurück in dem Kellerraum, bezog er Stellung und wartete mit der Schulter lässig an die Wand gelehnt, auf jenen, der früher oder später hier auftauchen würde. Der Mann griff ihn an, kaum dass er den Raum betrat, sein Schuss verfehlte ihn um Längen. Beinahe schon entspannt, schoss er zurück.

Einmal mitten ins Herz.

Ein schlechtes Gewissen hatte er deshalb nicht. Im Gegenteil, er ersparte dem Steuerzahler viel Geld und brachte dem Opfer eine gewisse Sicherheit zurück. Auch für den MI6 war er als Todesengel unterwegs gewesen, damals war es sein Job, er tötete auf Befehl.

Diesmal war es seine Entscheidung.

Den Leichnam ließ er liegen, präparierte die Gasleitung und ließ dem Schicksal seinen Lauf. Gut fünf Minuten, nachdem er das Gelände verlassen hatte, heulten die Sirenen der Feuerwehr auf.

Doch das brachte ihn zu seinem Problem zurück, er konnte dieses Geld nicht annehmen. Es war Blutgeld, ein Dank dafür, dass er den Kerl umgebracht hatte. Er hatte es verdient, mehr als verdient, doch dafür Geld zu nehmen, nein... nein, das fühlte sich einfach nicht richtig an.

»Ich kann das Geld nicht behalten«, verkündete er Sergej, als er wieder herein kam. »Sag Tatjanas Eltern vielen Dank für die Geste, aber ich kann es nicht annehmen.«

»Diese Option steht nicht zur Verfügung.«

»Sergej, ich bitte dich. Wir wissen beide, wofür dieses Geld ist. Wenn ich es annehme, wäre es so, als würde man mich dafür bezahlen, dass ich das Problem ein für alle Mal aus der Welt geschafft habe. Ich bin kein Auftragskiller und ich lass mich von niemandem dazu machen.«

»Nicht?« Sergej zog eine Augenbraue hoch. »Das habe ich ganz anders in Erinnerung. Du vergisst, dass ich hin und wieder Gelegenheit hatte, einige deiner Arbeiten, die du im Auftrag des MI6 ausgeführt hast, zu bewundern. Du arbeitest präzise, effizient und schnell, ich habe selten eine so hervorragende Ausführung gesehen.

Du, mein Freund, bist der geborene Killer.«

»Das war was anderes. Ich habe Befehle erhalten und sie befolgt. Glaub mir, es gibt einiges aus dieser Zeit, auf das ich nicht unbedingt stolz bin.«

»Ach, dir ist doch nicht zu helfen.« Ärgerlich stand Sergej auf. »Wenn es dein Gewissen beruhigt, dann spiel weiter den barmherzigen Samariter und töte nur aus edelmütigen Motiven. Doch bedenke, die Zeiten, in denen Ritter für das Gute eintraten, sind längst vorbei.

Du willst das Geld nicht behalten?

Gut, dann spende es. Ich werde jedenfalls ohne diesen Koffer gehen und der Familie deinen Dank ausrichten.« Sprach's und ging.

Zwei Tage später berichteten die Zeitungen von einem anonymen Spender, der in der Southwark Cathedral einen Koffer mit einer Million Pfund zurück gelassen hatte. Einziger Hinweis, dass es sich um eine Spende handelte, war ein Zettel, welcher an demselben klebte, mit der Aufschrift: Für die Kinder!

## 12

*Edinburgh – Scotland*

Leise stöhnend ließ Patrick sich auf der Parkbank nieder und genoss den wundervollen Ausblick. Rechterhand befand sich das Scott Monument, vor ihm ausgedehnte Rasenflächen mit Bäumen, die vereinzelt oder in Gruppen angesiedelt waren, und hoch über dem ganzen thronte majestätisch das Edinburgh Castle.

Es war sehr angenehm hier im Schatten der Bäume zu verweilen und so der Hitze des Tages zu entkommen. Selbst der Lärm der Großstadt, der von der Princes Street zu ihm herüberwehte, schien ihm an diesem Ort erträglicher. Dennoch blieb er aufmerksam und angespannt; während er aus den Augenwinkeln die Umgebung beobachtete, massierte er sein schmerzendes Knie.

Verdammt, er wurde alt. Früher hatte er das Knie nur als Vorwand genommen, um nicht mit Abigail durch sämtliche Geschäfte der Edinburgher Innenstadt laufen zu müssen. Heute war es nicht einmal mehr eine Lüge, wenn er sagte, sein Bein würde schmerzen.

Er verstand einfach nicht den Sinn dieser unnützen Einkaufstouren. Stundenlang nur so aus Spaß durch die Straßen zu schlendern und in die Schaufenster zu schauen. Vor allem, da sie nicht einmal etwas Bestimmtes suchte oder kaufen wollte.

Er war da ganz anders, er hatte eine Liste, die arbeitete er konsequent und in kürzester Zeit ab. Das war effektiv. Abby hingegen, typisch Weib, bestand darauf, von einem Laden in den anderen zu gehen, sie hatte gesagt, das bräuchten Frauen von Zeit zu Zeit, das seien Streicheleinheiten für die Seele. Nun gut, sollte sie in aller Ruhe die Geschäfte durchstöbern und ihre Besorgungen erledigen. So blieb ihm mehr Zeit für seine eigenen Vorhaben.

Er verschwieg ihr nicht gern, weshalb ihm so sehr daran gelegen war, an diesem Tag mit ihr nach Edinburgh zu fahren. Er hatte ihren leicht misstrauischen, aber überwiegend erfreuten Blick gesehen, als er ihr mitteilte, dass er sie begleiten wollte. Sie wussten beide, dass er nicht gern einkaufen fuhr, dennoch hatte Abigail darauf verzichtet, sein Tun zu hinterfragen, und dafür war er ihr wirklich dankbar.

Gerry war in Schwierigkeiten.

Er hatte nicht viel gesagt, als er anrief, nur indirekt um ein anonymes Treffen an einem öffentlichen Ort gebeten. Und so hatten sie sich im Princes Street Gardens, einem öffentlichen Park, im Herzen Edinburghs verabredet.

Das war nicht gut, das war gar nicht gut. Zu solchen Maßnahmen griff man nur, wenn man dringend Hilfe brauchte, aber das Risiko für den Hilfe leistenden so gering wie möglich halten wollte.

Tiefe Sorgenfalten legten sich auf Patricks Stirn. Sie hätten sich mehr um Gerry kümmern müssen. In den letzten Jahren war er nur noch über Weihnachten ein paar Tage zu ihnen gekommen. Zwischendurch hatten sie telefoniert, aber dabei wechselten sie nicht mehr als ein paar belanglose Worte: Es geht mir gut! Wie geht es euch? Alles Bestens, alles okay, macht euch keine Sorgen. Ich habe viel zu tun. Bis bald! – Was sagten diese Sätze schon aus? Nichts... außer, ich lebe noch. Doch wie es ihm wirklich ging, das verrieten sie nicht.

Er hätte auf seine innere Stimme hören sollen. Letztes Weihnachten hatte er deutlich gespürt, dass etwas nicht stimmte. Gerry wirkte bedrückt und abwesend. Aber Abby hatte gemeint: Lass ihn gehen, Patrick. Lass ihm die Zeit, die er braucht. Er wird sich uns anvertrauen, wenn er soweit ist, doch bis dahin muss er sein eigenes Leben leben.

Sicherlich hatte sie Recht. Es war auch nicht so, dass Gerry sie komplett aus seinem Leben ausschloss. Nein, ganz und gar nicht. Er erzählte, dass er immer noch auf der Suche nach Thomes' Mörder war und sich die Allianz mit Sergej in vielerlei Hinsicht bewährte.

Der Russe wollte keine illegalen Dealer, die gepfuschten Stoff in seinen Lokalitäten verkauften. Zusammen mit Nikolai hob Gerry ganze Nester von Dealern aus, die dieselbe spezielle Munition bei ihren dreckigen Geschäften benutzten, mit der Thomes getötet wurde. Doch immer, wenn sie glaubten, den Hintermännern, jenen die hauptsächlich diese Munition unter die Leute brachten, auf die Schliche zu kommen, dann stießen sie auf eine Mauer des Schweigens.

Die Menschen hatten Angst. Angst vor einem ominösen Meister, der im Hintergrund die Fäden zog.

Gerry glaubte immer noch, Smith hätte damit zu tun. Er spekulierte, dass er auf der Lohnliste des Meisters stand. Was ihn allerdings am meisten beunruhigte, war die Tatsache, dass die Leute, mit denen sie zu sprechen versuchten, lieber den Freitod wählten, um der Bestrafung durch den Meister aus dem Weg zu gehen. So war es unmöglich für ihn, auch nur den kleinsten Hinweis zu bekommen.

Verdammt, der Junge konnte sonst wo reingeraten sein. Wer wusste schon, ob man den Russen vertrauen konnte, am Ende ritten sie ihn noch mehr in die Scheiße. Patrick hoffte inständig, es war noch nicht zu spät.

Abwesend blickte Patrick auf seine Uhr.

Achtzehn Minuten vor ein Uhr. Der Park war gut besucht um diese Zeit. Eine Weile sah er versonnen zwei Kindern beim Ballspielen zu. Sie lachten und kreischten, rannten hinter dem Ball her, und er beneidete sie für ihr unschuldiges Spiel und ihre Jugend. In ihrem Alter war alles noch so einfach.

Nachdenklich schlug er die Zeitung auf und überflog die fett gedruckten Schlagzeilen.

Gerry lief quer über den Rasen direkt auf die Parkbank zu, auf der er Patrick sitzen sah. Der Treffpunkt war perfekt gewählt. Für einen flüchtigen Beobachter würde es so aussehen, als hätten sich zwei Fremde zufällig auf einer Bank niedergelassen.

Der ältere Herr im Kilt, der sich im Schatten der Bäume ausruhte und seine Zeitung las und er, ein unauffällig, in Jeans und Shirt, gekleideter Mann, der seinen Lunch einnahm. Ein ganz normales Bild mittags im Park.

»Latha math! <Guten Tag!>«, begrüßte er Patrick leise auf Gälisch und ließ sich neben ihm auf der Parkbank nieder.

»Latha math dhut fhèin! <Dir auch einen Guten Tag!>«, erwiderte dieser, ohne von seiner Zeitung aufzusehen. Im Gegenteil, er drapierte sie noch etwas höher, so dass nur noch seine Augen über den Rand spähen konnten, seine Lippen und Mimik aber vor neugierigen Blicken verborgen blieben.

»Danke, dass du gekommen bist.«

Es fühlte sich seltsam für Gerry an, den Freund nicht zu umarmen und gebührend zu begrüßen, auch wenn er das selbst so gewollt hatte.

»Bist du allein hier?«

»Nicht direkt. Abigail hat mich nach Edinburgh begleitet oder besser gesagt: Ich habe sie begleitet. Keine Sorge, sie weiß nicht, dass wir uns treffen. Ich habe ihr gesagt, mein Bein würde schmerzen und dass ich mich in den Park setze, bis sie all ihre Besorgungen erledigt hat. Sie ruft an, wenn sie fertig ist. Ich glaube, insgeheim ist sie ganz froh, ohne mich die Geschäfte durchstöbern zu können.«

»Geht es Abby gut?« Er sollte das nicht fragen, er sollte einfach zum Punkt kommen, doch er konnte nicht anders.

»Aye... sie vermisst dich.«

»Ich vermisse sie auch. Würdest...« Er räusperte sich. »...würdest du sie von mir grüßen? Später, wenn ihr wieder daheim seid.«

»Natürlich!«

»Danke!« Gerry beugte sich vor, stützte die Unterarme locker auf seinen Oberschenkeln auf und packte das Sandwich, welches er extra mitgebracht hatte, um seine Tarnung vom lunchenden Junggesellen aufrechtzuerhalten, aus. Lustlos biss er hinein und kaute darauf herum.

»Ich muss für unbestimmte Zeit das Land verlassen«, kam er schließlich ohne Umschweife auf den Grund des Treffens.

»Was ist passiert? Hast du Ärger mit den Russen?« Patrick blätterte die Zeitung um, wobei er vermied ihn anzusehen.

»Nein. Mit dem MI6, sie wollen, dass ich wieder für sie arbeite.«

»Was du hoffentlich nicht in Erwägung ziehst?«

Unter anderen Umständen hätte ihn Patricks entrüstete Stimmlage amüsiert.

»Nein. Nein, ganz sicher nicht. Das Kapitel bleibt für immer und ewig geschlossen. Doch du weißt selbst, wie das ist, wenn der MI6 etwas von einem will. Sie geben einfach keine Ruhe.«

Statt einer Antwort kam nur ein leicht zustimmendes Grunzen über Patricks Lippen.

Gerry griff nach unten in den Rucksack, den er zwischen seinen Füßen abgestellt hatte, und kramte darin herum.

»Vor ein paar Monaten begannen die Schikanen, getürkte Verhaftungen, ein paar kleinere Unfälle, das Übliche halt, und immer ist ein Mitarbeiter der Firma zugegen und bietet mir seine Hilfe an.«

Er legte eine Zeitschrift neben sich auf der Bank ab und förderte anschließend eine Flasche Wasser hervor.

»Dann wurde es ernst, ich hatte mehr und mehr das Gefühl, dass man versucht mich umzubringen, was unlogisch ist, denn tot nütze ich ihnen nichts.«

»Sie versuchen dich umzubringen?«

»Aye...«

Patrick sah ihn von der Seite besorgt an.

»Bist du dir da ganz sicher?« In Gedanken versunken fuhr er sich mit der Hand über sein bärtiges Kinn. »Du hast Recht, das ergibt keinen Sinn, aber ich glaube dir.«

»Fakt ist, so kann es nicht weiter gehen, sonst bekommen sie mich früher oder später doch noch in die Finger. Deshalb habe ich beschlossen, für eine Weile zu verschwinden. Neues Land, neue Identität, neues Umfeld, neues Leben.«

»Dazu musst du nicht unbedingt das Land verlassen. Du könntest zu Abby und mir kommen.«

»Nein, nein, das geht nicht«, warf er etwas zu schnell ein. »Ich...« Man, wie sollte er den ganzen Schlamassel nur erklären? Es war kompliziert und... ach, fuck, irgendwann musste er ja doch mit der ganzen Wahrheit herausrücken.

»...habe Mist gebaut. Ich wollte auf Nummer sicher gehen und dachte, es könnte nichts schaden, eine Art Lebensversicherung zu haben, die mir die Firma dauerhaft vom Leib hält.«

»So...« schnaubte Patrick, anscheinend ahnte er, was jetzt kam. »Dachtest du. So etwas geht nie gut, dass solltest du wissen.« Sein Tonfall ließ keinen Zweifel daran, dass ihm ganz und gar nicht gefiel, was Gerry ihm häppchenweise offenbarte.

»Aye, dachte ich«, konterte dieser gereizt. »Im Nachhinein ist man immer schlauer, jetzt weiß ich auch, dass das gar keine gute Idee war. Aber damals... Ich wollte einfach nur meine Ruhe haben«, fügte er verträglicher hinzu und atmete hörbar aus. Nervös schraubte er die Flasche in seinen Händen mehrmals auf und wieder zu.

»Wie schlimm ist es?«, wollte Patrick wissen.

»Du meinst auf einer Scala von eins bis zehn?«

»Aye...«

Gerry rieb sich mit einer Hand über die Stirn und stützte schließlich seinen gesenkten Kopf in der Handfläche ab.

»Um ehrlich zu sein, es ist eine Katastrophe. Seitdem ich die Dateien habe, wurde aus dem geplanten geruhsamen Lebensabend eine halsbrecherische Flucht. Wie sich herausstellte, ist nicht nur der MI6 stinksauer und macht Jagd auf alles und jeden, der jemals mit mir zu tun hatte. Nein, es gibt auch zahlreiche andere Interessenten, die gern in den Besitz der Daten kommen würden.«

Er ließ die Hand sinken, setzte die Flasche an seine Lippen und trank einen Schluck. »Verfluchte Scheiße! Es ist, als hätte ich die Büchse der Pandora geöffnet«, schnaubte er.

»Was hattest du erwartet? Einen Orden? Du hast die Firma bestohlen, damit spaßt man nicht. Wusstest du denn nicht, was du...«, Patrick machte eine kurze Pause, »...so leichtfertig an dich genommen hast?«, beendete er seinen Satz.

»Nein! Nicht genau. Es war ein Tipp von einem Informanten. Ich hatte nicht vor, zum Staatsfeind Nummer Eins zu avancieren.«

»Verstehe! Unter den gegebenen Umständen halte auch ich einen Ortswechsel für äußerst sinnvoll. Was kann ich für dich tun?«

»Ich würde besagte Daten ungern außer Landes schaffen. Was an sich kein Problem darstellt, doch sollte ich gefasst werden, dann wäre es gut, ich wüsste nichts von ihrem Verbleib.«

»Natürlich.«

Patrick verstand den Wink sofort. Der Junge war brillant, dass musste man ihm lassen. Selbst mit einem Wahrheitsserum im Blut würde er guten Gewissens aussagen, dass er nicht weiß, was aus den Daten geworden ist. Er hatte sie in Edinburgh bei sich, aber dann sind sie verschwunden. Liegengelassen auf einer Parkbank.

»Brauchst du sonst noch etwas? Geld? Oder Papiere?«

»Nein. Ich denke, ich habe alles geregelt. In der Zeitschrift...« Gerry tippte mit den Fingern auf dieselbe, »...befindet sich ein Umschlag mit Dokumenten, die dich und Abby im Fall des Falles als Erben einsetzen. Außerdem müsstest du dich um das Haus in London und ein paar weitere Grundstücke und Immobilien kümmern. Sie laufen über eine Strohfirma.

Offiziell wohnten Thomes und ich in dem Haus als Mieter. Nur unser Anwalt weiß, dass wir die Eigentümer sind. So können die Objekte nicht von der Regierung beschlagnahmt werden. Alles Weitere findest du in den Unterlagen, du kannst dem Anwalt vertrauen. Setz einfach deinen oder Abbys Namen in die Dokumente ein und unterschreib, dann gehört alles euch.«

»Da das dein Wille ist und aufgrund der außergewöhnlichen Situation, werde ich mich deinen Wünschen beugen. Aber ich werde das nur im äußersten Notfall unterzeichnen, sobald du alles geklärt hast, gehen die Besitztümer wieder auf dich über. Wie lange gedenkst du fort zu bleiben?«

»Ich weiß nicht, könnten ein paar Jahre werden, ich melde mich. Ab und an.«

»Mach dir keine Sorgen, ich kümmere mich um alles.«

»Danke!«

»Tapadh leat! <Danke dir!>«

Eine Pause entstand. »Das ist nicht alles? Oder? Mein Gefühl sagt mir, dass dir noch etwas auf der Seele brennt.«

»Du kennst mich viel zu gut«, stellte Gerry trocken fest. »Es ist die Wohnung... wenn du gezwungen sein solltest, das Haus in London zu verkaufen, dann tu es, nur die Wohnung... bitte... versuch sie zu halten. Bitte, ich... könnte es nicht ertragen, wenn...«

»Ich verspreche dir, ich werde die Wohnung niemals verkaufen. Ist das in Ordnung?«

Gerry nickte leicht. »Feumaidh mi falbh <Ich muss gehen>.«

»Beannachd leat! <Auf Wiedersehen!> [wörtl.: Segen mit-dir]«

Der laute Knall des täglichen Kanonenschusses ließ Patrick zur Burg aufschauen und übertönte seine Worte: »Mar sin leat! <Auf Wiedersehen!>«; als er neben sich blickte, war Gerry verschwunden.

# 13

*Französisch-Polynesien - Südpazifik*

Als Gerry erwachte, spürte er, noch bevor er die Augen richtig geöffnet hatte, dass hier etwas ganz und gar nicht stimmte.

Oh Mann, was für ein Trip, ging es ihm durch den Kopf, während er sich langsam, sich mit den Händen auf den Holzplanken abstützend, aufsetzte. Soweit er feststellen konnte, hatte er keine größeren Verletzungen. Seine Schulter schmerzte, wahrscheinlich geprellt, ein riesiger Bluterguss zog sich über seinen Arm. Gebrochen war zum Glück nichts, und die paar kleineren Kratzer zählten nicht.

Um ihn herum allerdings herrschte das reinste Chaos. Überall lagen Trümmerteile herum. Unbeholfen kam er auf die Beine und torkelte zur Reling herüber. Er sah über das türkis-blaue Meer, welches nun wieder sanft und ruhig vor ihm lag. Der Sturm war vorüber und er hatte überlebt.

Vorerst, zumindest.

Der alte Segelkutter hingegen lag in den letzten Zügen. Er hatte extreme Schlagseite, die Rahen waren gebrochen, die Segel nichts weiter als rotbraune Stofffetzen, die wie Fahnen im Wind flatterten, und das gurgelnde Geräusch, welches aus dem Rumpf zu ihm herauf drang, ließ ihn nichts Gutes erahnen.

Er hatte den Kutter vor ein paar Wochen auf Bora Bora erworben. Ihn mit dem Nötigsten beladen und sich auf den Weg ins Paradies gemacht.

Seit er Edinburgh vor fast einem Jahr verlassen hatte, lebte er nun schon aus dem Rucksack. Er sehnte sich nach etwas so Banalem wie einem Zuhause. Der Segler war ideal für seine Bedürfnisse, er bot ihm eine Heimstadt und gleichzeitig unbegrenzte Freiheit.

Französisch-Polynesien, mit seinen vier Millionen km² Meeresoberfläche, erschien ihm der perfekte Ort zu sein, um für ein paar Monate oder Jahre von der Bildfläche zu verschwinden. Er kreuzte zwischen den Inseln, die es hier, in der Südsee, zu hunderten gab, ab und an ging er an Land, deckte sich mit Proviant ein und knüpfte Kontakte zu der ein oder anderen Inselschönheit.

Hierher zu kommen, war die beste Idee, die er seit langem hatte. Dass der Motor den Geist aufgab just in dem Moment, als ein orkanartiger Sturm aufzog, damit konnte er nicht rechnen.

Eben noch war es ein wunderschöner sonniger Tag, Gerry döste in der Mittagssonne, ein Buch auf dem Schoß und ein kaltes Dosenbier neben sich, da zogen Wolken auf. Der Himmel verdunkelte sich zusehends, und als es plötzlich anfing zu regnen, beschloss er die mittlere ihm am nächsten gelegene Insel einer kleineren Inselgruppe anzulaufen, um dort zu ankern und das heraufziehende Unwetter abzuwarten. Und genau in dem Moment beschloss der Motor zu streiken.

Er band das Steuer fest, lief zu der Abdeckung, um einen Blick auf die Maschine zu werfen, als ihn ein plötzlicher heftiger Ruck fast von den Beinen warf. Das gleichzeitig einsetzende knackende Geräusch, das sich anhörte, als würde eine Ladung Holz zersplittern, jagte ihm eine Gänsehaut über den Rücken und ließ ihn lautstark fluchen.

»Nein... nein, nicht das auch noch.« Er machte auf dem Absatz kehrt und rannte zurück. »Verdammte Scheiße.« Seine Befürchtung bewahrheitete sich. Es hatte das Steuerruder erwischt.

Manövrierunfähig kämpfte er weiter gegen den Sturm, die hohen Wellen und die Strömung an, während der Kutter wie eine Nussschale von den Elementen hin und her geworfen wurde. Zu allem Übel zerfetzte der Wind seine Segel, noch ehe er sie bergen konnte. Um den Hauptmast zu schützen, kappte er kurzerhand die Leinen, aber es war bereits zu spät.

Er riss die Arme hoch, eine letzte verzweifelte Abwehrreaktion, ehe ihn eine der herabstürzenden Rahen traf, er fühlte einen dumpfen Schmerz, spürte, wie seine Beine nachgaben und fiel in bodenlose Schwärze.

Es war seine Schuld. Alles war seine Schuld. Er war unachtsam gewesen und hatte dadurch die Korallenriffe, die in Form eines Atolls rund um die Inseln verliefen, einfach nicht rechtzeitig gesehen.

Gerry fuhr sich mit der Hand über die Stirn und strich die langen noch feuchten Haarsträhnen nach hinten, während sein Blick beiläufig über die nahe gelegene Insel glitt.

Moment, das war... nein.... Nein, das war nicht möglich...

Irritiert sah er sich genauer um.

Dies war nicht dieselbe Insel, die er vor dem Sturm anlaufen wollte, es sei denn, dass Meer hätte ihre Geschwister verschluckt. Oh Mann, wie es aussah, war er meilenweit vom Kurs abgewichen und so überschaubar wie dieses Eiland wirkte, war es sicher in keiner der Seekarten eingezeichnet.

Was soll's, Hauptsache Land. Alles andere würde sich finden, und wer weiß, vielleicht war das genau die Unbekannte in seinem Plan, die es ihm ermöglichte, seinen Verfolgern ein für allemal zu entkommen.

Wenn er selbst nicht einmal genau wusste, wo er war, wie sollten ihn dann andere finden? Nach der Chaostheorie standen seine Sterne für ein Happy End sicherlich gerade verdammt gut.

Es half alles nichts, wenn er noch länger tatenlos hier herum stand, würde der Kahn womöglich direkt unter ihm absaufen und er mit. Entschlossen griff er nach einem der Stofffetzen, riss einen Streifen davon ab und band ihn sich wie ein Piratentuch um den Kopf.

So ausgerüstet, machte er sich an eine erste Bestandsaufnahme, welche sehr ernüchternd ausfiel.

Seine Hoffnung, das Boot wieder flott zu bekommen, zerplatzte wie eine Seifenblase, der Sturm hatte es mit Wucht gegen die Riffe geschleudert, wo es gnadenlos aufgespießt wurde. Glück im Unglück, die Steinkorallen verschlossen das Leck wie ein Pfropfen und ließen das Wasser nur langsam eindringen. Ihm blieb genügend Zeit, zumindest den Proviant und die Waffen an Land zu bringen.

Mithilfe des Werkzeugs, welches sich an Bord befand, baute er sich ein Floß. An Seilen und Holz fehlte es ihm nicht, dennoch war seine Konstruktion nicht dazu ausgelegt, große Lasten zu transportieren.
Einen Teil seiner Besitztümer, darunter den größten Teil seines Zigarettenvorrats, verlor er, als er leichtsinnigerweise versuchte, einige größere Stücke des Mobiliars an Land zu schaffen.

Er hatte keine Zeit, den Sachen nachzutrauern, die mit einem gurgelnden Geräusch im Meer versanken, er würde auch ohne sie überleben. Obwohl, die Glimmstängel zu rationieren, würde mit der Zeit ein Problem darstellen. Bei der nächsten Überfahrt war er vorsichtiger.

Tag für Tag fuhr er zum Kutter hinaus und schlachtete ihn aus wie einen gestrandeten Wal.

Eines Tages – es hatte in der Nacht heftig geregnet - kam er zum Strand und der Rest des Bootes war einfach verschwunden.

Obwohl er damit gerechnet hatte, war es dennoch ein Schock.

So musste sich Robinson Crusoe gefühlt haben oder Tom Hanks in – wie hieß doch gleich der Film? Er spielte einen FedEx Mitarbeiter, der mit einem Flugzeug abstürzte.

Cast Away – Verschollen.

Ja genau, so hieß der Film. Verschollen... Sie waren beide verschollen, verschollen und allein auf einer Insel.

Sein Magen krampfte sich zusammen und eine Flut Übelkeit stieg in ihm hoch, als er sich das Szenario in seinen Gedanken ausmalte.

Niemand weiß, dass ich hier bin, niemand wird je nach mir suchen. Ich bin auf dieser verfluchten Insel gefangen, gefangen für den Rest meines Lebens.

Pures Adrenalin jagte durch seine Adern und ließ ihn am Strand hin und her laufen. Er hätte nichts gegen einen Urlaub, eine Weile hielt er es hier sicher gut aus. Doch bis ans Ende seiner Tage?

Nein!

Panik stieg in ihm auf. Nein, nein. Es gab einen Ausweg, es gab immer einen Ausweg. Er blieb abrupt stehen, seine Hände holten wie von selbst eine Zigarette aus der Schachtel in seiner Hosentasche heraus und entzündeten sie. Tief atmete er gierig den Rauch ein und wieder aus. Sofort beruhigte sich sein Herzschlag. Er musste das Problem strategisch angehen, nüchtern und logisch durchdacht, wie eine militärische Operation.

Erstens einen Überblick verschaffen.

Es gab Hunderte von diesen kleinen Inseln, manche bewohnt, andere nicht. Und auch wenn sie sich ähnelten, war doch keine wie die andere. Was würde ihn hier wohl erwarten? War er wirklich allein? Um sich Gewissheit zu verschaffen, sollte er nicht länger zögern und sich auf den Weg machen und sie Insel erkunden.

Ein bisschen kam er sich dabei dann doch wie Robinson Crusoe vor, nur dass er besser ausgestattet war.

Tagelang durchstreifte er das Eiland.

Erst am Strand entlang, denn Bewohner würden sich naturgemäß immer am Strand ansiedeln. Danach drang er tiefer in das Dickicht ein und hielt sich in Richtung der Berge. Als er auf einen Bach traf, folgte er seinem Lauf bis hin zu einem Wasserfall, der sich von hohen Felsen in einen idyllischen See ergoss. An dessen Ufer stand eine riesige Trauerweide, deren Äste bis weit ins Wasser herunterreichten.

Dieses Fleckchen Erde verzauberte Gerry sofort und lud ihn zum Verweilen ein.

Am nächsten Morgen folgte er weiter dem Bachlauf bis hin zu seinem Ursprung, welcher nicht mehr war, als ein kleines Rinnsal, das sich durch einen Felsspalt im Bergmassiv zwängte.

Das Gelände wurde immer unwegsamer. Er kletterte über scharfkantiges Granitgestein und dann - ganz plötzlich – lagen vor ihm wieder das Meer, die Wellen, die türkisblau schimmernde Lagune und der schneeweiße feine Sandstrand.

Und in der Ferne, er konnte es kaum glauben, sah er Segel.

Ein Anblick, der ihm die Tränen in die Augen trieb. Er war gerettet, doch bevor er deshalb in höchste Euphorie verfiel, beobachtete er mehrere Tage aufmerksam das Meer. Früh und abends kreuzten regelmäßig Fischerboote vor der Insel und schließlich schlussfolgerte er, dass eine Wasserstraße zu den Fanggründen der einheimischen Fischer direkt an der Insel vorbeiführte.

Wenn er wollte, konnte er die Insel jederzeit verlassen. Ein großes qualmendes Feuer an dieser Stelle des Strandes reichte aus, man würde den Rauch kilometerweit am Himmel sehen können. Der Rest war reine Formsache. Dieses Wissen, beruhigte ihn, und plötzlich hatte er es gar nicht mehr eilig, die Insel zu verlassen. Ganz im Gegenteil.

Jetzt konnte er sich getrost dem Bau einer Unterkunft widmen. Aber nicht hier, hier gab es für seinen Geschmack zu viel Schiffsverkehr. Die andere Seite der Insel, jene, die durch die weit vorgelagerten Korallenriffe geschützt war vor allzu neugierigen Blicken und es einem Boot unmöglich machte, an dieser Stelle zu landen, eignete sich dafür viel besser.

Den Platz, an dem er seine Hütte schließlich erbaute, wählte er sehr sorgfältig. In einer Nische, am Rande des Dickichts, verdeckt durch große Hibiskus- und Azaleenbüsche, gesäumt von Palmen, deren Wedel weit herunterreichten. Nur ein Raum, das Fenster zum weißen Sandstrand und dem Meer ausgerichtet. So hatte er alles im Auge. Vom Wasser hingegen, war seine Unterkunft nahezu unsichtbar.

Schon bald fand er Gefallen an dem einfachen Leben. Er brauchte nicht viel, den einzigen Luxus, den er sich gönnte, war ein selbstgezimmertes Bettgestell für seine Matratze.

Aus Tagen wurden Wochen und Gerrys Vorräte gingen zur Neige, immer mehr versorgte er sich von dem, was die Insel ihm darbot. Hauptsächlich Früchte, aber auch Fische und Kaninchen, welche er in selbstgebauten Fallen fing.

Er wusste, die Zeit arbeitete für ihn. Je länger er es auf der Insel aushielt, umso sicherer würde er später sein. Der MI6 konnte nicht ewig eine Sonderkommission hinter ihm herschicken. Das ließ das Protokoll nicht zu. Ein Hoch auf die Bürokratie, auf sie war immer Verlass.

Hier auf der Insel würde sich sein Schicksal erfüllen. Jedoch ganz anders, als er es erwartet hatte.

# 14

*London – MI6 Bürogebäude*

»Tja, Agent Carter, machen wir es kurz«, empfing ihn Chief Bell, kaum dass er sein Büro betreten hatte. »Ich ziehe Sie von Ihrem aktuellen Fall ab.«

»Was? Wieso?«, platzte John Carter überrascht heraus. »Ich verstehe nicht... Noch vor zwei Tagen sagten Sie mir, wie zufrieden Sie mit meiner Arbeit sind.«

»Das bin ich auch. Ich bin sehr zufrieden mit Ihnen und deshalb werden Sie ab sofort dem Highlander-Projekt zugeteilt.«

»Nein. Nicht das Highlander-Projekt, bitte, das können Sie nicht von mir verlangen.«

Unruhig wie ein Tiger in seinem Käfig, begann John vor dem Schreibtisch des Chiefs auf und ab zu laufen. Tausende Gedanken schossen ihm blitzartig durch den Kopf, wühlten sein Innerstes auf und ließen ihn verzweifelt verneinend den Kopf schütteln.

Das Highlander-Projekt - dahinter verbarg sich nichts anderes als die Hetzjagd auf seinen ehemaligen Partner Gerard McGregor.

Irgendjemand hatte ihm den Spitznamen Highlander verpasst. Eigentlich war es eher abwertend und verletzend gemeint, als man ihn mit diesem Namen belegte, die ewige Fehde zwischen Engländern und Schotten schwelte auch heute noch, doch McGregor scherte sich einen Dreck darum, er schämte sich nicht für seine Herkunft und trug den Namen mit Stolz.

Es dauerte nicht lange und man sprach mit stetig wachsender Bewunderung vom Highlander. Selbst nachdem man ihn zur Fahndung ausschrieb und das Highlander-Projekt unter der Leitung von Charles Smith ins Leben gerufen wurde, waren die Sympathiepunkte eindeutig auf der Seite des Hochländers. Der MI6 machte seit fast einem Jahr erfolglos Jagd auf McGregor, und nun sollte auch er sich daran beteiligen.

Nein, nein, völlig ausgeschlossen. Gerard war nicht nur sein Partner gewesen, den er immer noch bewunderte, er verdankte ihm sein Leben und er schuldete ihm verdammt noch mal seine Loyalität. Er wollte auf keinen Fall an seiner Verhaftung beteiligt sein. Und das brachte er deutlich zum Ausdruck.

»Nein, nein und nochmals nein. Auf gar keinen Fall. Bei allem Respekt Chief, dass das können Sie nicht von mir verlangen.«

Chief Bell sah ihn eindringlich an. »John, glauben Sie mir, wenn es eine andere Möglichkeit gäbe, würde ich Sie nicht bemühen. Kommen Sie, setzen Sie sich hin und lassen Sie uns in Ruhe darüber reden.«

Johns Finger krallten sich so sehr in die Stuhllehne, dass seine Knöchel weiß hervortraten. Eine Millisekunde lang überlegte er ernsthaft, ob er, seinen Überzeugungen gemäß, wortlos gehen sollte.

Oh Mann, das wäre so cool, doch gleichzeitig eine klassische Befehlsverweigerung, die unweigerlich das Ende seiner Karriere bedeuten würde. Resigniert ließ er den Kopf sinken.

Er war ein solches Weichei.

McGregor wäre einfach gegangen.

Lautstark fluchend wäre der verdammte Schotte, hoch erhobenen Hauptes, durch diese Tür stolziert, ohne Rücksicht auf Verluste, denn McGregor hatte Eier in der Hose.

John wünschte, er würde nur einmal so viel Mumm in den Knochen haben, doch der Diplomat in ihm ließ das nicht zu. Zähneknirschend sank er auf den vor ihm stehenden Stuhl, wo er mit hängenden Schultern sitzen blieb.

»Ach, kommen Sie, nun nehmen Sie sich das nicht so zu Herzen. Ich brauche Sie, John. Ich brauche Sie wirklich.«

»Warum ich?«, seine Worte waren kaum mehr als ein Flüstern.

»Weil Sie so etwas wie eine Beziehung zu ihm aufgebaut haben. Ich weiß nicht, wie Sie das geschafft haben, aber McGregor würde Ihnen niemals etwas antun. Aus irgendeinem Grund mag er Sie. Was, wenn ich an frühere Situationen zurückdenke, wohl auf Gegenseitigkeit beruht. Sie haben sich damals wirklich rührend für ihn eingesetzt.«

John wusste sofort, worauf der Chief anspielte. Die einzige Situation, in der er ihm Paroli geboten hatte und sich über seinen Befehl hinwegsetzte, und so antwortete er knapp: »McGregor war krank, es war meine Pflicht, ihm zu helfen.«

»Seien Sie ihm ein wahrer Freund und sorgen Sie dafür, dass er am Leben bleibt.«

»Sie meinen...«, John verstummte kurz, sträubte sich innerlich seinen Verdacht laut auszusprechen. »Er steht auf der Abschussliste?«

»Nicht offiziell. Doch umso länger die Jagd dauert, umso frustrierter ist Smith und je unberechenbarer wird er. Schadensbegrenzung heißt das Zauberwort. Carter, ich tu das wirklich nur, um Schlimmeres zu verhüten. Oder wollen Sie ernsthaft, dass McGregor den Launen von Smith ausgeliefert ist, sollte dieser ihn jemals in die Finger bekommen?

Er hasst den Highlander, er hasst ihn wie die Pest und mich beschleicht ein ganz ungutes Gefühl, wenn ich mir ausmale, was passieren könnte, wenn er ihm allein Auge in Auge gegenübertritt.«

Chief Bell griff nach einem der Zitronenbonbons, die in einer Schale auf seinem Schreibtisch standen.

»Möchten Sie auch?«, fragte er Carter.

Dieser schüttelte verneinend mit dem Kopf.

»Sehen Sie es Mal so...«, fuhr der Chief fort. »Smith hatte bisher nur Misserfolge, immer wenn er kurz davor war, den Highlander zu schnappen, dann führte McGregor eines seiner Kunststückchen auf und puff... war er verschwunden.

Die halbe Abteilung lacht bereits über Smith, während der Highlander, der verdammte Rebell, zum Helden avanciert.

Nur deshalb war es mir überhaupt möglich, die Chefetage davon zu überzeugen, Sie als gleichberechtigten Partner an Smith's Seite zu stellen.

Sie müssen Smith im Auge behalten und notfalls einschreiten. Ich will keine unnützen Todesfälle mehr in meiner Abteilung. Haben Sie das verstanden?«

»Ja, Sir.«

»Gut. Ich wusste, dass ich auf Sie zählen kann. Sie sind ein guter Mann Carter, Sie werden es noch weit bringen. Vertrauen Sie mir.«

»Danke Chief.« Langsam erhob John sich und nahm die ihm dargebotenen Unterlagen in Empfang.

»Chief?«

»Ja...«

»Was wird aus McGregor? Ich meine, wenn...«

»Keine Sorge, der ist wie eine Katze, der fällt immer auf die Füße. Ich werde mich für ihn einsetzen. Er war einer meiner besten Männer mit einer exzellenten Ausbildung. Es wird sich ein Deal finden. Die Firma lässt solches Kapital nicht lange brach liegen.

Und nun machen Sie, dass Sie hier raus kommen.«

# 15

*Französisch-Polynesien - Südpazifik*

Ein paar moosgrüne Augen gingen Gerry nicht mehr aus dem Kopf und verfolgten ihn bis in seine Träume.
Weiche Lippen legten sich auf die seinen, liebkosten und neckten ihn. Eine Hand fuhr über seine Brust, streichelte mal sanft, mal kräftiger über seine Haut. Umkreiste seine Brustwarzen, fuhr über seinen muskulösen Bauch, umschiffte den Bauchnabel, verweilte kurz, um schließlich weiter gegen Süden zu reisen, die Innenseite seines Schenkels hinab bis zum Knie und in umgekehrter Reihenfolge wieder hinauf.

Die Berührungen verfehlten ihre Wirkung nicht, ein Kribbeln durchfuhr seinen Körper, während seine Männlichkeit erwachte und sich zu voller Größe aufrichtete.

Ein leises, helles Lachen erklang und er wusste, es war kein Traum. Verschlafen blinzelnd öffnete er die Lider. Seine Arme umschlangen die junge Frau, die neben ihm kniete, er zog sie zu sich herunter und sofort verdunkelte eine Flut seidigen dunkelbraunen Haares die Welt um ihn herum. Seine Lippen öffneten sich leicht, vereinigten sich mit den ihren, während seine Zunge fordernd Einlass gebot.

»Catherine«, flüsterte er mit rauer Stimme. »Komm her, du kleine Hexe.«

Er hatte es kaum ausgesprochen, da saß sie auch schon auf ihm und rieb ihre feuchte Weiblichkeit an seinem harten Schaft. Er überließ bewusst ihr die Führung. Damit sie bestimmen konnte, wann sie bereit war, ihn in sich aufzunehmen. Doch diesmal verzichtete sie auf ein längeres Vorspiel. Verdammt, sie war bereits feucht und heiß und trieb ihn mit ihren rhythmischen Bewegungen einem gigantischen Orgasmus entgegen.

Voller Leidenschaft legte er seine Hände auf ihre Hüften, er hielt sie ganz fest und zog sie noch enger zu sich heran. Sie stöhnte auf und umklammerte seine Handgelenke, während sie ihren Oberkörper so weit nach hinten bog, dass ihr samtig weiches Haar über seine Oberschenkel floss.

Was für ein Anblick.

Ihre Brüste wippten im Gleichtakt seiner Stöße, die harten Nippel wie Bergkuppen gegen Himmel gerichtet. Sein Blick hing wie gefesselt an diesem Schauspiel. Er wünschte, er könnte sie mit seiner Zunge erreichen, er würde sie liebkosen und sich an ihnen festsaugen. Doch so weit kam es nicht, denn sie keuchte und schrie in diesem Moment voller Ektase auf, als sich sein Leib unter ihr aufbäumte und er sich - welch süße Qual - mit einem dunklen Stöhnen in sie ergoss.

Erschöpft beugte sie sich über ihn, ihr heißer stockender Atem streifte seinen Hals, als sie von ihm herunterrutschte und sich befriedigt in seine Arme kuschelte.

Mit einem Schmunzeln zog er die Decke über ihre erhitzten Körper, küsste sie zärtlich auf die Stirn und begann sanft über ihr Haar zu streicheln, bis ihre gleichmäßigen Atemzüge davon kündeten, dass sie eingeschlafen war.

Eine wohltuende innere Ruhe überkam Gerry. Er fühlte sich leicht und glücklich, unendlich glücklich, so als ob seine Seele endlich in einem eigens für ihn erschaffenen Paradies angekommen war. Dabei glaubte er bisher nicht an die große Liebe. An tiefe Gefühle, die über die sexuelle Anziehung hinausgingen.

Seine Beziehungen dienten eher der Befriedigung seiner Triebe und waren definitiv nicht auf Dauer geplant. Doch mit Cate, wie er sie liebevoll nannte, war alles anders. Sie setzte alle Naturgesetze außer Kraft.

Oh Gott, wie hatte er den Tag verflucht, als das Meer die junge Frau an den Strand spülte. Im ersten Moment hielt er sie für tot, doch als er sich den vermeintlichen Leichnam näher ansah bemerkte er, dass sie noch atmete.

Sein Verstand sagte ihm, halte dich von ihr fern, sie bringt nichts als Ärger. Und so war es auch.

Sie war kompliziert und kratzbürstig, obendrein hielt sie ihn für einen Piraten und befolgte in keinerlei Hinsicht seine Anweisungen, die er ihr schließlich nur zu ihrem Besten gab.

Cate brachte alles durcheinander und stellte sein Leben auf den Kopf, sie war das reinste Chaos. Und doch konnte er die Finger nicht von ihr lassen. Er wollte sie, er wollte sie mehr als alles andere in seinem Leben. Als sie ihn küsste entzündete sie eine Flamme in seinem Herzen, die bis zu seinem Tod nicht mehr erlöschen sollte.

Es war ein seltsames Ding mit der Liebe. Er hatte nicht nach ihr gesucht; wenn er gekonnt hätte, wäre er davor geflohen, er wäre gerannt so schnell und so weit weg wie nur irgend möglich. Gründe dafür gab es genug. Falscher Zeitpunkt, falscher Ort, alles war falsch in seinem Leben. Das letzte, was er jetzt brauchte, war eine Frau. Doch er hatte keine Wahl.

Die Liebe war über ihm hereingebrochen wie ein Orkan. Und es gab kein Entkommen, weder für ihn, noch für Catherine. Sie weckte die animalische Seite in ihm und ließ seine Gefühle Achterbahn fahren.

Und einmal mehr fragte er sich: Wie konnte das nur passieren? Wie konnte er sich Hals über Kopf in diese Frau verlieben? Und dass er sie liebte, war ein Fakt, der ganz und gar außer Frage stand. Er erkannte es daran, dass er sich in seiner Fantasie bereits ein gemeinsames Leben mit ihr aufbaute.

Denn für ihn, für ihn war sie die perfekteste und schönste Frau, die er je gesehen hatte, und er brannte, er brannte lichterloh vom ersten Moment an, als er in ihre moosgrünen Augen sah.

Catherine und er waren buchstäblich wie die zwei Seiten einer Medaille, grundverschieden und doch untrennbar miteinander verbunden.

Zwischen ihnen brannte eine einzigartige Liebe voller Begierde und Leidenschaft. Oh Gott, diese Frau trieb ihn in den Wahnsinn und gleichzeitig schenkte sie ihm ungeahnte Freuden. Niemals zuvor hatte er für ein weibliches Wesen derart tiefe Gefühle und aufrichtige Liebe empfunden.

Wenn Cate bei ihm war, dann fühlte es sich an, als wären sie eins, als würden ihre Körper und Seelen miteinander verschmelzen. Das Band zwischen ihnen wurde von Tag zu Tag stärker. Er wusste, es war verkehrt, er hätte diese Art von Nähe niemals zulassen dürfen. Er war immer noch auf der Flucht und die Liebe zu ihr machte ihn verletzlich. Andererseits brachte er Catherine, durch die Geheimnisse die er verbarg, unnötig in Gefahr. Die Situation war mehr als verfahren, jedoch all seine Versuche, vernünftig zu sein und es zu beenden, schlugen fehl, denn das Herz will, was das Herz will.

»Wie kannst du mich nur lieben?«, hatte er sie gefragt. »Du weißt nichts über mich, nichts über mein bisheriges Leben. Ich könnte ein ganz, ganz böser Bube sein. Ein Serienkiller, ein Vergewaltiger, ein Kinderschänder, ein...«

»Pst...«, mit einem Kuss hatte sie ihn unterbrochen. »Ich weiß, dass du kein Engel bist, Gerry, aber genauso gut weiß ich auch, dass du nicht der menschgewordene Teufel bist, für den dich manche halten mögen. Mein Herz sagt mir, dass du ein guter Mensch bist. Dazu muss ich deine Vergangenheit nicht kennen.

Außerdem, wer sagt dir, dass ich nicht ein böses, böses Mädchen bin? Vielleicht solltest du dich vor mir in Acht nehmen.« Und damit hatte sie ihm den Wind aus den Segeln genommen.

Liebevoll glitt sein Blick über die schlafende Frau.

»Wann hast du dich in mein Herz geschlichen? Hm...?«

Zärtlich legte er seine Hand auf ihre Wange und spürte, wie sie sich unbewusst enger an ihn schmiegte. War das Wann wirklich wichtig? Nein... Hauptsache, sie war sein, für immer und ewig sein.

Er war im Himmel. Im siebenten Himmel, doch manchmal lagen Himmel und Hölle dicht beieinander, nur getrennt durch einen Wimpernschlag.

War es nun Schicksal, Karma oder einfach nur Charles Smith mit seinem alles verzehrenden Hass, der ihn letztendlich ins Unglück stürzte? Er konnte es beim besten Willen nicht sagen. Wahrscheinlich war es von allem etwas.

Smith war wie eine Bulldogge, die sich in einen Knochen verbissen hatte. Einmal Blut geleckt, war er nicht bereit aufzugeben, bevor er hatte, was er wollte. Und das, obwohl die Vielfalt und Anzahl der Inseln seine Suche extrem erschwerten. Einen bestimmten Menschen hier zu finden, war wie die berühmte Nadel im Heuhaufen zu suchen. Smith hatte wirklich verteufeltes Glück, als ihn sein Weg ausgerechnet zu jener Insel führte, auf die es Catherine und Gerry verschlagen hatte.

Nachdem es Smith gelang, Cate in seine Gewalt zu bringen und ihr Leben zu bedrohen, entbrannte zwischen Gerry und ihm ein Kampf auf Leben und Tod.

Pures Adrenalin floss durch Gerrys Adern, als eine Kugel ihn an der Hüfte erwischte, noch ehe er Smith die Waffe aus der Hand schlagen konnte. Trotzdem behielt er die Oberhand. Doch dann rammte ihm Smith ein Messer in den Brust-Schulter-Bereich. Ein Schwall roten Blutes ergoss sich über sein weißes Hemd. Smith witterte seine Chance und stürzte sich auf ihn.

Endlich... darauf hatte Gerry nur gewartet; blitzschnell wich er aus, Smiths massiger Körper flog an ihm vorbei. Er warf sich von hinten auf ihn, gemeinsam gingen sie zu Boden, und schließlich kniete er auf Smiths Rücken. Mit beiden Händen umfasste er seinen Kopf, um...

Da drang die warnende Stimme eines anderen Mannes in sein Bewusstsein. »Gerard... Das würde ich nicht tun!«

Verwirrt hielt er inne und sah zur Seite. Was machte John Carter hier? Und wieso hielt er Catherine eine Waffe an die Schläfen?

»John, nein...« Gerrys Herz krampfte sich zusammen. Wieso tat John das? Er wusste doch ganz genau, was Smith für ein Schwein war, und sollte er es vergessen haben, dann brauchte er nur Cate anzusehen. Es war nicht zu übersehen in welch bemitleidenswertem Zustand sie war. Ihre zerrissene Kleidung, die Würgemale am Hals, das alles sprach eine mehr als deutliche Sprache. Und trotzdem hielt John ihn davon ab, Smith zu töten.

Typisch..., John Carter, der brave Soldat, bei dem immer alles streng nach Vorschrift ging. Nur nicht die Befehlskette verletzen. Glaubte er tatsächlich immer noch an Recht und Ordnung? Wie konnte er nur so blind sein?

Vielleicht sollte er es riskieren, ein kräftiger Ruck und Smith Genick brach. Dafür brauchte er nicht mehr als ein paar Sekunden. Alles in ihm sehnte sich danach, Smith endlich tot zu sehen. – Hurra! Ja... tu es, tu es, töte ihn, töte ihn – jubilierte die Stimme in seinem Herzen. Doch zu welchem Preis? Was, wenn John seine Drohung wahr machte und auf die unschuldige Frau vor ihm schoss?

Verdammt!

Siedend heiße Schauer liefen Gerry den Rücken herunter. Die Entscheidung fiel, als er in Cates Augen all die Liebe sah, die sie füreinander empfanden. Zähneknirschend ergab sich der Krieger in ihm und besiegelte damit sein Schicksal.

Sein Leben gegen das ihre. Ein fairer Tausch, auch wenn das bedeutete, dass er lebendig in die Hölle ging.

Abrupt richtete er sich auf. Langsam wie in Zeitlupe hob er abwehrend die Hände in Brusthöhe.

»Bitte, John... tu ihr nichts, ich tu alles, was du mir sagst. Ich ergebe mich, aber bitte, nimm die Waffe von ihrem Kopf!«

Catherine und er wurden nach Bora Bora gebracht. Gerry im Maschinenraum an die Rohre gekettet, sie in einer der oberen Kabinen. Als sie an den Docks ankamen, warteten bereits Beamte der englischen Botschaft auf Cate. Sie würden sich um eine sichere Heimkehr kümmern.

Ein letztes Mal wurde Gerry gestattet, sie in die Arme zu nehmen. Es gab kein Zurück mehr, sein Leben war verwirkt, und während sein Herz brach, gab er sie frei.

»Vergiss mich, vergiss alles, was war, fang ein neues Leben an. Versprich es mir... bitte... du musst es mir versprechen, Catherine.«

Sie wollte es nicht, aber er brachte sie dazu es zu versprechen; dann ließ er sich zu dem wartenden Transporter bringen. Doch kaum war er im Wageninneren, drehte er sich zu Cate um. Seine Lippen formten ein letztes: »Ich liebe dich, Catherine! Ich liebe dich!«

Anschließend ließ er sich kraftlos, mit hängenden Schultern, zusammengesunken wie ein Häufchen Unglück, auf den ihm zugewiesenen Platz sinken, während John ihm die fest mit einer Kette am Boden des Wagens verankerten Fußfesseln anlegte.

John, der ihn mit besorgter Miene beobachtete, drehte es bei seinem Anblick den Magen um. Gerrys Gesichtszüge waren starr, wie versteinert, und in seinem Blick lag der Schmerz der ganzen Welt. Sein Elend rührte ihn, er würde ihm so gerne helfen, aber er konnte und durfte es nicht.

Krampfhaft krallte John seine Hände ineinander, um nicht doch noch dem übermächtigen Verlangen in ihm zu folgen, den Highlander in seine Arme zu schließen, ihn zu trösten und ihm zu sagen: »He, mein Freund, gib die Hoffnung nicht auf, alles wird wieder gut.« Auch wenn er wusste, dass es eine Lüge war.

Nichts würde wieder gut werden.

Dennoch würde er sich für Gerard einsetzen. Das war er ihm schuldig. Auch wenn er hier nur seinen Job erledigte. Einen Freund zu verhaften, fühlte sich für ihn wie Hochverrat an. Dabei stand er auf der richtigen Seite, auf der Seite des Gesetzes, und doch schrie alles in ihm: *Es ist falsch, was du tust! Es ist falsch!*

John wünschte er wäre niemals dem Highlander-Projekt zugeteilt worden und hätte nie einen Fuß auf diese verdammte Insel gesetzt.

Er sollte Smith davon abhalten Gerry zu töten, stattdessen rettete er Smiths Leben und fühlte sich dabei wie Judas.

Die Frau zu bedrohen war ein weiterer Fehler. Das würde der Highlander ihm niemals verzeihen. Dabei hatte er die besten Absichten.

*Die besten Absichten*, echote die Stimme in seinem Kopf, *kosteten schon vielen unschuldigen das Leben*. Die Schuldgefühle in seinem Bauch wurden über-

mächtig und schließlich sang die Stimme in seinem Kopf in Dauerschleife:
*Wer solche Freunde hat, braucht keine Feinde mehr! Wer solche Freunde hat, braucht keine Feinde mehr! Wer solche Freunde hat, braucht keine Feinde mehr...*

Wenig später setzte der Transporter sich in Bewegung. Machtlos musste Gerry mit ansehen, wie Cate in den Armen der Beamten zusammenbrach.

Sein Puls raste, von ihr getrennt zu werden, fühlte sich an wie sterben. Nein..., es war schlimmer als zu sterben, er wollte schreien vor Schmerz, Trauer und Wut, doch kein Ton kam über seine Lippen. Seine Kehle war wie zugeschnürt. Heiße Tränen liefen über seine Wangen, aber er merkte es nicht, sein Blick war abwesend, verschwommen, nichts... nichts hatte mehr einen Sinn, der letzte Funken Hoffnung erlosch...

Als John Carter wenige Minuten später in Gerrys Augen sah, waren sie ausdruckslos und leer. Der Glanz war gänzlich aus seinem Blick verschwunden, nur eine dünne Spur von Tränen rann unaufhaltsam über seine Wangen.

# 16

*Scottish Marches*

»Warten Sie! Warten Sie! Wo wollen Sie hin?«, schallte laut die Stimme des Assistenzarztes, Nigel Fisher, durch den hell erleuchteten Flur, während er sich bemühte, mit wehendem Kittel, hinter den beiden Männern herzueilen, die sich seiner Ansicht nach wieder einmal zu Unrecht Zutritt zur Krankenstation der Strafanstalt verschafft hatten.

Wie immer ignorierten die zwei Wachen den aufgescheuchten Mann, der heute Nachtdienst hatte und schritten weiter den Gang hinunter, während sie die abgehenden Türen entriegelten und aufrissen, um einen Blick in die einzelnen Zellen zu werfen.

»Wo ist der Neuzugang? 537 wird verlegt«, teilte der größere der beiden Wachen dem Assistenzarzt mit, als dieser sie endlich erreicht hatte.

Fisher kannte den Wachmann, sein Name war Bob. Bob Sonders, und er gehörte irgendwie zu dieser Spezialeinheit aus Sektion Fünf. Obwohl er heute die blaue Uniform der Anstaltswachen trug und nicht die schwarze, die allein den Wachen der Sondereinheit vorbehalten waren.

Er hasste diese Kerle. Egal in welchem Outfit. Sie hielten sich für was Besseres. Kamen und gingen mit ihren Universalschlüsseln, wie es ihnen passte. Wozu gab es die Klingel an der Tür? Das war immer noch eine Krankenstation. Zu diesem Bereich sollte nur das medizinische Fachpersonal Zutritt haben. Zudem gab es jedes Mal, wenn sie unangemeldet hier reinstürmten, Ärger.

537 - das war ein Patient des Professors. Lag hier seit acht Tagen und sollte laut Akte in der Frühschicht verlegt werden. 537 würden sie nicht einfach mitnehmen, denn diesmal hatte er es schwarz auf weiß. Frühschicht war das Zauberwort und keine Minute früher. Nicht in seiner Schicht und vor allem nicht solange er hier für alles verantwortlich gemacht wurde. Oh nein, er hatte zu hart für diesen Job gearbeitet. Abgesehen davon - Wofür hielten sich die Wichser? Für Gott?

Das hätten sie gern. In seinen Augen waren sie nichts weiter als kleine miese Wichtigtuer, die sich aufspielten und aufplusterten wie Pfauen. Am Ende hatten sie selbst Sektion Fünf noch nie betreten und waren stattdessen nur die Laufburschen, die ihre Gefangenen brav an der Tür ablieferten.

»537 - hm?«, unterbrach Nigel seine Gedankengänge. »Das geht nicht...«, stellte er trocken fest, während er sich betont lässig neben einem der Türrahmen postierte, um Sonders den Zutritt zu versperren.

»Der Professor ist erst morgen früh wieder da«, erklärte er mit leicht arrogantem Tonfall dem beschränkten Hornochsen vor sich. »Kommt morgen wieder. Ich bin nicht befugt, den Mann zu entlassen.«
Ja... das war gut. Sich hinter der Obrigkeit verstecken, kam immer gut. Sehr eingeschüchtert wirkte Bob, zu seinem Bedauern, allerdings nicht.

»Hier, hab ihn«, wurde er von Jim Daniels, dem zweiten Wachmann, den er inzwischen ganz und gar aus den Augen verloren hatte, unterbrochen.

Pflichtbewusst versuchte er weiterhin, Sonders den Weg zu versperren, doch der schob ihn einfach beiseite und stürmte in das angrenzende Zimmer.

»Gefangener 537, aufstehen, sofort!«, brüllte Daniels Gerry an und schlug zur Bekräftigung des Befehls mit seinem Schlagstock an das Bettgestell.

Als der Gefangene keine Anstalten machte, dem Befehl seines Kollegen Folge zu leisten, zog Sonders ihm mit einem Ruck die Decke vom Leib. Seine sarkastischen Worte – Schluss mit Blau machen, schwing die Hufe du kleiner mieser Pisser -, die er schon auf den Lippen hatte, schluckte er in dem Moment herunter, als sein Blick wie gebannt auf dem nackten, braungebrannten, athletischen Körper vor ihm haften blieb.

Wow, welche Überraschung!

Das war eindeutig mal was anderes, als die Versager, die sie sonst hier abholten. Schwächliche, vor sich hin wimmernde Sesselfurzer, Finanzmenschen, Techniker, Programmierer und ab und an ein kampferprobter Agent. So stellte man sich nicht den Staatsfeind Nummer Eins vor.

537 hingegen war anders, ihn umgab eine Aura der Macht, und er hatte zudem den gut gebauten Leib eines Kriegers, kein Gramm Fett zu viel. Er bestand scheinbar nur aus Muskeln und Sehnen, die sich eindrucksvoll unter den breiten Lederriemen, mit denen er an Armen und Beinen, sowie quer über dem Brustkorb, an das Bett gefesselt war, abzeichneten.

Einen starken Kontrast dazu boten die weißen Laken, auf denen er ruhte. Erst auf den zweiten Blick fielen Bob die Blutergüsse, Abschürfungen und Prellungen, mit denen sein Körper übersät war, ins Auge.

Die Gefangennahme war nicht einvernehmlich, soviel stand fest. Unter diesen Umständen grenzte es fast an ein Wunder, dass man ihm nur zwei Verbände angelegt hatte.

»Wen haben wir denn da?« Anerkennend pfiff Bob durch die Zähne. »Söldner? MI6? Auf jeden Fall körperbewusst, ich tippe auf Spezialausbildung. Was meinst du, Daniels?«

»Wen interessiert das? Hilf mir lieber, ihn loszuschnallen«, blaffte sein Kollege ihn unwirsch an. »Meine Alte flippt aus, wenn ich heute wieder nicht pünktlich nach Hause komme.«

Oh Mann, Jim, schick die Alte endlich in die Wüste, wollte Bob gerade erwidern, aber er behielt seine Meinung wie so oft für sich. Wenn sein Partner Stress mit seinem Weib hatte, dann war nicht gut Kirschen essen mit ihm.

Während sie die Riemen lösten, lag 537 weiterhin reglos auf dem Lager und starrte die Decke an.

»Los aufstehen!«, befahl Daniels erneut.

Keine Reaktion.

Er schlug mit dem Schlagstock an das Bettgestell, nur Millimeter neben der Hand des Gefangenen.

Kein Rucken, kein Zucken, nichts. 537 lag da wie tot.

Bob hob prüfend einen Arm des Inhaftierten an und ließ ihn fallen, er plumpste aufs Bett zurück wie ein Stein.

»Was ist mit ihm los?«, fragte er, sich nach dem Weißkittel umsehend.

»Nichts!« Fisher zuckte mit den Schultern. Eine Geste, die überdeutlich sagte, ich weiß gar nicht, was ihr von mir wollt. »Ich bitte Sie meine Herren«, lenkte er schließlich scheinheilig ab. »Das bringt doch nichts. Ich sagte bereits, dass sie den Patienten nicht mitnehmen können.«

»Heilige Scheiße, sieh dir mal seine Augen an.« Daniels Stimme ließ Bob aufhorchen, denn sie verriet eindeutig einen erhöhten Grad von Faszination. Ein Gemütszustand, den er von seinem eher gleichgültigen Kollegen nicht kannte. In ihrem Job war es hilfreich, sich beizeiten ein dickes Fell zuzulegen.

Um besser sehen zu können, beugte sich Sonders weit nach vorn und sah geradewegs in die Augen des Gefangenen. Er hatte schon viel gesehen in seinem Job, aber diese pechschwarzen seelenlosen Pupillen in der Größe von Cocktailkirschen, die ihn an diverse Zombiefilme erinnerten, jagten ihm eine Gänsehaut über den Rücken.

Daniels hingegen war wegen seiner Entdeckung völlig aus dem Häuschen und wedelte enthusiastisch mit seiner Hand vor Gerrys Gesicht herum.

»Vollkommen weggetreten«, stellte er hingerissen fest. »Was haben sie ihm gegeben, Doc?

Morphium?

Nein, nein das ist kein Morphium, das würde nicht diese Augen hervorrufen, das ist was anderes, etwas Stärkeres. Oh, ich weiß es, ein paar hausgemachte Drogen.

Stimmt's? Los, sagen Sie schon, hab ich Recht? Ich erzähl's auch keinem weiter.«

»Das geht Sie nichts an«, fuhr Nigel den Wachmann scharf an. »Der Professor hat genaue Anweisungen, den Patienten betreffend, hinterlassen und die besagen, sie sind zu früh.«

Demonstrativ sah Fisher auf seine Armbanduhr und tippte mit dem Finger auf das Zifferblatt, während er im Geiste Daniels Frage beantwortete. Ja, er ist auf Droge, hundert Prozent ruhiggestellt. Ein Präparat, das der Herr Professor selbst entworfen hatte. Aber das würde er den beiden Pappnasen nicht auf die Nase binden. Wären sie mehr, als nur die Laufburschen für Sektion Fünf, dann wüssten sie das.

Gefangene wie dieser stellten ein uneinschätzbares Risiko dar, es lag nicht im Interesse der Obrigkeit, dass 537 mit jedem Dahergelaufenen sprach oder gar im Stande wäre zu fliehen. Zu viel stand auf dem Spiel.

»Um genau zu sein«, fuhr er fort, »Sie sind zehn Stunden zu früh. Also kommen Sie morgen wieder. Bis dahin wird er ohnehin nicht ansprechbar sein.«

»Mag sein, dennoch, unser Befehl lautet sofort.« Daniels' ließ sich in dieser Hinsicht nicht beirren.

»Aber die Infusion, sie läuft noch und...«

»Jetzt nicht mehr.« Daniels hatte ziemlich unsanft die Infusionsnadel samt Pflaster, mit einer einzigen ruckartigen Bewegung, aus dem Fleisch des Patienten gerissen. »Problem gelöst«, grinste er unverschämt.

Blut trat aus der Wunde aus, lief als kleines Rinnsal an Gerrys Arm herunter und tränkte das weiße Laken.

»Super. Wirklich super gemacht, der Herr Professor wird begeistert sein, wenn er davon erfährt.« Kopfschüttelnd und ziemlich verärgert wischte der Assistenzarzt das Blut weg und klebte ein neues Pflaster auf die Wunde.

Das Klingeln eines Handys lenkte die Aufmerksamkeit aller auf das kleine Gerät in Bobs Hosentasche. Ungeschickt angelte er es, mit zwei Fingern, aus den viel zu engen Beinkleidern und nahm den Anruf entgegen. Dem Gespräch war nicht viel zu entnehmen, denn er antwortete nur mit: »Ja... Ja... Jawohl, Sir«, dann reichte er das Telefon stumm an Nigel weiter.

Eine halbe Stunde später zogen die Wachen ab, mit ihrem Gefangenen.

Mit einem scharrenden Geräusch schloss sich die schwere massive Eichenholztür hinter Gerry und ließ ihn allein in der unwirtlichen Zelle zurück. Nackt, bis auf die Verbände an Schulter und Hüfte, kauerte er auf dem harten, kalten Felsgestein, genau an der Stelle, an welcher die Männer ihn schließlich abgelegt hatten.

Von der Krankenstation direkt hierher, was für ein Abstieg. Wenn er sich auch kaum bewusst an die Zeit, die er dort verbracht hatte, erinnern konnte. Männer in weißen Kitteln versorgten seine Wunden und erneuerten ab und an die Infusionsbeutel, die man ihm verabreichte. Ihre Gesichter blieben verschwommen, nicht zuletzt, weil sie jedes Mal in dem Nebel, der ihn umgab, verschwanden, wenn er auch nur im Entferntesten versuchte, sich genauer auf sie zu konzentrieren.

Erst als die Wachen ihn aus dem Bett zerrten und auf seine Beine stellten, die sich für ihn fremd und irgendwie gummiartig anfühlten, nahm er seine Umgebung bruchstückhaft war. Ein Mann in einem hellen Kittel fing ihn auf, als seine Beine nachgaben, und half ihm, sich aufs Bett zu setzen. Anschließend spritzte er ihm eine durchsichtige Flüssigkeit in die Vene, während er unaufhörlich auf die beiden Wachmänner einredete.

»Das Mittel braucht Zeit, um zu wirken. Verstehen Sie das denn nicht? Wenn ich weitere Dosen im zehn Minuten Takt verabreiche, könnte das irreparable Schäden hervorrufen.«

»Die Uhr tickt, Doc, machen sie 537 fit. Sie haben noch fünf Minuten – tick tack – tick tack...«

Obwohl die Männer direkt vor Gerry standen, wurden ihre Stimmen immer leiser, bis sie nur noch ein entferntes Murmeln waren. Er spürte, wie er mehr und mehr in sich zusammensackte und die Welt ihm entglitt.

»Komm schon, komm schon. Mach jetzt nicht schlapp. Scheiße...«, waren die letzten Worte, die er bewusst wahrnahm, ehe er in die Dunkelheit abdriftete.

Nebel umfing ihn, mehr schwarz als grau, doch dann wurde es heller und heller.

»...ich hab ihn, er ist wieder da. Heilige Scheiße, das war knapp.«

Gerry öffnete die Augen und sah in das verschwommene Gesicht des Weißkittels genau über sich. Einer der Wachen drängte ihn zur Seite. »Gut gemacht, Doc. Und jetzt lassen Sie uns ran.«

»Aber...«, versuchte dieser zu protestieren.

»Kein aber, Abmarsch! Tick tack, Doc. Tick tack!«

»He, jemand zu Hause?«, wendete sich der andere Wachmann nun an Gerry, während er ihm ein paar leichtere Ohrfeigen versetzte. »Ja. Sieh mich an. So ist fein. Du wirst dich jetzt aufsetzen und aufstehen. Verstanden?«

Gerry nickte leicht und kam mühsam der Aufforderung nach. Die Wände und der Boden drehten sich. Er brauchte einen Moment, ehe sich das Bild scharfstellte, aber dann stand er schwankend vor den Männern.

»Na, wer sagt's denn«, kommentierte der Wachmann seine Bemühungen. Mit geübtem Griff legte er ihm Handschellen an und wandte sich an seinen Partner: »He, Daniels, reichst du mir mal die Fußfesseln rüber?«

»Lass sie weg. Ich bin froh, wenn der alleine läuft, ohne sich die Knochen zu brechen.«

Hände wie Schraubstöcke griffen nach Gerry. Beidseitig flankiert und gestützt von den Wachmännern setzte er unbeholfen einen Fuß vor den anderen. Er wusste nicht wie, aber es ging.

Wach zu bleiben, war hingegen eine ganz andere Herausforderung. Stetig neigte sich sein Kopf nach vorne, bis sein Kinn fast die Brust berührte. Von einer Sekunde zur anderen schaltete sich sein Bewusstsein ab. Seine Lider gingen zu und er fiel in bodenlose Schwärze.

Ein stechender Schmerz in der Rippengegend, hervorgerufen durch kräftige Schläge der Wachen, brachte ihn für ein paar Minuten aus dem Sekundenschlaf zurück, bevor das Spiel von neuem begann. Resolut zerrten die Männer ihn vorwärts, durch endlos scheinende lange weiße Flure.

Er hatte schon lange die Orientierung verloren, als sie schließlich vor den metallenen Türen eines Fahrstuhls anhielten. Wie hypnotisiert blieb er leicht schaukelnd stehen, den Blick starr auf den Knopf mit dem kleinen leuchtenden Pfeil gerichtet, der anzeigte, dass der Aufzug auf dem Weg nach oben war, bis ihm einer der Wachen einen Sack über den Kopf stülpte und die Kordel zuschnürte. Fest genug, dass der Sack sich nicht lösen konnte und locker genug, dass er ihm die Luft nicht abschnürte.

Fast im selben Moment öffneten sich die Türen mit einem leisen akustischen Signal. Ein kräftiger Schubs von hinten in sein Kreuz ließ ihn vorwärts stolpern, instinktiv streckte er die Arme nach vorn, um nicht zu fallen, doch er wurde bereits von kräftigen Händen aufgefangen und sofort nach unten auf den Boden gedrückt.

Mindestens zwei Personen befanden sich im Fahrstuhl und ihm fiel auf, dass außer ihm niemand sonst zustieg. Auf allen vieren hockend ging es, ohne Zwischenstopps, abwärts. Er fühlte sich Scheiße. Sein Gehirn fuhr Karussell in seinem Schädel. Sein Magen rebellierte, und als der Fahrstuhl endlich abbremste, hätte er sich beinahe übergeben.

Mit einem Bing öffneten sich die Türen und er wurde grob gepackt und auf die Füße gezerrt. Blind wie er war, musste er sich nun vollkommen auf die Führung der Wachen verlassen. Sie waren nicht gerade sehr sanft mit ihm, schleiften ihn mehr über den unebenen Gang, als das er ging. Jeder Schritt war ein Schritt ins Ungewisse. Er versuchte zwanghaft, wach zu bleiben, sich zu konzentrieren, und trotzdem entkam er dem Sekundenschlaf nicht.

Ein derber Fluch riss ihn aus dem Halbschlaf und ließ ihn erschrocken die Augen aufreißen, auch wenn er nichts sah. Adrenalin schoss durch seine Adern, sein Herz pumpte und hämmerte überlaut in seinen Ohren, während sein Fuß keinen Halt mehr fand.

Wo war der Boden? Wo...?

Die festen Griffe an seinen Oberarmen ließen plötzlich los, im selben Moment spürte er, wie er fiel. Kopfüber, sich mehrmals überschlagend fiel er ins Nichts. Mit der Schulter und dem Haupt schlug er gegen eine Wand. Oder war es der Boden? Er schürfte sich Hände und Knie auf, bei dem unbewussten Versuch seinen Kopf vor weiteren Blessuren zu schützen, und blieb schließlich reglos liegen.

Das Geräusch von Schritten auf dem steinigen Boden, gefolgt von ein paar derben Flüchen, drang von weit oben zu ihm und kam schnell näher. Eine Treppe, schlussfolgerte er, er lag am Fuße einer Treppe, bevor er kurz das Bewusstsein verlor.

Lange konnte er sich nicht in diesem Zustand befunden haben, noch nicht ganz wach und unfähig sich zu bewegen, spürte er, wie er erneut an den Armen gepackt wurde und man ihn unsanft weiter zerrte. Seine Füße schleiften über den Boden, schürften auf und hinterließen blutige Spuren. Nach einer gefühlten Ewigkeit war er endlich am Ziel angekommen, man löste die Handschellen, zog ihm den Sack vom Haupt und ließ ihn liegen.

Er brauchte einen Moment, um sich zu sammeln, sein Gehirn fühlte sich immer noch an, als wäre es in Watte gepackt, und die Müdigkeit, die auf ihm lastete, ließ sich einfach nicht abschütteln.

Langsam hob er den Kopf und sah sich in dem zwei Mal vier Meter großen, fensterlosen Raum um. Dem Anschein nach befand er sich in einem mittelalterlich anmutenden Kellerverlies. Der Boden bestand aus massivem Fels. Direkt über ihm hing eine einsame Glühlampe in einem Drahtgeflecht, die den Raum in ein diffuses Licht tauchte.

Dicke steinerne Mauern umgaben ihn und gingen nahtlos in die Deckengewölbe über. Diese Steine waren alt, sehr alt und stammten wahrscheinlich, genau wie die Wehranlage, die er bei seiner Ankunft sehen konnte, zu der alten Festung aus dem 12. Jahrhundert. Es war nicht ungewöhnlich, dass neuere Gebäude wie diese Strafanstalt über einer alten Festung errichtet wurden und neben dem normalen Betrieb, der dem MI6 nur als perfekte Tarnung diente, einen geheimen Hochsicherheitstrakt für Gefangene wie ihn beherbergten.

Die Existenz dieser Einrichtungen war Top Secret und der Zugang zu diesem speziellen Gebäudeteil nur extra geschultem und mit einer dementsprechenden Sicherheitsfreigabe ausgestattetem Personal gestattet. Er kannte einige solcher Einrichtungen aus seiner Dienstzeit beim MI6. Wer hätte gedacht, dass er jemals selbst in einer einsitzen würde.

Er sah sich weiter um. Ein Geruch nach Verwesung und Moder haftete dem Gemäuer an und stieg ihm äußerst unangenehm in die Nase. Vor allem aus einer der Ecken gleich hinter der Tür, wo er eine Art Abfluss entdeckte, zog ein beißender Gestank nach Fäkalien hoch.

Ein lautes Kratzen an der Tür, gefolgt von einem blechernen Poltern schreckte ihn auf und ließ ihn instinktiv bis an die hintere Wand zurückweichen. Schmerzhaft zog er die Luft durch seine Zähne, als er mit dem nackten Schulterblatt an einen der schweren und eisig kalten Eisenringe stieß, die in die hintere Wand eingelassen waren.

Langsam öffnete sich die Tür einen Spalt breit. Jemand schob, mit dem Fuß, geräuschvoll einen Blecheimer über den Steinfußboden zu ihm herein. Wasser schwappte über den Rand, durchtränkte den Springerstiefel desjenigen, der hinter der Tür vorborgen blieb, und hinterließ eine Pfütze auf dem Boden.

Als nächstes flog ein Stoffbündel durch den Türspalt. Seine Flugbahn war so exakt, dass es den Eimer nur knapp verfehlte und wenige Zentimeter neben der Pfütze zum Liegen kam. Kaum berührte es den Boden, da schloss sich die Tür, und Gerry hörte, wie von außen die schweren Eisenriegel davor geschoben wurden.

Allein... - Für einen Moment schloss er die Augen, lauschte und nahm den Raum in sich auf. Bis auf das leise Summen und Knistern der Glühlampe war nichts weiter zu hören. Abwesend pulte er an dem Pflaster an seinem Arm herum, während er sich mühsam erhob. Je klarer er im Kopf wurde, je höllischer schmerzten seine alten und neuen Verletzungen, vor allem die wunden Füße, dennoch schleppte er sich Schritt für Schritt zur Tür, um das Bündel zu untersuchen.

Als er seine Hand danach ausstreckte, glitt sein Blick über die geschlossene Tür. Er stockte mitten in der Bewegung, um schließlich wie in Zeitlupe seine Hand auf das Türblatt zu legen.

Das Holz fühlte sich kalt und uneben an. Mit den Fingerspitzen fuhr er über die tiefen Furchen, die in das harte Holz geritzt waren. Die Konturen ließen ganz eindeutig ein Muster erkennen. Vier nebeneinander verlaufende Linien und etwas abseits eine einzelne, nicht ganz so lang wie die anderen, aber fast parallel zu ihnen. Daneben exakt dasselbe Bild, nur seitenverkehrt. Hauptsächlich im mittleren bis unteren Teil der Tür, mal gerade, mal schräg, vier plus eins, immer und immer wieder. – Kratzspuren – ging es ihm durch den Kopf. Vier Finger und ein Daumen, seine Glieder passten perfekt hinein.

Um solche auffälligen Male zu hinterlassen, mussten mehr als nur ein verzweifelter Mensch sich die Fingernägel blutig gekratzt haben. Ein weiterer Beweis, wozu man die Räumlichkeiten im Laufe der Jahrhunderte genutzt hatte.

Gleichgültig wendete er sich ab und griff nach dem Bündel. Der Stoff fühlte sich rau an und entpuppte sich entgegen seinen Erwartungen als grob gewebte Schafwolldecke, die er auseinander wickelte und umständlich über seine Schultern warf, während er sich Schritt für Schritt zur hinteren Wand zurückschleppte. Sich fest in das kratzende Wolltuch einhüllend, legte er sich nieder und erschauderte, ein unkontrolliertes Zittern durchfuhr seinen geschundenen Körper und ließ seine Zähne leise aufeinanderschlagen.

Unbewusst fuhr er sich mit der Hand über sein kurz geschorenes Haupt, bevor er selbiges auf das harte Lager bettete. Smith wollte ihn demütigen, deshalb schor er ihm eigenhändig, wie einem Schaf, das Fell, die langen welligen Haare vom Kopf. Doch nichts, was Charles ihm antat, konnte ihn noch berühren.

Die Tage vergingen, ohne dass er eine der Wachen zu Gesicht bekam. Das Wasser im Eimer hielt ihn am Leben. Er teilte es sich ein, trank nur, wenn sein Magen allzu laut knurrte oder seine Zunge an seinem ausgedörrten Gaumen festklebte.

Er schlief viel, sein Körper brauchte die Ruhe. Schon bald hatte er sämtliches Zeitgefühl verloren. War es Tag oder Nacht? War es noch Heute oder schon Morgen? Er wusste es nicht, doch jedes Mal, wenn er erwachte, leuchtete die Lampe über ihm. Das gleichbleibende Summen hatte etwas Tröstliches an sich, manchmal flackerte sie und ab und an war ein leises Knistern zu hören. Als sie erlosch, verstummten gleichzeitig die Geräusche und er blieb mit seinen Gedanken und Erinnerungen allein in der Dunkelheit zurück. Die erwartete Panik blieb aus, im Gegenteil, er fühlte sich seltsam ruhig, beinahe entspannt.

Er hieß die Dunkelheit willkommen, denn in ihr wurde ihm klar, er sehnte sich nach dem Tod. Innerlich war er bereits tot, nur sein Körper hatte es noch nicht begriffen.

Nichts war mehr wichtig, nichts hatte Bedeutung. Es machte keinen Unterschied, ob er in einem Grab lag oder einer Gefängniszelle saß. Selbst der Gedanke, was ist, wenn die Wachen nicht mehr wiederkommen, wenn sie mich hier verrotten lassen, ließ sein Herz nicht einmal eine hundertstel Sekunde lang schneller schlagen.

Seine Seele war gestorben, sein Herz zerbrochen, er war nichts mehr als eine leere Hülle, ein Schatten seiner selbst. Ein gebrochener Mann ohne jegliche Hoffnung, dem es scheißegal war, ob er lebte oder starb. Sein Überlebenswille war gleich Null. Er fühlte nichts, nichts als Trauer, Verlust und unbändigen Schmerz, der ihm auch noch den letzten Funken Verstand zu rauben schien.

Als der Schmerz endlich nachließ, blieb nur gähnende Leere zurück, die sich von Tag zu Tag weiter in ihm ausbreitete und ihn Stück für Stück verschlang. Bis nichts mehr von ihm übrig blieb...

# 17

Er war verloren. In ihm herrschte nichts als Leere, keine Emotionen, keine Trauer, kein Lachen, keine Träume, selbst die Alpträume waren verschwunden.

Gerry lag einfach nur da, mit offenen Augen starrte er in die Dunkelheit, während er auf den Tod wartete.

Was nicht mehr lange dauern würde.

Nach mehreren Tagen des Darbens, in vollständiger Dunkelheit, war sein Körper schwach und ausgemergelt, zudem fiel es ihm zusehends schwerer sich aufzurichten. Ein eindeutiges Zeichen, wie er meinte, sein Körper gab auf, so wie sein Geist aufgehört hatte zu denken, zu hoffen, zu trauern. Er hatte abgeschlossen mit dem Leben und schwebte nun irgendwo zwischen den Welten, nicht mehr ganz hier, doch auch nicht ganz fort.

Die Tür wurde entriegelt und schwang weit auf. Poltern und laute Stimmen drangen an sein Ohr und rissen ihn aus seiner Lethargie. Sogen ihn unaufhaltsam zurück, zurück an diesen Ort, an dem er ganz und gar nicht sein wollte. Hinein in den schwachen, gepeinigten Körper.

Ein Lichtstrahl viel durch die geöffnete Tür zu ihm herein und traf auf sein Gesicht. In Gerrys Augen war er leuchtend hell, dabei war es nicht mehr als die Funzel vom Gang. Es kostete ihn einige Überwindung sich zu bewegen. Schließlich setzte er sich mühsam auf, den Rücken an der kalten Wand abstützend, nur um dem Lichtkegel zu entgehen. Die Kälte kroch durch die Decke in seine Glieder, biss und zerrte an ihm, doch er ignorierte die Pein.

Einen Augenblick später erstrahlte die Glühbirne im Raum in vollem Glanz. Er musste sich abwenden vor dem gleißenden Licht. Seine Augäpfel schmerzten und fingen an zu tränen, als sähe er geradewegs in die Mittagssonne. Er kniff die Augenlider zusammen und versuchte, sie mit seinen Händen vor dem grellen Schein abzuschirmen.

»537 raustreten!«, erschall ein kurzer, energischer Befehl vom Gang her.

Gerrys Körper reagierte auf den Befehl ohne sein Zutun. Wie in Zeitlupe erhob er sich. Die Anstrengung löste eine Welle von Übelkeit in ihm aus. Sich mit der Schulter an der Wand abstützend, blieb er schwankend stehen. Anstatt Muskeln hatte er Pudding in den Beinen.

Schemenhaft konnte Gerry zwei Gestalten ausmachen, die vor der Tür warteten.

»Hopp, hopp, wir haben nicht ewig Zeit.« Das deutlich hörbare klack, klack eines Schlagstockes, der gegen den Türrahmen geschlagen wurde, verlieh den Worten Nachdruck und spornte ihn an, tatsächlich einen Fuß vor den anderen zu setzen, bis die Distanz zur Tür zurückgelegt war.

Seine Beine zitterten und drohten ihm wegzusacken, es war ein Wunder, dass er es schaffte, ohne hinzufallen bis zur Tür zu gelangen.

Kaum auf dem Gang, wurde ihm die Decke von den Schultern gerissen. Er bekam einen Schlag in den Rücken, der ihn nach rechts taumeln ließ. Fast im selben Moment traf ihn ein eiskalter Wasserstrahl.

Das eisige Nass brannte wie Feuer auf seiner Haut und ließ ihn prustend nach Luft schnappen. Die Wucht des Strahles prasselte wie Faustschläge auf seinen ungeschützten Leib und presste ihn unbarmherzig an die felsige Wand. Er wandte sich ab, denn er hatte keine Kraft, sich dem entgegenzustellen, mit den Händen stützte er sich an der Felswand ab, während seine Lippen das Wasser aufsogen, das am unebenen Fels herunterlief. Gierig ließ er es seine ausgedörrte Kehle herunterfließen.

»Lass das, das ist keine Tränke«, wurde er barsch ermahnt. Doch er ignorierte die Weisung.

Trinken, er musste trinken.

Sein Körper sog das Wasser auf wie ein ausgetrockneter Schwamm. Die Bestrafung erfolgte auf dem Fuße. Der Schlagstock traf ihn unvorbereitet von hinten in die Kniekehlen, mit schmerzverzerrtem Gesicht brach er zusammen. Am ganzen Körper bebend, ging er in die Knie und blieb, zusammengekauert wie ein hilfloses Kind, am Boden liegen.

»Das reicht. Er soll sich ankleiden und dann bringt ihn hoch.« Die tiefe melodische Stimme übertönte nicht nur das Rauschen des Wassers, sie strahlte auch uneingeschränkte Autorität aus.

»Jawohl, Sir«, antworteten die zwei Wachmänner fast synchron, während sich die schemenhafte Gestalt, die sich gekonnt in den Schatten verbarg, umdrehte und ihrer Wege ging.

Der Wasserstrahl wurde abgestellt. Während Gerry sich mühsam erhob, flog ein zusammengefaltetes Handtuch auf ihn zu. Neben den Muskelschmerzen hatte die unfreiwillige Dusche bewirkt, dass er sich seltsam klar im Kopf fühlte. Wenn auch sein Wasserhaushalt immer noch nicht ausreichend aufgefüllt war.

Die Motorik seiner Glieder ließ ebenfalls zu wünschen übrig, und so traf ihn das Handtuch am Kopf, noch bevor er es auffangen konnte. Mit steifen Fingern faltete er es auseinander, rubbelte sich ab und zog die dargereichte Kleidung, eine dunkle Leinenhose, ein graues T-Shirt und ein paar einfache Leinenturnschuhe mit weißer Gummisohle an.

Wenig später wurde er in einer Hand- und Fußschellenkettenkombination, die die Wachen ihm angelegt hatten, in den Verhörraum geführt, wo Smith und ein ihm unbekannter Agent schon auf ihn warteten.

Insgeheim hatte Gerry gehofft, Carter wieder zu sehen. Er war der einzige, dem er so etwas wie Vertrauen entgegenbrachte. John hatte noch Prinzipien und Ideale, er stand ein für sein Land und für seine Freunde.

War John sein Freund?

Früher war er es, in einem anderen Leben, vor diesem ganzen Wahnsinn.

Und heute?

Heute war sein ehemaliger Partner wahrscheinlich der einzige Freund, den er noch hatte.

Die Ketten klirrten leise, als die Wachen Gerry zu dem für ihn vorgesehenen Platz führten und ihm bedeuteten sich zu setzen.

Ein Stuhl, mittig im Raum stehend, mit Armlehnen und fest am Boden verschweißten Beinen. Die Wachen fixierten seine Arm- und Beingelenke mit breiten Lederriemen an dem Sitzmöbel, ohne ihm vorher die Ketten abzunehmen.

»Die auch!« Smith deutete auf die im Boden eingelassene Verankerung, an der eine weitere Stahlkette mit Schloss hing. Die zwei Wachmänner warfen sich vielsagende Blicke zu. Die so viel sagten wie: Da hat aber einer mächtig Angst. Schweigend verbanden sie Gerrys Ketten mit der am Boden liegenden.

Gerry starrte anscheinend abwesend geradeaus, bemüht seinen gerade wieder aufkeimenden abgrundtiefen Hass auf Smith zu verbergen.

Er musste seinen Zorn zügeln, der in ihm brannte wie eine lodernde Flamme. Es war nicht die Zeit um zurückzuschlagen, zudem war er körperlich zu erschöpft. Selbst der kleine Fußmarsch vom Verlies hierher hatte ihn ermüdet.

Die Ketten schienen Tonnen zu wiegen, ihr Gewicht zerrte an ihm. Seine Füße hoben sich beim Gehen kaum noch vom Boden ab, jeder Schritt fühlte sich an, als hätte man seine Schuhsohlen mit Klebstoff bestrichen. Allein Smith's Anblick entfachte seine Wut und mobilisierte dadurch seine letzten Kraftreserven, die es ihm ermöglichten, erhobenen Hauptes den Verhörraum zu betreten.

Im Spiegel der an der gegenüber liegenden Wand hing, sah er verschwommen sein Abbild. Die Tage im Verlies hatten ihre Spuren hinterlassen. Er war abgemagert, tiefe Schatten hingen unter seinen geröteten Augen, die nach wie vor von dem hellen Licht gereizt wurden. Obwohl er sie zusammenkniff, liefen hier und da vereinzelte Tränen über seine Wangen und fingen sich in seinen Bartstoppeln.

Sein Spiegelbild war alles andere als ein erbaulicher Anblick. Zu diesem Entschluss mussten wohl auch jene kommen, die hinter dem Spiegel verborgen dem

Verhör beiwohnten. Auch wenn er sie nicht sehen konnte, er wusste, sie waren da, genau wie die Kameras, die jede einzelne seiner Regungen in Bild und Ton festhielten.

Nach dem Motto: Lasset die Spiele beginnen!, beobachtete er seine Gegenspieler, um sich besser auf das Kommende vorzubereiten.

Die Wachen, die sich mit den Lederriemen abmühten, waren uninteressant für ihn, Smith's Rolle in diesem Spiel wohlbekannt, doch der unbekannte Agent, der neben Smith am Tisch saß, erregte seine Aufmerksamkeit.

Unauffällig musterte er ihn im Spiegel und erstellte im Geist ein Profil von dem Mann. Ein Akt, der ihm leicht fiel und ihm im Laufe der Jahre so in Fleisch und Blut übergegangen war, dass er ihn bewusst nicht mehr wahrnahm.

Männlich, schlank, ca. 1,75 Meter groß, Alter: Mitte/Ende 50, Lesebrille, die er auf den Kopf geschoben trug, wenn sie nicht auf seiner Nase saß. Glattes graumeliertes Haar, ordentlicher Haarschnitt, ein bisschen altmodisch vielleicht, genau wie sein Anzug, adrett aber nicht up to date.

War er Smith neuer Partner oder sein Vorgesetzter? Nein, letzteres schloss er aus, seine Haltung hatte nichts Herrisches an sich, er wirkte eher organisiert auf ihn, korrekt, penibel wie ein Buchhalter.

Er räumte Pappkartons aus und stapelte deren Inhalt ordentlich auf dem Tisch vor sich auf, unterdessen machte Smith es sich betont lässig auf einem der Stühle bequem, so als ginge ihn das alles nichts an. Vielleicht doch Partner, revidierte Gerry seine Meinung, aber definitiv noch nicht lange.

»Willkommen, willkommen in deiner eigenen kleinen Hölle«, holte Smith ihn mit schleimig süffisanter Stimme in die Wirklichkeit zurück, während er aufstand und um den Tisch herumging, um sich auf die Tischkante zu setzen. Eine Geste, die bei seinem Umfang eher plump als lässig wirkte.

»Wie ich sehe, ist dir die kleine Frischzellenkur, die ich dir verordnet habe, sehr gut bekommen.« Er beugte sich vor, griff nach Gerrys Kinn und drehte dessen Kopf, ihn dabei genauestens musternd, grob von rechts nach links.

»Oh wie niedlich, du hast Pippi in den Augen. So viel Wiedersehensfreude deinerseits hätte ich jetzt nicht erwartet.«

»Agent Smith? Können wir mit dem Verhör beginnen?«, wurde Smith von seinem Kollegen unterbrochen, der diverse Akten aufschlug und sie scheinbar wahllos von einer Seite des Tisches auf die andere räumte. Wobei er den Wasserkrug und die Gläser, die einer der Wachmänner auf dem Tisch abgestellt hatte, gekonnt umschiffte.

Smith ließ von ihm ab, und Gerry vervollständigte im Geist das Profil des Agenten. Eine Zweckpartnerschaft - der Agent hatte das Sagen. Vielleicht wurde er Smith sogar von der Obrigkeit aufs Auge gedrückt. Gerry hoffte es inständig, denn irgendwie erfreute ihn dieser Gedanke.

»Ja..., ja natürlich beginnen wir, Agent Tucker. Alles streng nach Protokoll.« An die Wachen gewandt, fügte Smith hinzu: »Vielen Dank, meine Herren, Sie können jetzt gehen. Wir rufen Sie, wenn wir hier fertig sind.«

Er rieb sich die Hände und knackte mit seinen Fingerknöcheln, während die Wachen den Raum verließen. In sein Gesicht trat ein zutiefst zufriedener Ausdruck, eine Mischung aus Vorfreude, gemixt mit einem Funken Wahnsinn. Gerry in Ketten vor sich zu sehen, versetzte Smith in Euphorie. Macht – war etwas Wunderbares... befand er, sie auszuüben der ultimative Adrenalinkick in seiner reinsten Form.

Das Verhör lief seit Stunden. Gerry war am Ende seiner Kräfte angelangt. Immer und immer wieder stellte Smith dieselben Fragen, von denen sie beide wussten, dass er sie nicht beantworten würde.

Und genauso unermüdlich begann Smith mit schlagkräftigen Argumenten diesen Fragen Nachdruck zu verleihen. Gerry schmeckte Blut in seinem Mund, seine Lippen waren aufgesprungen, seine Augen dick geschwollen. Immer öfter verlor er das Bewusstsein und damit jegliches Zeitgefühl.

Von Mal zu Mal hatte er größere Schwierigkeiten, sich in einen halbwegs wachen Zustand zurück zu kämpfen. Er sah verschwommen Smith vor sich rumhampelten, aber er gab sich keine Mühe, seinen Ausführungen zu folgen. Das Verhör laugte ihn aus, seine Konzentration schwand von Minute zu Minute mehr, er war durstig und entkräftet. Seine Gedanken verflüchtigten sich mehr und mehr, sie waren kleine Funken in einem Meer aus Nebel, unzusammenhängend und verworren.

Er driftete ab, träumte sich in eine andere Realität. Er würde gern den Himmel sehen, blau mit Schäfchenwolken, und die Sonne auf seiner Haut spüren, während ein leiser Nieselregen auf ihn herabfiel. Oder war es gerade Nacht? Dann den Mond und die Sterne. Viele Sterne... leuchtende Sterne...

Doch es gab keinen Himmel mehr für ihn, nicht seitdem er eingesperrt war. Die Fensterläden auf der Krankenstation blieben immer verschlossen, die Gänge, das Verlies, dieser Raum, sie alle hatten keine Fenster, keinen Lichtstrahl, keinen Himmel, keine Hoffnung...

Nur Schmerz...

»Das reicht!«, hörte er Tuckers Stimme, bevor sein Kopf erneut explodierte, er keuchte, hustete und spuckte Blut. Smith stand mit erhobener Hand vor ihm und drehte sich langsam zu dem Agenten um. Gerry erwartete, dass Smith jeden Moment erneut zuschlagen würde, denn er wusste aus Erfahrung, dieser schätzte es ganz und gar nicht, in seinem Tun unterbrochen zu werden, doch er ließ die Hand sinken.

Mit vor Wut schäumendem Blick ging Smith zum Tisch und griff nach einem Glas. Am liebsten hätte er es Tucker in den Hals gestopft. »Das reicht! Das reicht!«, äffte er ihn in Gedanken nach. Es reichte noch lange nicht, er war noch nicht einmal richtig in Fahrt gekommen, und schon versuchte Tucker, ihm die Hände zu binden. Aber nicht mit ihm, nein... er würde sich seinen Triumph nicht nehmen lassen. Er würde ihn auskosten bis zum letzten Tropfen, wenn nicht heute, dann morgen oder übermorgen. Er hatte Zeit.

Überlegend drehte er das leere Glas in seiner Hand hin und her, bis sich plötzlich sein Gesicht zu einer Fratze verzog. Befragungen machten durstig. Oh jaaaa, frohlockte er und vor allem, wenn man zuvor tagelang auf dem Trockenen saß.

Gerry verfolgte Smiths Tun, seine Zunge klebte am Gaumen, er lechzte nach einem Schluck Wasser. Nie war der Durst größer als in diesem Moment, und er wusste, was ihn erwartete. Smith würde es sich nicht nehmen lassen ihn zu quälen.

Und da war er auch schon, er platzierte sich genau vor ihn, das leere Glas in der einen Hand, den Krug in der anderen. Ganz langsam begann er, mit scheinheiliger Miene, das mit Eiswürfeln versetzte Wasser aus dem Krug in das Glas zu füllen.

»Hörst du das? Hörst du, wie es plätschert?«, fragte er Gerry zuckersüß.

Ja... ja, er hörte, wie die Eiswürfel leise klirrend aneinanderschlugen und das leise Prickeln des mit Kohlensäure versetzten Wassers.

Die Geräusche bereiteten ihm schier unerträgliche Schmerzen. Er glaubte jeden einzelnen Wassertropfen zu hören, wie er überlaut in das Glas platschte, sich mit den anderen vereinte und in seinem Kopf zu einer rauschenden Sinfonie anschwoll.

Wasser... Wasser... er lechzte nach einem Schluck Wasser. Er hatte solchen Durst, dass er glaubte, sein Gehirn würde jeden Moment explodieren, zerbersten in einer einzigen riesigen Staubwolke.

Nein, nein, er musste sich konzentrieren, er durfte nicht um das Wasser betteln, er musste stark sein. Er musste...

Der Raum um ihn herum begann sich zu drehen. Smith's Körper schwankte und verdrehte sich seltsam, teilte sich auf, aus eins mach zwei, aus zwei mach vier, bis schließlich mehrere Smiths grinsend vor ihm her tanzten. Gerry blinzelte, kniff die Augen zusammen und blinzelte erneut. Er fühlte sich seltsam entrückt, die Welt um ihn herum wurde schwarz-weiß, während er innerlich verbrannte.

»He, Highlander, du wirst doch jetzt nicht schlapp machen?« Smith stellte den Krug ab und tätschelte ihm grob die Wangen.

»Soll ich dir sagen, wie es schmeckt?« Er setzte das Glas an seine Lippen und trank genüsslich einen Schluck. »Es ist kalt und erfrischend und es prickelt auf der Zunge. Es schmeckt köstlich, es schmeckt nach mehr. Willst du probieren?«

Die vier Smiths streckten alle gleichzeitig ihre Gläser zu Gerry hin, die sich vor ihm zu einem riesigen Glas vereinigten. Kondenswasser perlte außen an dem Glas herunter und sein Blick fixierte sich automatisch darauf, wenn er die Zunge heraussteckte, würde er diesen Tropfen in sich einsaugen können.

Schweißperlen traten auf seine Stirn, seine Atmung wurde stockend. Verzweifelt verschloss er die Augen vor dem köstlichen Nass, dass so nah und doch so fern vor seiner Nase herumtanzte. Doch lange konnte er seinen Blick nicht abwenden, wie fixiert starrte er auf das Wasserglas, bis er Smith's triumphales Grinsen sah. Nein... nein, diesen Triumph würde er ihm nicht gönnen, keinem von ihnen.

Smith griff nach Gerrys Kinn, drehte seinen Kopf grob zur Seite und kippte das Glas etwas an.

Kühles Wasser traf auf Gerrys Wange, lief als kleines Rinnsal an seinem Mund vorbei, ohne dass auch nur ein einziger Tropfen seine ausgedörrten Lippen berührte, rann weiter an seinem Hals herunter in den Ausschnitt des Shirts hinein, wo es dasselbe durchtränkte und schließlich einen dunklen feuchten Fleck auf Gerrys Brust hinterließ.

Gequält stöhnte Gerry auf.

Mit fiebrig glänzenden Augen lachte Smith dreckig über seine eigene Genialität. »Du weißt, was ich will. Rede mit mir. Dein selbst auferlegtes Schweigen wird dich nicht weiter bringen. Erzähl es mir, erzähl mir alles und du bekommst einen Schluck oder auch zwei, ein ganzes Glas voll, nur für dich.«

»Fuck you!«, presste Gerry zwischen zusammengepressten Zähnen hervor. Während er versuchte, sich in Gedanken darauf zu konzentrieren, Smith langsam die Haut vom Leib zu ziehen.

»Es spricht, was sagt man dazu?« Smiths Jubel wurde euphorisch. »Keine Sorge...« Er stellte sich hinter ihn, beugte sich zu ihm herunter und flüsterte ihm frohlockend ins Ohr: »...ich halte meine Versprechen: Dein Arsch gehört mir! Ich werd's dir ordentlich besorgen. Nicht heute, aber bald, bald sind wir allein und dann ficke ich dich, wie ich deine kleine Schlampe gefickt habe. Mal sehen, ob du auch so geil stöhnst wie sie.«

Die Worte: »Du elendes Schwein!«, verließen Gerrys Lippen nicht.

Trotzig und mit starrer Miene sah er gerade aus, als er mit rauer Stimme erwiderte: »Nein, Danke! Ich kann auf Huren wie dich verzichten.«

Smith holte aus.

Zuerst traf Gerry ein Ellenbogen-Check unterhalb des Auges, der ihn gepeinigt aufstöhnen ließ. Dicht gefolgt von dem Wasserglas in Smiths Hand, welches mit voller Wucht an seiner Schläfe zersplitterte.

Blut gemischt mit Wasser spritzte durchs Zimmer.

Um Gerry herum wurde die Welt dunkel und Smith rastete aus.

# 18

»Und? Was können oder dürfen Sie mir zum Patienten sagen? Was für Symptome treten auf: Übelkeit, Schmerzen, Verletzungen? Wenn ja, dann, wie ist es dazu gekommen, durch Fremdeinwirkung wie eine Schlägerei oder einen Unfall? Wie viel Zeit ist verstrichen, bis Sie sich entschlossen haben mich zu rufen?«

Sonders sah den Doc an und kratzte sich verlegen am Hinterkopf, bevor er antwortete: »Was gibt's da groß zu sagen? Der Gefangene war beim Verhör, als es beendet war, half Daniels mir, ihn runter zu bringen.

Das war am frühen Abend. Danach hätten wir Feierabend, aber unser Mann von der Nachtschicht hat sich krank gemeldet. Im Moment sind wir nicht gerade überbelegt, also hab ich die Nachtschicht drangehängt. Daniels löst mich morgen früh ab.

Wie gesagt, als wir ihn ablegten, sah er schon so aus und war bewusstlos. Ich habe meine Runde gemacht und später noch einmal nach ihm gesehen, da habe ich bemerkt, dass er immer noch bewusstlos war und kaum atmete. Den Rest kennen Sie, Doc.«

Fisher versteifte sich. Wieso beschlich ihn das Gefühl, dass Sonders ihm nicht die ganze Wahrheit sagte?

Mit professionellen, geübten Gesten untersuchte der Assistenzarzt schließlich den Gefangenen.

»Sein Zustand ist kritisch«, merkte er an. »Bisher ist er nicht wieder zu Bewusstsein gekommen, das ist nicht gut, gar nicht gut, wir müssen ihn so schnell wie möglich in die Krankenstation schaffen.« Doc Fishers Tonfall war ruhig, aber bestimmt, als er die Diagnose mitteilte, man merkte ihm an, dass er wusste, was er tat.

»Das geht nicht. Ich kann ihn nicht verlegen...«, wandte Sonders ein. »Ich habe meine Befehle«, fügte er erklärend hinzu.

»Denken Sie, ich sag das zum Spaß? Oder um Sie zu ärgern?«

Betretenes Schweigen.

»Also gut«, fuhr Fisher fort. »Soweit ich sehen kann, sind einige der frischen Wunden oberflächlich, aber die Schnitte über dem Auge müssen genäht und von den Glassplittern befreit werden, das geht bei dem Funzellicht hier wirklich nicht. Abgesehen davon...

Moment Mal«, unterbrach er sich. »Ich kenne diesen Mann. Das ist der Gefangene, den Sie vorzeitig von der Krankenstation geholt haben. Was ist mit ihm geschehen?«

»Spezialbehandlung plus Verhör. Ich könnte Ihnen mit meiner Taschenlampe leuchten«, bot Sonders an.

»Wie meinen...?«, irritiert sah Fisher den Wachmann an.

»Ich könnte Ihnen leuchten, während Sie ihn nähen.«

»Soll das ein Scherz sein?« Sonders sah nicht aus, als ob er scherzte. »Da sind überall Glassplitter in der Wunde. Außerdem ist es nicht nur die Kopfwunde. Was mir Sorgen bereitet, ist der allgemeine Gesundheitszustand des Mannes, den ich gelinde gesagt als miserabel bezeichnen würde. Sein Kreislauf ist total im Keller. Zudem weist er alle Merkmale einer Unterernährung auf. Mensch, Sonders, sobald Sie gemerkt haben, dass der Gefangene die Nahrung verweigert, hätten Sie etwas unternehmen müssen. Jetzt ist es schon fast zu spät.« Er sah den Wachmann vorwurfsvoll an.

»Aber er hat nicht, ich meine...«, Sonders räusperte sich. »Spezialbehandlung!«, fügte er an. »Ist nicht immer ein Zuckerschlecken.«

»Das sind nicht die Folgen eines Hungerstreiks!«, dämmerte Fisher plötzlich die Wahrheit: »...er hat nicht selbst – Wie lange?«, fragte er tonlos, als er begriff, was Sonders ihm mitteilen wollte.

»Acht Tage.«

»Dieser arrogante Arsch«, fluchte Fisher innerlich. Er hätte es wissen müssen; in dem Moment, als der Wachmann plötzlich, freundlich wie eine speichelleckende Katze, vor ihm stand und sagte, ein Gefangener aus Sektion Fünf bräuchte dringend seine Hilfe, hätte er wissen müssen, dass da was faul an der Sache war. Doch anstatt auf sein Bauchgefühl zu hören, hatte er sich Honig ums Maul schmieren lassen.

Was hatte er sich nur dabei gedacht? Letztendlich obsiegten seine Neugier, ob Sonders wirklich Zugang zu Sektion Fünf hatte, und sein Ego, dem es gefiel, einmal nicht den Tölpel zu spielen, dem man die Gefangenen vor der Nase wegholte. Er war so naiv. Er hatte sich wie ein gutgläubiger Trottel hierher, an diesen Ort des Grauens, verschleppen lassen, um einen Patienten zu behandeln, den der Sensenmann bereits in seinen knöchrigen Klauen hielt.

»Acht Tage?«, wiederholte Fisher erschüttert.

»Ohne Nahrung, aber er hatte Wasser, einen Zehn-Liter-Eimer voll.«

Als ob das viel ändern würde. »Wie großzügig. Geradezu unfassbar großzügig«, warf er Sonders sarkastisch entgegen. »Ganze zehn Liter Wasser, fast wie in einem 5-Sterne Hotel.« Während er im Kopf, unter Einbeziehung der neuen Parameter, die Überlebenschancen des Patienten ausrechnete. Es sah nicht gut aus, es sah gar nicht gut aus.

»Ich muss mit ihm in die Krankenstation, nur dort kann ich ihm die erforderliche Behandlung zukommen lassen. Acht Tage plus Verhör und Spezialbehandlung, was in Ihrem Wortschatz sicher so viel wie Folter bedeutet«, überlegte er laut und wunderte sich nicht, dass der Wachmann ihm nicht widersprach. »Ich muss Infusionen legen und gegebenenfalls eine Magensonde, andernfalls stirbt er noch vor dem Morgengrauen.

Los, fassen Sie mit an«, forderte er Sonders barsch auf.

Der Wachmann rührte sich nicht von der Stelle.

»Nun, machen Sie schon, fassen Sie mit an. Verdammt noch mal.«

»Diese Option steht nicht zur Verfügung, Doc.«

»Was...? Wo bin ich hier? In einem Irrenhaus? Der Mann stirbt. Wir müssen seinen Kreislauf stabilisieren und die Dehydrierung in den Griff bekommen. Am Wichtigsten ist jetzt, dass er ausreichend Flüssigkeit bekommt.«

»Dann sollten Sie besser anfangen, Doc.«

»Hier? Das kann unmöglich Ihr Ernst sein! Um es auf den Punkt zu bringen: Ich bin Arzt, kein Zauberer, alles, was ich hier tun kann, ist, dem Gefangenen beim Sterben zusehen.«

»Scheiße... Fuck!« Sonders trat nach dem Blecheimer in seiner Nähe, der daraufhin polternd durch den Raum schoss und mit einem scheppernden Geräusch an der hinteren Wand liegen blieb.

Besorgt sah er Fisher an. »Ich kann nichts tun, Doc. Mir sind die Hände gebunden. Befehl ist Befehl. Ich habe striktes Verbot ihn zu verlegen, zu füttern oder ihm sonstige Annehmlichkeiten zukommen zu lassen.

Die Sektion untersteht dem MI6, da gelten andere Regeln. Die wollen ihn noch etwas weich kochen, weil er ihnen nicht sagt, was sie hören wollen. Vor allem der Dicke, Agent Smith, hat es auf ihn abgesehen. Der ist verrückt.

Ich habe schon viel gesehen, Doc, aber so ein abgrundtiefer Hass ist mir bisher noch nicht untergekommen, der ist vollkommen ausgerastet. Sein Kollege musste ihn mit aller Kraft von dem Gefangenen wegzerren, ansonsten hätte er ihn glatt umgebracht.«

»Daher die Verletzungen. Ich wusste, dass Sie mir wichtige Informationen vorenthalten. Umso dringender ist es jetzt, dass Sie mich meine Arbeit machen lassen. Dafür haben Sie mich schließlich hier herunter geholt. Es gibt doch bestimmt Notfallprotokolle für so einen Fall. Berufen Sie sich darauf.«

Sonders lachte trocken. »Fuck! Wie schlau Sie doch sind, Doc. Klar gibt es Protokolle. Nur für unseren Freund hier ist Agent Smith als weisungsberechtigte Kontaktperson aufgeführt. Den konnte ich schlecht kontaktieren, der hätte ihn eiskalt krepieren lassen. So viel Menschenkenntnis besitz ich allemal, um das mit hundertprozentiger Sicherheit sagen zu können. Andererseits, wenn der Gefangene wirklich stirbt, machen die mich dafür verantwortlich.«

Fisher verstand Sonders Debakel, nach seinen Ausführungen steckte er gewaltig in der Klemme.

»Machen Sie sich keine Sorgen. Ich bekomme ihn wieder hin. Wir bringen ihn auf die Krankenstation, ich behandle ihn und dann schaffen wir ihn wieder hier runter. Keiner muss erfahren, dass er nicht hier behandelt wurde.«

»Abgesehen davon, dass Sie gar nicht hier sein dürften, Doc«, hielt Sonders dagegen.

»Da haben Sie vollkommen Recht.« Die autoritäre melodische Stimme in ihrem Rücken ließ die beiden erschrocken zusammenzucken.

Der Wachmann richtete sich auf und drehte sich um: »Verzeihen Sie, Direktor Bishop, ich wusste mir nicht anders zu helfen. Der Gefangene, es war ein Notfall, ich dachte, er stirbt.«

»Schon gut, Sonders! Ich habe Ihre Unterhaltung bereits geraume Zeit verfolgt. Unter diesen Umständen haben Sie richtig gehandelt. Aber für die Zukunft, keine Eigenmächtigkeiten. Sie rufen mich an und ich entscheide, was weiter geschieht. Verstanden?«

»Jawohl, Sir!« Er salutierte ergeben, froh, so glimpflich aus der Sache herausgekommen zu sein.

»Fisher!«, wandte Direktor Bishop sich an den Assistenzarzt. »Wo Sie nun schon einmal hier sind, bekommen Sie eine höhere Sicherheitsfreigabe. Ab sofort sind Sie exklusiv für 537 verantwortlich. Sie werden ihn mit allen Mitteln am Leben erhalten. Sonders bringt Sie in einen der OP-Säle auf dieser Ebene, da können Sie die Erstversorgung vornehmen. Danach kommt der Gefangene in eine Zelle.«

»Jawohl, Sir. Allerdings wird es mit der Überwachung außerhalb der Krankenstation schwierig«, wagte Fisher anzumerken, »die Infusionen müssen circa alle drei Stunden gewechselt werden.«

»Zeigen Sie Sonders, wie es geht, er kann Ihnen helfen. Und morgen früh kommen Sie in mein Büro und unterschreiben ein paar Akten.«

»Ja, Sir!«

»Gut.« Er nickte ihm kurz zu. »Sonders, noch einmal fürs Protokoll: Sie begleiten den Doc in die Krankenstation von Sektion Fünf. Nach der Erstversorgung verlegen Sie den Gefangenen 537 in die für ihn reservierte Einzelzelle im oberen Trakt. Der Doc erhält ein Mal pro Tag Zugang zum Gefangenen, um die Nachversorgung durchzuführen. Sie werden dabei anwesend sein und ihm gegebenenfalls zur Hand gehen. Außerdem mache ich Sie dafür verantwortlich, dass 537 regelmäßig mit Nahrung versorgt wird.«

»Ja, Sir. Aber...« wagte Bob Sonders, einzuwenden. »Was mach ich mit den Anweisungen von Agent Smith? Er hat mir strikt verboten...«

»Das interessiert mich nicht«, wurde er von Bishop ärgerlich unterbrochen. »Das ist immer noch mein Gefängnis und hier gelten meine Regeln, auch für einen Agenten Smith. Ich setze weitere Verhöre aus, bis der Doc den Gefangenen für vernehmungsfähig erklärt. Verweisen Sie die Agenten einfach an mich, ich regele alles Weitere mit Ihnen persönlich.«

»Jawohl, Sir.«

## 19

Das Leben wurde erträglicher. Welchem Umstand Gerry diese Verbesserung zu verdanken hatte, konnte er nicht sagen. Die Zelle, die er nun sein eigen nannte, war sehr spartanisch eingerichtet. Außer der Pritsche gab es kein Mobiliar. An der dem Fenster gegenüber liegenden Wand befand sich die Tür, daneben hing ein kleines Waschbecken und in der Ecke stand die Toilettenschüssel. Es gab weder Stuhl, noch Tisch, geschweige denn Schränke oder Regale, aber all das hätte eh nicht in diesen kleinen Käfig gepasst, wie er seine knapp acht m² große Zelle in Gedanken zu nennen pflegte.

Dennoch sollte er nicht undankbar sein. Sie hatte immerhin ein Fenster, auch wenn die Aussicht zu wünschen übrig ließ. Alles was er sah, war der graue Innenhof und ein ganz kleines Stückchen Himmel, vorausgesetzt, es war nicht neblig, wie heute. Immer wieder zog es ihn zum Fenster hin. Oft stand er stundenlang davor und starrte auf das kleine Stückchen Himmel. Manchmal in klaren Nächten konnte er einen Stern funkeln sehen und am Tag kamen ab und an ein paar Möwen, die entlang der Steilküste brüteten, vorbei geflogen.

Doch meistens nahm er das, was er sah, nicht bewusst wahr. Er lebte in seiner eigenen Welt, sein Geist war nicht im Hier und Jetzt. Er war ein Zombie, ein Todgeweihter, eine seelenlose Hülle. Er funktionierte und hielt diesen Körper am Leben, aber innerlich wartete er auf den Tod, in gewisser Hinsicht sehnte er ihn sogar herbei und hieß ihn willkommen.

Man sagt: Die Zeit heilt alle Wunden! Doch was ist, wenn die Zeit still steht? Wo ist die Hoffnung, wenn alles sinnlos und die Tage endlos erscheinen?

Zeit und Raum verblassen in seinem Gedächtnis. Werden zu einer einzigen nebelartigen Suppe, aus der nur ab und an ein paar Erinnerungen wie Bergspitzen herausragen. Allein die körperlich sichtbaren Schäden, wie seine Narben, erinnern ihn an die durchlebten Qualen der vergangenen Monate.

Nachdem Smith mit seinen eher grobschlächtigen Methoden nicht die gewünschten Resultate erzielte und er gezwungenermaßen wiederholt medizinisch betreut werden musste, weil Agent Tucker Smith nicht zügeln konnte, kündigte Direktor Bishop an, anstelle von Agent Tucker Smith einen professionellen Spezialisten zur Seite zu stellen. Gerry beeindruckte diese Drohung nicht, ihm war klar, dass es früher oder später hätte so kommen müssen.

Smith hingegen ließ diese Neuigkeit keineswegs kalt. Er hatte andere Pläne, mörderische Pläne, obwohl er den Highlander gern noch ein bisschen gequält hätte. Nun ja, vorbereitet sein, hieß die Devise. Er schmiedete einen äußerst raffinieren Plan, McGregor endlich unter die Erde zu bringen. Ein Anschlag schien die eleganteste Lösung all seiner Probleme zu sein. Er würde einen Gefangenen für diese Aufgabe rekrutieren. Schließlich wollte er sich nicht selbst die Finger schmutzig machen, nein, seine Weste würde blütenweiß sein. Er würde ganz in Ruhe abwarten, bis die Zeit reif war, und wenn der Anschlag schließlich ausführt wurde, wäre er kilometerweit entfernt.

»Stone«, stellte sich Gerry eines Tages ein hochgewachsener glatzköpfiger Mann im schwarzen Anzug vor, nachdem er Smith höflich gebeten hatte, den Verhörraum zu verlassen. »Ich denke wir, hatten noch nicht das Vergnügen, deshalb ein paar kleine Regeln zum besseren Verständnis. Sie werden mich mit Mr. Stone anreden. Fragen beantworten Sie mit <ja Sir> oder <nein Sir>. Haben Sie das verstanden?«

»Ja...«, antwortete Gerry. »Sir«, fügte er nach einer beachtlichen Pause zwischen den zwei Wörtern hinzu.

Mr. Stone zog kurz eine Augenbraue etwas höher, bevor er sich seines Jackett entledigte und es akkurat über einen Stuhl hängte.

»Da man mich zu Ihrem Fall hinzuzieht nehme ich nicht an, dass Sie bisher sehr kooperativ waren. Das wird sich im Laufe der Zeit ändern«, stellte er beiläufig fest, während er sich die Ärmel seines blütenweißen Hemdes hochkrempelte.

Auch ohne seine kleine Vorstellungsrede, hätte Gerry bei Mr. Stone genau gewusst, woran er war. Er hatte schon öfter mit Leuten seines Berufstandes zu tun. Sie waren weder Freund noch Feind. Sie kannten kein Mitleid. Wurden dafür aber auch nicht wie Smith von einem alles verzehrenden Hass angetrieben. Männer wie Stone verstanden ihr Handwerk. Sie waren Profis durch und durch.

Stone überließ nichts dem Zufall, jeder seiner Handgriffe war durchdacht. Seine Stimme emotionslos, die Augen kalt. Für Stone war er nur ein Job, den er entsprechend seinen Befehlen möglichst schnell und präzise ausübte. Ihn interessierte nicht das Warum, Weshalb, Weswegen. Für Stone zählte nur das Ergebnis.

Smith war bei den Verhören immer seltener anwesend. Fast schien es, als könnten er und Mr. Stone sich nicht leiden. Was wohl daran lag, dass sich Stone eine Einmischung seinerseits streng verbat.

Die Tage und Wochen vergingen in stetigen Einklang. Ab und an brachte man Gerry zum Freigang in den Innenhof. Anfangs war er immer allein, doch neuerdings ließ man ihn mit anderen Gefangenen zusammen. Er konnte kein System dahinter erkennen, es schien eher willkürlich zu sein, ob und wann man ihm den Freigang gewährte.
Egal bei welchem Wetter, ging er scheinbar abwesend seine Runden und sprach mit niemandem. Bis zu diesem Tag, der alles verändern sollte.

Es war ein klarer, kalter Morgen. Die Luft roch nach Schnee, als Gerry in den mit Raureif überzogenen Hof hinaustrat. Fröstelnd knöpfte er seine Jacke zu und stellte den Kragen auf. Mit vor dem Körper verschränkten Armen begann er in gemächlichem Tempo seine Runden zu gehen.

Heute waren auch andere Gefangene im Hof. Sie standen rauchend und frierend in kleinen Grüppchen zusammen, die sich locker über den Innenhof verteilten.

Wie immer, wenn er den Hof nicht für sich allein hatte, nahm er von ihnen keine Notiz. Abgesehen von ihren Zigaretten hatten sie nichts, was seiner Aufmerksamkeit würdig gewesen wäre.

Es war erstaunlich, wie sein Körper noch immer nach dem Nikotin gierte. Es war eine Qual, eine süße Qual, er brauchte nur die Augen zu schließen, schon konnte er den Rauch auf seiner Zunge schmecken.

Wie stets lief ihm das Wasser im Mund zusammen und er ballte die Hände zu Fäusten, um die Vision zu vertreiben. Nein... schrie es in ihm, und mit der Macht seines Willens verbannte er die Sucht.

Den Blick in die Ferne gerichtet, ging er stumm seines Weges. Wenige Augenblicke später verfiel er in seine übliche Lethargie und zog abwesend seine Bahnen.

Er war noch nicht lange gelaufen, da begann es zu schneien. Riesige flauschig weiße Flocken schwebten vom Himmel auf die Erde herab.

Schnee... der erste Schnee des Jahres. Er blieb stehen und sah versonnen zu, wie die Schneeflocken auf seinem ausgestreckten Handrücken landeten. Für einen kurzen Moment behielten sie noch ihre kristalline Form, dann schmolzen sie dahin und übrig blieb nichts als ein winziger Wassertropfen.

Er blinzelte, als sich einzelne Flocken in seinen Wimpern verfingen. Gerade als er sie mit seinen Fingerspitzen fortwischen wollte, sah er aus den Augenwinkeln das kurze Aufblitzen eines metallischen Gegenstandes.

Fast im selben Moment erfolgte der Angriff. Bevor einer der Umstehenden registrierten konnte, was eigentlich geschah, hatte sein Körper blitzschnell reagiert, der Selbsterhaltungstrieb oder die jahrelang antrainierten Reflexe sorgten dafür, dass der Angreifer seine Waffe innerhalb eines Augenaufschlags in seiner eigenen Kehle stecken hatte. Röchelnd, sich den Hals haltend, brach der Mann zusammen.

Er war bereits tot, als er den Boden berührte. Seine Finger umschlossen immer noch krampfhaft den Griff des Schraubenziehers, mit dem er Gerry umbringen wollte. Auf dem mit einer dünnen Schneedecke überzogenen Asphalt bildete sich binnen Sekunden eine dunkelrote Blutlache, in welcher die weißen Schneeflocken wie kleine Ufos landeten.

Gerry stand ganz ruhig daneben und beobachtete weiter die Landung der Schneeflocken, bis endlich die Wachen angerannt kamen. Wie in Zeitlupe ging er in die Knie, verschränkte die Hände im Nacken und ließ sich von den Wachmännern in Ketten legen.

Nur sehr selten ließ man ihn seitdem in den Hof und wenn dann nur allein.

Abgesehen davon, dass ihm dieses Ereignis ein paar weitere Tage im Kellerverlies einbrachte, hatte der Anschlag noch eine andere Wirkung auf ihn.

Etwas in ihm war erwacht, ein winziger Funken Hoffnung keimte in seinem Herzen auf, und zum ersten Mal seit langer Zeit wusste er tief in sich drin, er wollte leben. Und er würde bis zum letzten Atemzug kämpfen; für seine Freiheit, für seine Liebe, für all das, was er verloren glaubte.

# 20

»Direktor Bishop!« Der Mann mit Hut und Aktenkoffer im schwarzen Kaschmirmantel blieb respektvoll im offenen Türrahmen stehen, bis er hereingebeten wurde.

»Stone – kommen Sie rein, setzen Sie sich, ich habe uns Tee bringen lassen«, erklang die melodische und doch autoritäre Stimme des Direktors. Zuvorkommend wies er mit einer Hand auf die bequeme Polstergarnitur in seinem Büro.

Das Kaminfeuer brannte und warf einen warmen Schein auf den niedrigen Couchtisch, auf dem bereits ein Tablett mit Tee, nebst einem Schälchen mit Gebäck auf sie wartete.

»Bitte! Bedienen Sie sich. Sahne, Zucker. Ich bin gleich bei Ihnen.«

»Danke! Sehr freundlich.« Stone legte Mantel, Schal und Hut auf einem benachbarten Sessel ab, ebenso seine Aktentasche und machte es sich auf einem der Sofas bequem.

Der Direktor griff unterdessen zum Telefon, wählte die Nummer der Zentrale und wartete, bis abgenommen wurde. »Bishop«, meldete er sich. »Ich bin jetzt in meinem Büro. Seien Sie so gut und stellen Sie in den nächsten zwei Stunden keine Gespräche zu mir durch. Danke!« Ohne auf eine Antwort zu warten, legte er auf. Sich die Hände reibend, schritt er zur Sitzgruppe und nahm Stone gegenüber auf dem zweiten Sofa Platz.

Schweigend tranken die Männer ihren Tee und sahen den tanzenden Flammen im Kamin zu. Sie kannten sich bereits seit Jahren und kamen, wann immer Stone in der Anstalt zu tun hatte, diesem Ritual nach. Mitunter aßen sie zu Abend und spielten eine Partie Schach.

Entgegen den allgemeinen Gerüchten, die über Stone im Umlauf waren, war er ein sehr gebildeter und kultivierter Mann. Er besaß Abschlüsse in Psychologie und Chirurgie, er hatte viele Jahre in Krisengebieten im Ausland gearbeitet und er liebte die Oper genau so sehr wie Bishop. Das machte sie nicht zu Freunden, aber zu zwei Männern, die sich gegenseitig respektierten und achteten, während sie gemeinsamen Interessen nachgingen.

Nach der ersten Tasse Tee eröffnete Bishop das Gespräch: »Machen Sie Fortschritte?«

»Wie man's nimmt. Er ist zäh, bemerkenswert zäh.«

»Das war für Sie noch nie ein Problem!«

»Nein... aber da ist noch etwas anderes. Er verhält sich nicht typisch, eher als stünde er unter Schock. Gab es emotionale Traumata in der frühen Vergangenheit?«

»Nicht, dass ich wüsste.«

»Ich erinnere mich an einen Fall. Ein Klient von mir musste mit ansehen, wie seine Familie abgeschlachtet wurde. Die Trauer und der Schmerz fraßen ihn von innen heraus auf. Egal, was ich ihm antat, nichts war mit dem gleichzusetzen, was ihm bereits angetan wurde. Er verhielt sich genauso seltsam wie ihr Gefangener 537. Ich verschwendete Wochen darauf, ihn mit immer raffinierteren Foltermethoden zu quälen, bevor ich von dem tragischen Familiendrama erfuhr. Danach verabreiche ich ihm ein paar spezielle Drogen, und wenige Tage später hatte er alle Fragen zur vollsten Zufriedenheit meiner Auftraggeber beantwortet.«

»Warum wenden Sie diese Taktik nicht auch bei unserem Gefangenen an?«

»Die Nebenwirkungen sind«, er machte eine kurze Pause, »nun ja... erheblich, irreparable Schäden sind keine Seltenheit und sein Gehirn wäre unter Umständen Matsch. Etwas, was Sie, wie Sie mir mitteilten, unter allen Umständen vermeiden wollen.«

»Ich verstehe.« Bishop stellte seine Tasse auf dem Tisch ab. »Vielleicht hilft das.« Er griff nach einer Akte, die etwas abseits auf dem Tisch lag, und schob sie Stone zu. Einen Moment ließ er seine Finger auf selbiger liegen, so als würde er zögern, sie Stone zu überlassen, doch dann lehnte er sich entschlossen zurück.

»Interessant!«, stellte Stone trocken fest, nachdem er sie ausgiebig studiert hatte.

»Mehr haben Sie dazu nicht zu sagen?«

»Es deckt sich mit meinen Vermutungen. Beeindruckende Vita, Spezialausbildung, hoch dekoriert. Männer wie er sind selten und in der Regel sehr wertvoll. Ich kann verstehen, dass Sie bei ihm keine bleibenden Schäden riskieren wollen. Von meiner Seite aus geht das in Ordnung.« Er schnalzte leise mit der Zunge, ehe er fortfuhr. »Wird allerdings schwierig, so lange Agent Smith dazwischen funkt.«

»Ach, hören Sie mir mit dem auf«, warf Bishop ärgerlich ein. »Der ist schlimmer als eine Schmeißfliege. Am liebsten würde ich ihn...«

»...zerquetschen und erschlagen!«, vervollständigte Stone den Satz des Direktors. »Ein unangenehmer

Zeitgenosse, dieser Smith... schleimig, schmierig, machtbesessen, alles in allem keine gute Kombination. Ich könnte mich seiner annehmen«, bot er beflissen an.

»Das würden Sie tun? Ja, natürlich würden Sie das. Oh führen Sie mich nicht in Versuchung, ich wäre im Stande – Ja - zu sagen. Um den wäre es wirklich nicht schade.«

»Hmmm... in meinen Händen würde er quieken wie ein Schweinchen und ich hätte auch schon eine Idee für die musikalische Untermalung«, warf Stone mit glasig verträumtem Blick ein, der Bishop einen eisigen Schauer über den Rücken jagte.

Bemerkungen wie diese waren es, die Bishop immer wieder in die Realität zurückholten und ihn daran erinnerten, dass Stone, unter der äußeren Hülle, ein sehr gefährlicher Mann war. Und plötzlich fragte er sich, ob Stone wirklich so ein begeisterter Opern-Fan war oder ob er die Musik während der Verhöre auflegte, damit sie die Schreie seiner Klienten übertöne.

»Ist schon seltsam, diese Konstellation«, sinnierte Stone. »Den Agenten wünschen Sie zu killen, den Gefangenen zu schonen. Man bekommt das Gefühl, den falschen Mann auf der Anklagebank sitzen zu haben.«

»Das haben wir nicht zu entscheiden.«

»Was in diesem Fall wahrlich ein Segen ist. Finden Sie nicht?«, bemerkte Stone, ehe er fortfuhr: »Ich habe gehört, es wurde ein Anschlag auf unseren Klienten verübt.«

»Woher wissen Sie das schon wieder?« Bishop konnte seine Überraschung kaum verbergen. Er selbst hatte erst vor knapp zwanzig Minuten von dem Vorfall erfahren. Manchmal war Stone ihm geradezu unheimlich.

»Ich habe meine Quellen. Wie man mir zutrug, hat der Klient eine beeindruckende Vorstellung seines Könnens abgeliefert. Der Angreifer hatte keinerlei Chance. Sauber, schnell, präzise, so mag ich es.«

»Ich habe eine Untersuchung angeordnet.«

»Bei der nicht viel rauskommen dürfte.«

»Nein, leider nicht. Die Toten sind in der Regel sehr schweigsam.«

»Kann ich mir den Leichnam ansehen?«

»Nein!« wollte Bishop sagen. »Sicher«, antwortete er stattdessen, denn es war ihm wichtig, Stone bei Laune zu halten. »Ich bezweifle allerdings, dass er Ihnen gegenüber gesprächiger ist, als mir gegenüber.«

»Wer weiß, wer weiß...«

Das groteske Bild verdrängend, welches sich gerade in seinem Kopf festsetzen wollte, von einem grinsenden Stone, der glühende Eisen in einen schreienden Leichnam stieß, fragte er: »Kann ich sonst noch etwas für Sie tun?«

»Wenn Sie schon fragen. Eine Kopie des Videos von der Überwachungskamera wäre nett.« Stone sah mit Befriedigung Direktor Bishops erstaunten Blick. Ja, ich weiß von der Kamera, fügte er in Gedanken hinzu. »Es ist eine Art Steckenpferd von mir«, fuhr er laut fort. »Wann hat man schon die Gelegenheit, einem Meister bei der Arbeit zuzusehen.«

»Von mir aus. Ich lasse Ihnen eine Kopie ziehen.« Moment Mal, einem Meister bei der Arbeit zusehen? Hatte er sich eben verhört? »Sie bewundern ihn!«, stellte Bishop erstaunt fest. »Denken Sie nicht, dass das überaus unangebracht ist? Wie wollen sie Ihre

Arbeit verrichten, wenn Sie für ihren Klienten schwärmen, oder haben Sie am Ende doch ein Herz?«

»Das eine schließt das andere nicht aus. Sagen wir es so; der Gefangene fasziniert mich. Ein Mann wie er ist etwas ganz Besonderes. Er hatte eine sehr gute Ausbildung, er weiß, wie Leute meines Berufsstandes arbeiten, ihm kann man nichts vormachen.

Es wird ein Meisterstück werden, ihn zu brechen und die gewünschten Informationen aus ihm herauszuholen. Es wird seine Zeit brauchen, aber ich scheue die Herausforderung nicht, ich liebe sie. Eigentlich müsste ich mich bei Ihnen bedanken, dass Sie mich zu diesem Fall hinzugezogen haben. Es ist extrem selten und sehr erquickend für mich, einen würdigen Gegner zu haben.« Feierlich fügte er an: »Bishop, dafür schulde ich Ihnen einen Gefallen.«

»Das ist nicht nötig«, wehrte der Direktor ab.

»Wo wir gerade so nett plaudern«, wechselte Stone das Thema und trank einen Schluck aus seiner Teetasse, wodurch eine andächtige Pause entstand, die Bishops Aufmerksamkeit gekonnt auf die folgenden Worte lenkte. »Was halten Sie von Eigenblutspenden?«

»In welchem Zusammenhang?«

»Vorbeugungsmaßnahmen.«

»Vorbeugungsmaßnahmen? Ich verstehe nicht...«

»Sind Sie, der Ansicht der Angriff auf unseren Klienten bleibt ein Einzelfall? Wir wissen beide, dass es keine Garantie dafür gibt, dass sich so etwas nicht wiederholt. Ich denke, es wäre gut, für den Fall der Fälle, ein paar Blutkonserven in der Hinterhand zu haben. Ich könnte ihm während den Sitzungen das ein oder andere Beutelchen abzapfen und einen kleinen Vorrat anlegen.«

Bishops Gesichtszüge heiterten sich auf, er liebte es, wenn Menschen mitdachten und ihm uneigennützig Lösungsvorschläge für seine Probleme lieferten. »Das halte ich für eine ungewöhnliche, aber in Anbetracht der Umstände gute Idee. Machen Sie das«, stimmte er Stone zu. »Brauchen sie Hilfe?«

»Wir brauchen jemanden vom medizinischen Personal, der vertrauenswürdig und in der Lage ist, das Blut sicher und fachgerecht zu lagern.«

»Wie wäre es mit Professor...«

»Nein...«, fiel Stone ihm ins Wort. »Bitte verzeihen Sie, wenn ich so offen spreche, aber ich vertraue dem Professor nicht. Er bekommt für meinen Geschmack zu viele Spendengelder für seine Forschungen, um über allen Zweifel erhaben zu sein.«

Stone überraschte ihn immer wieder... Spendengelder... so konnte man es auch nennen. Geheime Regierungsaufträge, um es auf den Punkt zu bringen, doch wieso wusste Stone davon?

Manchmal fragte er sich, was der Mann vor ihm nicht wusste und was passieren würde, wenn er all seine oder besser gesagt, alle Geheimnisse seiner Klienten und Auftraggeber preisgeben würde. Gingen Leute wie Stone in Rente? Oder verschwanden sie einfach?

Bishop schluckte den seltsamen Geschmack, den er plötzlich im Mund hatte, herunter und blinzelte. Er sollte sich auf das Gespräch konzentrieren. »Wie wäre es mit dem jungen Assistenzarzt Fisher, er macht sich in letzter Zeit recht gut. Außerdem hat er bereits Erfahrungen mit dem Gefangenen sammeln können, und er kann die Klappe halten. Wenn es Ihnen Recht ist, vereinbare ich ein Treffen, da können Sie sich ein

Bild von dem jungen Mann machen und alles weitere direkt absprechen.«

»Hervorragend! Um sicher zu stellen, dass nichts von unserer Aktion nach außen dringt, verabreiche ich dem Gefangenen in den Sitzungen, in denen ich mit ihm allein bin, ein leichtes Sedativum und lasse ihn zur Ader. Er wird keinerlei Erinnerungen haben, dass ihm das Blut abgenommen wurde, und da ich gern mit Nadeln arbeite, wird es dem Wachmann hinter der Scheibe auch nicht weiter auffallen.

Natürlich wäre es von Vorteil, man hätte da ebenso einen Mann, dem man vertrauen kann und der zur rechten Zeit das Videoband abschaltet.«

»Wie ich sehe, denken Sie mal wieder an alles. Und ich habe auch den passenden Mann dafür, Bob Sonders. Er ist absolut vertrauenswürdig und hat sowohl mit Dr. Fisher als auch dem Gefangenen gearbeitet.«

»Dann hätten wir das geklärt.«

Bishop hob die Hand zum Kopf, so als ziehe er einen imaginären Hut vor Stone, gleichzeitig nickte er zustimmend. »Chapeau! Chapeau! Ein exzellenter Plan!«

»Das ist der Ehre zu viel, ich schlage nur zwei Fliegen mit einer Klappe. Ein toter Klient nützt weder Ihnen noch mir.«

»Wie wahr, wie wahr. Darf ich Ihnen noch einmal nachschenken?«

»Vielen Dank! Der Tee ist wirklich ausgezeichnet, aber es wird Zeit für mich zu gehen.« Entschlossen stand Stone auf und warf sich Schal und Mantel über.

»Nun ja, Reisende sollte man nicht aufhalten. Ich hoffe, wir sehen uns bald wieder.« Auch Bishop erhob sich.

»Ich werde Sie auf dem Laufenden halten.« Mit einer angedeuteten Verbeugung, den Hut dabei in der Hand haltend, verabschiedete Stone sich von ihm und verließ das Büro.

Bishop trat ans Fenster, öffnete es mit geübtem Griff und atmete tief die frische nach Schnee duftende Luft ein. So mies der Tag heute Morgen begonnen hatte, es schien sich alles zum Guten zu wenden. Zufrieden und mit sich im Reinen schloss er das Fenster, als sein Handy plötzlich klingelte.

Zu früh gefreut, dachte er noch, als er es widerwillig zur Hand nahm und auf das Display sah, um den ungebetenen Störenfried wegzudrücken.

- Unbekannte Nummer – las er und wusste im selben Moment, wer der Anrufer war. Er erkannte ihn an der Art des Klingelns, oder zumindest bildete er sich das ein. Ein Anruf außer der Reihe, das bedeutete Ärger.

Es klingelte bereits zum sechsten Mal, als er endlich den Anruf entgegennahm.

»Sir, was kann ich für Sie tun?«, meldete er sich mit fester Stimme und lauschte aufmerksam der metallisch klingenden Computerstimme am anderen Ende, die nur ein Wort hervorstieß:

»Bericht!«

»Es läuft alles nach Plan«, versicherte er. »Stone war gerade hier, er ist sehr motiviert. Der Klient macht sich gut und hält erwartungsgemäß stand.«

»Ich hörte, es gab einen Vorfall?«

»Eine außerplanmäßige Trainingseinheit«, log er, denn er konnte es sich nicht erlauben, Schwäche zu zeigen.

»Trainingseinheit?«, knatterte die Stimme am anderen Ende. »Der Angreifer ist tot?«
»Ja...«, bestätigte er, »der Klient blieb unverletzt.«
»Gut! Sorgen Sie dafür, dass das so bleibt. Sie wissen, was auf dem Spiel steht. Sollte das Projekt scheitern, mache ich Sie persönlich dafür verantwortlich.«
Bishop wurde eine Spur bleicher. »Ja, Sir... natürlich. Ich versichere, es wird alles zu Ihrer Zufriedenheit ausgeführt.«
»Das hoffe ich für Sie«, schnurrte die Stimme, dann wurde aufgelegt.

Die Verhöre gingen weiter und Gerry erfuhr am eigenen Leib, dass Stone sein Handwerk verstand. Die Bandbreite seiner Foltermethoden war extrem hoch, zudem hatte Mr. Stone eine Vorliebe für Injektionen.

Im Laufe der Zeit waren Gerrys Arme dermaßen zerstochen, dass man ihn für einen Junkie hätte halten können. Mitunter war er derart weggetreten, dass Tage vergingen, ehe er wieder einigermaßen klar denken konnte.

Es kam vor, dass er nach einer Sitzung mit Stone zwölf bis fünfzehn Stunden am Stück schlief. Außerdem hatte er Blackouts und erinnerte sich nicht, wie er zurück in seine Zelle gekommen war. Weiß der Himmel, welches Zeug Stone ihm spritzte, damit er endlich redete.

Er lallte, er schwafelte, er schrie, doch er schwieg hartnäckig, wenn es um die entwendeten Dateien ging.

Smith wurde von Tag zu Tag ungeduldiger. Direktor Bishop hatte ihm Stone vor die Nase gesetzt und damit ungewollt seine Mordpläne vereitelt. Das konnte er sich nicht gefallen lassen. McGregor gehörte ihm, ihm allein. Nicht genug, dass der verdammte Highlander immer noch lebte, jetzt verhinderte Stone auch noch, dass er ihn folterte. Man gönnte ihm einfach keinen Spaß.

Doch damit war jetzt Schluss.

Er hatte in den letzten Wochen alles genauestens geplant und das für heute anberaumte Verhör um zwei Stunden vorverlegt. Diesmal würde McGregor seinem Schicksal nicht entgehen. Denn diesmal würde er selbst dafür sorgen, dass er seinen letzten Atemzug tat.

Bevor Stone Wind davon bekäme, wäre der Highlander längst tot.

# 21

Der fensterlose Flur wirkte endlos lang. Mit kleinen Schritten ging Gerry, begleitet durch das ständige leise Klirren der Ketten, die ihn beim Laufen behinderten, zwischen den zwei Wachmännern her.

Sie hatten ihn in seiner Zelle abgeholt und brachten ihn, wie so oft in den letzten Wochen, zum Verhörraum, in welchem bereits zwei weitere Wachen auf sie warteten. Die Männer nickten sich zur Begrüßung kurz zu. Die Tür wurde geschlossen, erst dann trat einer von ihnen vor und öffnete die Schlösser der Ketten, welche daraufhin mit einem lauten Rasseln zu Boden fielen, wo sie unbeachtet liegen blieben.

Sobald dies geschah, sah Gerry sich, in seiner Fantasie, nach den Ketten greifen, um damit die Wachen auszuschalten.

Doch so oft er diese Situation in seinem Kopf auch durchspielte, er wusste, er hatte keine reale Chance. Der Raum und die Gänge waren videoüberwacht. Die Person vor den Bildschirmen würde beim geringsten Ansatz von Ärger den Alarmknopf drücken. Es sei denn, diese Person war gerade nicht auf ihrem Posten. Dann, aber auch nur dann, hatte er den Hauch einer Chance.

Er malte sich aus, wie er den Tasern und Schlagstöcken der vier Wachen entkommen würde. Schnell, präzise, sie auszuschalten stellte kein Problem für ihn dar. Zogen sie allerdings alle gleichzeitig ihre Dienstwaffe, und davon musste er ausgehen, denn jeder einzelne von ihnen war sehr gut ausgebildet und geübt im Umgang mit den Gefangenen, zog er den Kürzeren.

Überdies waren sie es gewohnt, dass die Häftlinge, getrieben von ihrer Angst, sich mit Händen und Füßen wehrten. Selbst die coolsten flippten aus, wenn sie diesen speziellen Raum betraten, der eine Mischung aus sterilem OP-Saal und mittelalterlicher Folterwerkstatt darstellte. Obwohl es auch da Ausnahmen gab.

Anhänger des BDSM wären beim Anblick der Peitschen und Ketten sowie der Aussicht auf Züchtigung wahrscheinlich in höchste Verzückung geraten, wenn man davon absah, dass es hier kein geheimes Wort gab, das den Folterknecht daran hinderte, seine Arbeit zu verrichten. Hier waren alle Utensilien darauf ausgerichtet, Schmerz zuzufügen.

»Du weißt, was du zu tun hast, also beeil dich, wir haben nicht ewig Zeit.« Die schroffe Aufforderung des Wachmanns galt ihm, er sollte sich bis auf die Leinenhose seiner Kleidung entledigen. Da es keinen Sinn hatte, sich den Anweisungen der Wachen zu widersetzen, zog er sich schweigend aus.

Anschließend ging er, das Haupt gesenkt, die Hände vor der Brust gekreuzt, vor den Wachen in die Knie, so wie sie es von ihm erwarteten.

Und wieder musste er den Drang in sich unterdrücken, nach den Ketten zu greifen. Er brauchte nur die Hand ausstrecken, sobald sich seine Finger um das kalte Metall schlossen, würde sein Instinkt alles Weitere erledigen.

Wie bei einem Panter vor dem Sprung, spannten sich seine Muskeln, da spürte er eine Bewegung in seinem Rücken. Ein Taser wurde an seinem Genick aufgesetzt. Die Berührung löste ein Kribbeln in seinen Nervenbahnen aus und ließ die feinen Härchen in seinem Nacken sich aufrichten.

Er gab auf. Er hatte die stumme Botschaft des Wachmanns verstanden. Die da sagte: Versuch es, na los, versuch es, lass uns spielen, ich warte schon auf dich und deinen dummen kleinen Ausbruchsversuch.

Gerrys Muskeln entspannten sich, seine Schultern senkten sich ab, seine ganze Haltung war die eines unterwürfigen Mannes. Erst da wurde der Taser von seinem Hals entfernt.

Nach dieser kleinen Machtdemonstration folgte das festschnallen. Auf dem Tisch, am Stuhl oder das Aufhängen an diversen Vorrichtungen. Je nachdem, welche Anweisungen die Wachen bekommen hatten, und spätestens jetzt drehten die Gefangenen durch, der Fluchtinstinkt ließ sie ungeahnte Kräfte entwickelten. Was die Wachen zu außergewöhnlichen Maßnahmen zwang, die nicht selten damit endeten, dass der Häftling als Krüppel endete oder gar sein Leben verlor.

Gerry kannte diesen ganzen Wahnsinn mit all seinen Facetten. Obwohl es offiziell immer hieß, der MI6 foltere seine Gefangenen nicht, die Realität sah ganz anders aus. Deshalb hieß es für ihn Kräfte sparen und das Verhör irgendwie überstehen und dann das nächste und übernächste und überübernächste. So lange, bis sich ihm eine andere Möglichkeit erschloss.

Unterdessen wurden Gerrys Hände, Handfläche an Handfläche, an den Gelenken mit angefeuchteten Lederriemen vor seinem Körper zusammengebunden. Nachdem die Wachen ihn barfüßig und mit nacktem Oberkörper, wie ein Stück Fleisch an einen Haken gehängt hatten, zogen sie ihn mithilfe eines Flaschenzuges so weit nach oben, dass seine Füße gut 25 cm über dem Boden baumelten.

Geschickt legten sie ihm schließlich Fußfesseln an und fixierten sie mittels einer Kette und einem Schloss an dem im Boden eingelassenen Eisenring. Dermaßen bewegungsunfähig verschnürt und gefangen, wie die Beute im Netz einer Spinne, ließen sie ihren Gefangenen allein.

Das Warten begann.

Aus Erfahrung wusste Gerry, dass seine Folterknechte erst den Raum betraten, wenn er bereits gut abgehangen war. Er hoffte, Stone würde allein kommen. Nicht dass dessen Verhöre weniger schmerzhaft waren als die mit Smith, dennoch vertraute er instinktiv darauf, dass Stone niemals zu weit gehen würde.

Minute reihte sich an Minute und die Schwerkraft zog an seinem Körper. Nach einer gefühlten Ewigkeit fingen Gerrys Arme an zu schmerzen, die Finger wurden erst kalt, dann eiskalt und schließlich stellte sich eine Art Taubheitsgefühl ein.

Gleichzeitig kribbelten seine Hände, als hätte er in einen Ameisenhaufen gegriffen. Wenig später setzte ein fast unerträglich stechender Schmerz ein, der langsam seine Arme herunterkroch, sich in den Schulterblättern ausbreitete, die Wirbelsäule hinauf in den Hals-, Nackenbereich zog, um schließlich in seinem Kopf in einer riesigen Schmerzexplosion seinen Höhepunkt zu finden.

Gequält stöhnte er auf. Sein Atem ging stoßweise, er ließ den Kopf in den Nacken fallen, was ihm jedoch nicht die erhoffte Linderung verschaffte, und schon rollte eine erneute Schmerzwelle heran. Er kämpfte dagegen an, diesmal indem er sich so weit nach vorn beugte, wie es ihm die Ketten erlaubten und sein Kinn fast auf seiner Brust auflag. Er wünschte, es würde endlich losgehen, doch er wusste, es würde noch andauern, ehe seine Peiniger kamen, um ihn zu verhören und weiter zu bearbeiten.

Dieses Mal betrat Smith allein und relativ früh den Raum. Süffisant lächelnd unterließ er es, Gerry, wie sonst zur Begrüßung, mit seinen Fäusten zu traktieren oder seine Zigarette auf seinem nackten Fleisch auszudrücken.

Smith legte seine Jacke ab, krempelte die Hemdsärmel hoch und griff nach der weißen Gummischürze, die an einem Haken neben der Tür hing. Während er sich die Schürze umhängte und sorgfältig die Haltebänder im Rücken zusammenband, kamen ihm unweigerlich Kindheitserinnerungen an die Fleischerei seines Onkels in den Sinn.

Er liebte es, als Kind sich dort herumzutreiben, und er konnte sich noch genau an das Gefühl erinnern, als er sein erstes Schwein schlachten durfte. Dieses Gefühl der Macht, dass ihn durchströmte.

Er war der Herr über Leben und Tod.

Danach hatte er vielen Tieren und auch Menschen das Leben genommen, doch so erhebend wie beim ersten Mal war es nie wieder gewesen.

Nun, wer weiß, vielleicht konnte er heute diesen speziellen Sinneseindrücken weitere hinzufügen.

Routiniert griff er zu den Einweghandschuhen, die in einer Box direkt neben allerlei sterilen OP-Utensilien, auf einem der Rollwagen, standen und zog sie sich über.

Dermaßen ausgestattet, trat er vor Gerry und holte aus seiner Hosentasche ein Klappmesser hervor.

»Sieh, was ich dir mitgebracht habe.« Mit vor Vergnügen fiebrig glänzenden Augen klappte er das Messer auf und hielt es vor Gerrys Gesicht.

»Ist es nicht schön? Feinste Handarbeit. Extrem scharf! Trotzdem habe ich es extra für dich –ritsch ratsch, ritsch ratsch - die halbe Nacht über einen Schleifstein gezogen.« Mit einer entsprechenden Handbewegung untermalte er seine Worte.

Danach setzte Smith die Spitze auf Gerrys Brust an und begann langsam mit gleichbleibendem Druck die Klinge seitwärts über dessen Haut zu ziehen. Der feine Schnitt blutete kaum, dennoch musste Gerry ein Stöhnen unterdrücken, denn er brannte wie die Hölle. Smith setzte, selig lächelnd, das Messer erneut an.

»Was sagst du? Ist das nicht eine beeindruckende Arbeit? Die Klinge gleitet butterzart durch das Fleisch. Ich wette, ich könnte dich damit in kürzester Zeit vollständig häuten und sie dir anschließend ohne größere Anstrengung durch dein Herz rammen. Aber dazu kommen wir nachher.«

Ein paar Probeschnitte später glitt Gerrys Blick besorgt zur Tür. Hier stimmte etwas nicht. Sämtliche Alarmglocken in seinem Inneren gingen los.

Wo blieb Stone? Wieso ließ er ihn mit diesem Verrückten allein? War das Absicht? Waren Smith's leere Drohungen am Ende ernst gemeint? Wurde er geschickt, um die Sache hier ein für alle Mal zu beenden?

Nein... ausgeschlossen, dann würden sie nie an die Dateien kommen, aber vielleicht war das den Männern im Hintergrund gar nicht mehr so wichtig. Oder es war eine neue Taktik, sie wollten ihn verwirren, sie wollten...

»Er wird nicht kommen«, riss Smith ihn aus seinen Überlegungen und dokumentierte damit seinen sorgenvollen Blick.

»Diesmal entkommst du mir nicht, oh nein. Diesmal wird dich niemand retten, und ich werde zu Ende bringen, was ich schon so lange für dich geplant habe.« Kichernd, während er seinen Worten Taten folgen ließ, fügte er hinzu: »Ein Kratzer hier, ein Kratzer da. Hihihi... Es wird wie ein Unfall aussehen, wenn ein paar Schnitte etwas tiefer sind.«

»Ahhh...«, stöhnte Gerry voller Pein auf, während warmes Blut in kleinen Rinnsalen an seinem Körper herunterrann.

»Och, tut das weh? Komm schon, tu dir keinen Zwang an. Du kannst ruhig schreien, das ist Musik in meinen Ohren. Übrigens, deine Kleine... wie hieß sie doch gleich? Claire...? Nein, nicht Claire aber so ähnlich, ah, ich weiß es wieder, Catherine! Siehst du, ich erinnere mich gut an sie. Sie hat gestöhnt und geschrien wie eine Straßenhure, als ich sie gevögelt habe.«

»Fuck you!«, presste Gerry schwer atmend hervor.

»Hahaha, ich liebe es, wenn du dich so gewählt ausdrückst. Wirklich schade, dass ich dich so schnell ins Jenseits befördern muss. Ich hätte gern noch etwas mit dir gespielt. Aber ich kann mir die heutige Gelegenheit nicht entgehen lassen.

Du bist wie eine Katze, einfach nicht tot zu kriegen, aber selbst deren sieben Leben sind irgendwann aufgebraucht. Genau wie dein unverschämtes Glück.

Erst hat Jones sich für dich geopfert, dann ließ Carter, dieser Trottel, dich nicht mehr aus den Augen und machte es mir unmöglich, dich zu killen, und jetzt dieser Stone. Wirklich erstaunlich, wie du es immer wieder geschafft hast, deinem Schicksal zu entgehen. Doch nun ist es aus und vorbei.«

Wut kochte in Gerry hoch, unbändige Wut, die ihm das Blut in den Kopf steigen ließ. Zornig schrie er Smith an: »Verdammter Hurensohn, ich wusste immer, dass du schuld an Thomes' Tod bist.«

»Nein... nein, das weise ich entschieden von mir, seinen Tod hast ganz allein du zu verantworten. Du warst das Ziel und du hast zugelassen, dass er sich für dich opferte. So wird ein Schuh draus.«

»Ich bring dich um...« Gerry rasselte und zerrte verzweifelt an den Ketten, die keinen Millimeter nachgaben.

»Ja... ja natürlich tust du das, doch bis dahin...«, winkte Smith gelassen ab und setzte das Messer auf Gerrys Schlüsselbein an, um es langsam und genüsslich nach unten zu ziehen.

Oh Mann, das Gefühl, das ihn durchströmte, als er durch das Fleisch schnitt, war unbeschreiblich. »...ah herrlich. Ich liebe diese Klinge.«

Zischend sog Gerry die Luft zwischen zusammengebissenen Zähnen ein.

»Wow..., und schon bekomme ich einen Steifen«, stellte Smith trocken fest. »Was für ein Jammer, dass du in einer so ungünstigen Position hängst. Sonst hätte ich dich gefickt, während ich dir die Haut vom Leib schneide.«

»Perverser Wichser... ich hack dich in Stücke«, funkelte Gerry Smith aus zusammengekniffenen Augen an.

»Hahaha...« Smith lachte laut los. »Warte, warte...«, er hielt kurz inne, um wieder zu Atem zu kommen. »Du bist wirklich zu komisch. Ich habe eine bessere Idee.«

Er ging hinüber zur Wand, an der die Peitschen hingen. »Die wollte ich seit Ewigkeiten ausprobieren. Oh ja...«, frohlockte er und nahm eine der Peitschen in die Hand. »Was hältst du von einer neunschwänzigen Katze? Ich finde, die passt gut zu dir. Zu Tode gepeitscht, was für eine adäquate Art zu sterben.«

»Oder du machst mich los und wir tragen es aus wie Männer...«, ein Peitschenhieb traf Gerrys Rücken. Der intensive Schmerz presste die Luft aus seinen Lungen und schnürte ihm die Kehle zu, während Tränen in seine Augen schossen. »Aber dazu bist du ein viel zu großer Feigling, nicht wahr?«, fuhr er knurrend fort.

»Ähhmmm... lass mich kurz überlegen...
Nein! Abgelehnt! Sorry!
Aber ich hätte Verwendung für die entwendeten Dateien. Sei ein braver Junge und erzähl mir, wo du sie versteckt hast.«

»Vergiss es!«

»Sollte das ein nein sein? Wie du meinst«, Smith schlug weitere Male zu. Immer wenn die geflochtenen Tauenden der Riemenpeitsche auf der nackten Haut aufkamen, gab es ein klatschendes Geräusch. Mit jedem Hieb wurde der Schmerz für Gerry intensiver. Rote Striemen zeichneten sich auf seinem Rücken ab, und er biss sich hart auf die Lippen, um seine Schreie, die verzweifelt seine Kehle verlassen wollten, zu unterdrücken.

»Wo sind die Dateien? Sag es mir und ich bereite dir ein schnelles Ende. Na, was sagst du? Haben wir einen Deal?«

»Fahr zur Hölle!«, presste Gerry kehlig hervor.

»Ich weiß nicht, sehr kooperativ bist du nicht gerade. Ich denke ich werde mir noch eine andere Peitsche aussuchen. Eine, die dich eher zum Reden animiert.«

Smith ging zurück zur Wand und nahm sich eine Geißel. Verzückt hielt er sie in seiner Hand und besah sich die mit Knoten und Widerhaken versehenen Enden, die dafür Sorge tragen würden, dass die Haut des zu Geißelnden stark verletzt wurde. Ein warmer wohliger Schauer fuhr ihm über den Rücken, als er sich vorstellte, was er jetzt damit tun würde. Er wünschte nur, er hätte sich diese Sitzung für seine Sammlung aufzeichnen können.

Er holte aus. Das zischende Geräusch der durch die Luft fliegenden Striemen war reinster Balsam für sein angekratztes Ego. Sein jahrelang angestauter Hass auf McGregor entlud sich in dem Peitschenhieb. Endlich, endlich konnte er sich rächen, und er kostete jede einzelne Sekunde davon aus. Den Highlander zu foltern, ihn leiden zu sehen, das war nicht nur köstlich, es war unbeschreiblich stimulierend und befriedigend.

Diesmal vernahm Smith nicht nur das Klatschen der Riemen auf nackter Haut. Während er die Geißel mit Kraft zurückzog konnte er hörten, wie die Haut riss, als sich die Widerhaken gewaltsam vom Fleisch lösten. Dicht gefolgt von einem gequälten Aufschrei.

»Oh ja... schrei für mich, schrei«, frohlockte er. »Ich komponiere eine Symphonie aus Schreien.«

Und der Highlander schrie tatsächlich. Jeder weitere Peitschenhieb entlockte ihm einen weiteren gequälten, rau klingenden Aufschrei.

Gott... noch ein paar weitere Schläge und er würde voller Lust abspritzen. Wer hätte gedacht, dass der gottverdammte Schotte ihm so viel Freude bereiten würde.

Vollends in seinem Element, ließ Smith eine ganze Reihe von Schlägen auf McGregors Rücken niedersausen.

Die Schmerzwellen, die Gerrys Körper durchfuhren, waren explosiv und so durchdringend, dass es nur dem plötzlich ansteigenden Adrenalinspiegel zu verdanken war, dass er nicht in Ohnmacht fiel. Er bekam kaum noch Luft, sein Herz raste und sein Kreislaufsystem spielte verrückt. Mit jedem weiteren Schlag verlor er die Kontrolle über seinen Körper. Obwohl er sich die größte Mühe gab, die Augen offen zu halten, schwanden ihm buchstäblich vor Schmerz die Sinne.

»Nein, nein, nein...«, schrie Smith ihn wütend an. »Fall mir ja nicht in Ohnmacht. Ich bin noch nicht fertig mit dir. Hörst du...?« Hektisch kontrollierte er die Vitalfunktionen des Highlanders. Das durfte nicht wahr sein. Nicht jetzt, wo er gerade so viel Spaß hatte.

»Arrgg verdammt!«, fluchte er laut und schleuderte die blutgetränkte Geißel in die nächste Ecke. »Diese Peitschen sind wirklich sehr effektiv, aber sie verderben mir den ganzen Spaß«, fügte er frustriert hinzu. Er stapfte verärgert zum Tisch und schnappte sich eine Flasche Wasser, um sie dem Gefangenen ins Gesicht zu spritzen.

Nur langsam kam der Highlander zu sich, nach und nach flößte er ihm grob etwas Wasser ein. Als er bemerkte, dass der Schluckmechanismus einsetzte, entzog er ihm die Wasserflasche. Um sicherzustellen, dass McGregor nicht gleich wieder in eine Ohnmacht abdriftete, half er mit zwei, drei leichteren Schlägen auf seine Wangen nach und kommentierte das mit einem: »Na bitte, geht doch.« Obwohl der Schotte danach immer noch bemerkenswert blass aussah. Er sollte sich beeilen, lange würde dieser nicht mehr durchhalten.

»Was willst du wirklich?«, fragte Gerry Smith kraftlos. »Was bringt dir mein Tod?«

»Ah... du kannst wieder sprechen. Gut... dann können wir fortfahren.«

»Sag schon, du elender Wichser. Ist es wegen des Ruhms? Der Macht? Oder ist es nur der Kick, den dir das Foltern verschafft?«

»Dich zu foltern, ist nichts weiter als ein kleiner Bonus, den ich mir verdient habe«, fuhr Smith ihn aufbegehrend an. »Oh Mann, du kapierst es einfach nicht. Hierbei geht es nicht um dich. Es geht einzig und allein um Geld. Um sehr, sehr viel Geld. Nicht um so etwas Banales wie Ruhm oder Ehre, es ging auch nie um etwas Persönliches. Erst du hast es dazu gemacht, als du mir meine Wette vermasselt hast, weil du einfach nicht sterben wolltest. Abgesehen von dieser einen Pleite, habe ich immer gute Quoten mit dir erzielt.«

»Ich weiß nichts von einer Wette«, erwiderte Gerry mit schwacher Stimme.

»Natürlich nicht«, schnaubte Smith. »Das wäre ja auch noch schöner. Du hättest uns nur den ganzen Spaß verdorben. Wie wär's? Spielen wir ein Spielchen, streng deinen Grips an, lass deiner Fantasie freien Lauf und rate.«

»Raten...? Ich...« erschöpft hielt er inne.

»Ja, raten... nun stell dich nicht so an. Ich stell dir eine Frage. Zum Beispiel: Was könnte es mit den Wetten auf sich haben? Auf wen oder was glaubst du, wetten wir? Wenn du falsch antwortest, schneide ich dir die Haut vom Leib, wenn du richtig rätst, bekommst du eine kleine Verschnaufpause. Na, was sagst du?«

»Ich habe Mühe, meine Augen offen zu halten, ich habe... keine Kraft mehr... Spielchen... mit dir zu spielen.« Die Worte kamen Gerry nur schleppend über die Lippen, er hatte hörbar Mühe, in ganzen Sätzen zu sprechen.

»Schade, wirklich schade.« Smith nahm erneut sein Messer zur Hand. »Du wirst lachen, ich glaube dir, aber Strafe muss sein.« Diesmal schnitt er mehr seitlich unter den Achseln, während er im Plauderton fortfuhr: »Also gut, ich erzähl dir eine kleine Geschichte. Nicht weil du sie dir verdient hast, sondern weil ich es einfach nicht übers Herz bringe, dich so ahnungslos sterben zu lassen.

Im alten Rom ging man in die Arena und wettete auf die Gladiatoren. Du solltest dich geschmeichelt fühlen, man hat dich auserwählt, du warst – bist einer der Gladiatoren, ein moderner Spartacus sozusagen, dazu auserkoren, in der Arena des Lebens zu kämpfen und zu sterben.

Anfangs wettete ein kleiner Kreis Auserwählter, wer vom Kampfeinsatz lebend heimkommen würde. Die Nachfrage war so groß, dass wir uns schon bald etwas Effektiveres einfallen lassen mussten. Wir organisierten Einsätze. Eine scheinbar einfache Mission, gespickt mit ein paar Überraschungen. Aufgebaut wie ein Videospiel. Mit Bonuspunkten für erfolgreich bestandene Aufgaben. Natürlich waren nicht alle Akteure so ahnungslos wie du.

Nun sieh mich nicht so entsetzt an. Es gibt genug Leute, die dafür bezahlen, einen anderen sterben zu sehen. Und es sind nicht immer Fremde, es sind Menschen aus deinem engsten Umfeld, es sind deine Kameraden, deine ach so treuen Freunde. Sie wollten deinen Tod, denn sie verdienten sich etwas mehr als nur ein Taschengeld damit.«

»Bullshit...«, presste Gerry mühsam, den Kopf verneinend schüttelnd, hervor.

»Doch... es ist die Wahrheit, und tief in dir drin weißt du, dass es wahr ist. Wir sind alle, auf die eine oder andere Weise, Adrenalinjunkies. In Kombination mit den Wetten ist der Kick unbezahlbar. Es ist ein bisschen so, als spiele man Gott. Und mit jedem Spiel steigen die Einsätze.

Du hast bisher jede Date Line überlebt, die aktuelle läuft noch 16 Tage. Stirbst du am Ablauftag, sind die Quoten bombastisch. Ereilt dich der Tod nur eine Sekunde später, ist der Wetteinsatz futsch.« Smith plapperte mit irrem Blick vor sich hin, während er Gerry hin und wieder weitere kleine Kratzer zufügte.

»Stirbst du heute, ist die Quote immer noch überdurchschnittlich hoch. Das ist eine echte Marktlücke. Diese Spiele bringen Millionen.

Och..., nun sieh mich nicht so an. Du denkst, ich bin krank! Nicht wahr? Hahaha«, er lachte schallend. »Dann ist die ganze Menschheit krank. Schade nur, dass es nicht meine Idee war. Doch genug geplaudert, lass mich mein Geld verdienen.«

Vielleicht war Smith doch nicht so verrückt, wie er geglaubt hatte, sein Wahnsinn hatte tatsächlich Methode. Und so ergab vieles einen Sinn. Die scheinbar wahllosen Morde, für die es absolut kein Motiv gab. Doch bei Licht betrachtet war das trotzdem alles Irrsinn.

Er brauchte Zeit, ein Luxus, den er nicht mehr hatte. Er musste seine Gedanken ordnen. Die Stimmen, die alle gleichzeitig auf ihn einredeten. Wenn das Verhör wie immer aufgezeichnet wurde, dann hätte er Beweise für Smiths Machenschaften. Aber so dumm war Smith nicht. Das Verhör wurde nicht aufgezeichnet, und es saß auch nicht wie sonst ein Beobachter hinter der Spiegelscheibe. Ansonsten hätte Smith ihm das nicht alles so bereitwillig erzählt.

Nicht mehr lange und Smith würde das Interesse verlieren und ihn abstechen. Er musste ihn am Reden halten, solange er redete, schnippelte er nur hin und wieder an ihm rum. Auch wenn er damit das Unvermeidliche nur hinauszögerte.

»Du hast sie manipuliert! Du konntest den Hals nicht voll genug bekommen und hast sie manipuliert«, stellte Gerry schwer atmend, trocken fest. »Du hast nicht nur deine sogenannten Spiele organisiert, du hast auch dafür gesorgt, dass die richtigen Leute starben.« Er hielt keuchend inne. »Was hast du getan?«

»Nichts! Außer vielleicht meine Investitionen geschützt.«

»Indem du gute Leute dazu bringst, ihre eigenen Kameraden umzubringen?«

»Ich habe sie nicht gezwungen. Sie hatten die freie Wahl. Du glaubst gar nicht, was Menschen für Geld alles tun.«

Die freie Wahl, dass er nicht lachte. So skrupellos wie Smith war, hatte er bestimmt ihre Familien bedroht. Dein Kamerad oder deine Tochter, dein Sohn, deine Frau... such es dir aus, du hast die Wahl, aber einer wird bis dato sterben.

»Du Schwein... du elendes Schwein...«, Gerrys Stimme versagte ihm den Dienst.

Gott... er war verloren. Er hatte gekämpft, doch er spürte, wie seine Kraft nachließ...

Vielleicht sollte er sein Ende einfach akzeptieren.

Nein... nein... schrien die Stimmen in seinem Kopf alle zugleich. Wenigstens darin waren sie sich einig.

Blieb die Frage: War es das wert?

Ach... zur Hölle mit Smith, er brachte ihn so oder so um.

McGregor war erschöpft und schwach. Sein ganzer Körper fühlte sich an wie ein einziges brennendes Inferno. Die Schmerzen fraßen ihn auf, und mit jeder Minute, die verging, erschien ihm die sanfte Ruhe des Todes verlockender.

Keine Schmerzen..., keine Qualen... Dieser Gedanke gewann langsam die Oberhand und nistete sich bei ihm ein, und plötzlich hörte er sich zu seiner eigenen Überraschung sagen: »Warum bringst du es nicht endlich zu Ende?«

»Nur die Ruhe, es ist bereits alles getan... Schade dass du dich nicht sehen kannst, dann wüsstest du, was ich meine. Oh warte! Ich dreh dich ein bisschen, so dass du in den Spiegel schauen kannst.« Smith drehte ihn an den Ketten so weit herum, dass er sein eigenes Spiegelbild sah.

»Was sagst du? Ein Meiserwerk, nicht wahr? Ich habe mich selbst übertroffen. Das ist Kunst am lebenden Objekt.«

Gerry hob mühsam den Kopf. Sein Anblick versetzte ihm einen Schock. Sein Körper war über und über mit Schnitten übersät. Das austretende Blut überzog seinen Oberkörper wie ein riesiges geflochtenes Netz. Die

Hose war blutgetränkt und klebte an seinen Oberschenkeln. Unter ihm am Boden hatte sich bereits eine beträchtliche Blutlache gebildet. Im Spiegel sah sie aus wie ein dunkler See, der sein eigenes Spiegelbild verzerrt wiedergab. Jedes Mal, wenn ein weiterer Tropfen Blut von seinen Zehen tropfte, gab es eine Wellenbewegung, die dem Betrachter suggerierte, dass dieses bizarre Bild zum Leben erwachte.

Ein Schauer lief über seinen Rücken. Wie hypnotisiert blieb sein Blick an dem surrealen Schauspiel hängen, er stöhnte auf, und plötzlich wurde ihm klar, dass Charles Smith Recht hatte, er musste ihn nicht mehr abstechen, er hatte bereits alles Notwendige getan. Jetzt brauchte er nur noch daneben zu stehen und zuzusehen, wie er ausblutete.

Sein Tod würde nicht schnell kommen, nein... er kam langsam, schleichend, aber stetig, mit jedem Herzschlag kam er ein Stückchen näher. Und das nicht erst seit ein paar Minuten. Er starb, von dem Augenblick an, als Smith ihm die ersten Schnitte und Kratzer zufügte.

Er hatte es nur nicht bemerkt.

»Was ist mit dir?«, hörte er Smith fragen. »Hat es dir die Sprache verschlagen? Ja, vor echter Kunst ist man sprachlos. Ich wünschte, ich könnte dich auf einer Vernissage ausstellen... Oh... Ich habe gerade eine super Idee. Mein Handy, wo ist mein Handy...«, hektisch stürzte Smith Richtung Tür, wo an einem Haken immer noch seine Jacke hing und fummelte unbeholfen das Handy aus der Seitentasche.

Für einen Moment verschwamm die Welt um Gerry, seine Gedanken lösten sich auf, wurden verschluckt von einer Welle der Hoffnungslosigkeit. Ihm war abwechselnd heiß und kalt, er blinzelte verzweifelt ein paar aufkommende Tränen weg, die sich in seinen Wimpern verfangen hatten. Als er wieder klarer sehen konnte, sprang Smith verzückt wie ein Starfotograf um ihn herum und machte Fotos.

Gerry würgte, wenn er gekonnt hätte, dann hätte er sich übergeben, aber selbst dafür fehlte ihm die Kraft. Stattdessen fiel sein Kopf haltlos nach vorne, seine Muskelspannung ließ nach, er sackte in sich zusammen, Smiths Stimme trat immer weiter in den Hintergrund, sie wurde leiser und leiser... Schließlich folgten seine Augenlider unweigerlich dem Gesetz der Schwerkraft und fielen zu.

Was für ein Segen...

Blackout!

Grauer Nebel hüllte Gerry ein. Wo war er? War das ein Traum? Er spürte weder Schmerzen noch seinen geschundenen Körper. Er fühlte sich leicht, leicht wie eine Feder, die in einem riesigen Wattebausch gefangen war. Er schwebte dahin... ohne Zeitgefühl, ohne jemals anzukommen.

Ganz leise, ganz sanft durchdrang ein rhythmisches Rauschen, wie Wellen, die an den Strand schlugen, die Leere. Füllte sie aus, wurde lauter und lauter, erfüllte sie mit Klängen und Gerüchen. Er schmeckte Meerwasser auf seiner Zunge, atmete salzhaltige Luft, spürte, wie die Sonne seine Haut verbrannte. Überrascht stellte er fest, dass es wehtat. Er brannte, er brannte lichterloh, und der Schmerz wurde unerträglich, bis er gequält aufstöhnte.

Und dann sah er sie...

...Catherine

Sie stand am Strand und streckte ihm lächelnd ihre Arme entgegen. Er spürte, wie sein Herz Luftsprünge machte, wie ihn eine tiefe Sehnsucht überkam, gefolgt von einem unstillbaren Verlangen. Nacht für Nacht lag er wach und sehnte sie sich herbei, selbst als sein Erinnerungsvermögen nachließ und die Angst wuchs, dass das Bild, welches er von ihr in seinem Herzen trug, mit der Zeit verblasste.

Doch nun stand sie vor ihm und er konnte es nicht erwarten, sie in seine Arme zu schließen.

Sein Atem ging stoßweise, er bemerkte nicht, dass er ab und an das Luftholen vergaß. Aber das war auch nicht mehr wichtig...

Ihr Duft, nach Blumen und exotischen Früchten, nach Honig und Weizen hüllte ihn ein. Er erinnerte ihn an laue Sommernächte am Meer. Er wusste genau, wie ihr Haar duftete und ihre von der Sonne gebräunte Haut.

Sein Herzschlag setzte aus...

Siebzehn, zwanzig, dreißig Sekunden lang.

Er verspürte einen stechenden Schmerz in seinem Brustkorb... und ignorierte ihn...

Auf einmal war alles ganz klar – endlich verstand er es! Er musste sich nicht länger an das Leben klammern, um Catherine wiederzufinden, er hatte sie niemals verloren. Sie war immer bei ihm, denn sie war in ihm. In seinem Herzen, seinen Gedanken, seiner Seele und seinem Blut.

Drei Worte formten sich, lagen auf seiner Zunge und verließen mit seinem letzten Atemzug seine Lippen:
Love never dies! - Liebe stirbt nie!

Catherines Hände legten sich auf seine Brust. Als ihre Fingerspitzen ihn berührten, bekam er einen elektrischen Schlag, so heftig und stark, dass sein Körper erbebte. Seine Lunge füllte sich mit Luft, und aus Catherines Fingerspitzen schossen erneut elektrische Blitze hervor. Viel stärker und mächtiger als das erste Mal, sein Körper zuckte, er wurde hin und her geschüttelt, wie bei einem epileptischen Anfall, und sein Herz... sein ruhendes Herz...

... begann plötzlich wieder zu schlagen.

## 22

Geräuschvoll flog die Tür zum Verhörraum auf und krachte an die hintere Wand. Stone stürmte begleitet von zwei Wachen, die ihre entsicherten Waffen in Händen hielten, in den Raum.

»Aufhören, sofort, Smith, lassen Sie das Messer fallen«, herrschte er den Agenten in rauem Befehlston an.

Er wusste, was hier gespielt wurde, er wusste es von dem Moment an, als der Wachhabende ihn verwundert ansah, als er ihn bat, Häftling 537 zum Verhör zu holen.

»Was ist? Gibt es ein Problem?«, hatte er ihn ungeduldig und eine Spur zu laut angefahren, weil sich plötzlich sein Instinkt eingeschaltet hatte und sich gleichzeitig vor seinem inneren Auge eine äußerst unheilvolle Vision, den Tod des Gefangenen betreffend, manifestierte.

»Nein, Sir. Aber...«, verwirrt unterbrach der Mann sich.

»Was?«

»Agent Smith hat den Gefangenen bereits vor...«, er sah auf seine Armbanduhr, »... einer knappen dreiviertel Stunde angefordert.«

»Und wo ist er jetzt?«

»Im Verhörraum. Agent Smith meinte, er wolle bereits allein beginnen, da Sie sich etwas verspäten«, mischte sich sein Kollege in das Gespräch ein und drückte seine Kippe, die er gerade geraucht hatte, auf dem Unterteller seiner Kaffeetasse aus.

»Scheiße...«, fluchte Stone und hoffte im selben Moment, dass es noch nicht zu spät war.

»Ist etwas nicht in Ordnung, Sir?«

»Das können Sie laut sagen. Los, kommen Sie wir müssen zum Verhörraum.«

Und damit war er, die beiden Wachen im Schlepptau, losgestürmt. Irgendwo in den Gängen hatte er nicht nur seinen Hut verloren, auch der Abstand zu seinen Begleitern hatte sich beachtlich vergrößert, aber er schenkte dem keinerlei Beachtung. Wenn er mit seinen Vermutungen richtig lag, hatte er einen Mord zu verhindern. Notfalls auch allein.

Der Vorraum, in welchem üblicherweise die Videoüberwachung aufgezeichnet wurde, war leer, aber durch die große Scheibe konnte er das Schauspiel im angrenzenden Verhörraum deutlich sehen. Der Klient hing in der Aufhängung, und er war nicht bei Bewusstsein, das sah er auf den ersten Blick. In seinen Muskeln war keinerlei Spannung vorhanden, sein Körper hing schlaff und bewegungslos da. Während Smith, in Höhe des Herzens, ein Messer auf seiner Brust ansetzte und...

Stone hatte genug gesehen, er wusste, wo die Ersatztaserwaffen gelagert wurden. Seine Aktentasche, die er immer noch in der Hand hielt, achtlos auf dem Schreibtisch abstellend, zog er energisch die untere Schublade auf, griff sich eine Waffe und sprintete zur Tür zum Verhörraum. Just in dem Moment trafen die beiden Wachmänner bei ihm ein und entriegelten die verschlossene Tür.

Er stürmte hindurch und verlangte in gebieterischem Tonfall. »Messer weg...« Als Smith keine Anstalten machte, dem Befehl zu folgen, entsicherte er die Taserwaffe, richtete sie auf den Agenten und drückte ab.

»Auuu...« Smith quiekte wie ein Schweinchen auf und sprang fast einen Meter vom Gefangenen zurück. Das Messer entglitt seinen Händen und kam mit einem metallischen Klirren auf dem Boden auf, von wo aus Stone es mit einer geübten Bewegung seines Fußes aus seinem Umkreis kickte. Klappernd schlitterte es über den Betonboden, bis es an der gegenüber liegenden Wand liegenblieb.

»Du verfluchter Hurensohn, bist du verrückt geworden? Was fällt dir ein, auf mich zu schießen?«, keifte Smith, der seine Stimme wiedergefunden hatte. Stone würdigte ihn keiner Antwort. Stattdessen wandte er sich an die Wachmänner. »Machen Sie sich nützlich, holen Sie den Mann da runter.«

Die Männer stürzten, einer zur Winde an der Wand, der andere zum Gefangenen, um den zu erwartenden, ungebremsten Aufprall auf dem Boden, sobald die Winde sich lösen würde, etwas abzudämpfen.

Stone ging einige Schritte auf Smith zu. Gleichzeitig winkte er mit der Waffe in seiner Hand und zwang ihn so indirekt, bis an die Wand zurückzuweichen.

»Ziehen Sie die Schürze aus«, forderte er ihn auf. »Na los, ich will sehen, was für Überraschungen sie darunter verstecken.«

Smith löste wie in Zeitlupe die Bänder.

»Schneller oder soll ich noch einmal nachhelfen?«

»Schon gut, schon gut.« Smith warf die Schürze Stone vor die Füße, gerade als der Schatten eines Mannes im Türrahmen erschien.

»Sonders...«, wenigstens einer auf den Verlass ist, dachte Stone und warf dem Wachmann die Taserwaffe zu, die dieser geistesgegenwärtig auffing. »Ketten Sie den Agenten irgendwo an, wo er mir nicht in die Quere kommt«, wies er ihn knapp an.

Sonders nickte: »Ja, Sir.« Eifrig machte er sich ans Werk und kettete den lautstark protestierenden Agenten mithilfe von ein paar Handschellen an einen der Eisenringe, die in Taillenhöhe in die Wand eingelassen waren.

Während Stone zum Telefon griff und eine Nummer über die Kurzwahltaste wählte, glitt sein Blick über den malträtierten Körper des Häftlings. Dieser war über und über mit Schnittwunden bedeckt, die seiner Meinung nach viel zu sehr bluteten.

Am anderen Ende der Leitung ertönte das typische Freizeichen.

Stone entledigte sich in einem Zug des Mantels und des Jacketts, das er trug, und ließ die Kleidungsstücke achtlos zu Boden gleiten.

Verdammt, nimm ab... dachte er, während er sich die Hemdsärmel hochkrempelte und ein paar Einweghandschuhe überzog.

Sein Blick kehrte zu dem Gefangenen zurück, er sah, wie der rote Lebenssaft in Rinnsalen aus ihm herausfloss, über den athletischen Körper lief, seine Hose tränkte und schließlich an den Füßen entlangrann, von wo er Tropfen für Tropfen, im Takt des Klingelzeichens, auf dem Erdboden landete. Auf welchem sich inzwischen eine beachtliche Blutlache gebildet hatte.

Endlich wurde abgenommen. »Fisher? Stone hier«, meldete er sich. »Ich bin in einem der Verhörräume in Sektion V, bewegen Sie Ihren Hintern hier runter und bereiten Sie den OP-Saal vor. Der Fall, von dem wir sprachen, ist eingetreten.« Er legte auf, ohne auf eine Antwort zu warten.

Endlich, die Verriegelung der Winde löste sich geräuschvoll und der Wachmann fing den leblosen Körper auf, der sich schlaff dem Boden näherte. Stone eilte ihm zu Hilfe, und gemeinsam zogen sie ihn seitwärts, so dass er nicht unmittelbar in der Blutlache zu liegen kam.

Gequält stöhnte der Gefangene auf, als er mit dem Oberkörper auf dem Boden aufkam, und blieb dann reglos auf dem Rücken liegen. Während die Wachen ihm geschickt die Fußketten und Lederriemen abnahmen, kniete Stone sich neben seinen Kopf und überprüfte routiniert seine Vitalfunktionen.

Viele der Schnitte waren nur oberflächlich, Kratzer, so wie es sein sollte, die wehtaten, aber nicht lebensbedrohlich werden würden. Was ihm Sorgen bereitete, waren die anderen, die tiefen Schnitte. Vor allem an Stellen, wo Arterien verletzt sein konnten, die würden gefährlich werden, aber Genaueres sah er gleich auf dem OP-Tisch.

Der Puls war kaum fühlbar, die Atmung sehr flach und plötzlich...

»Scheiße...«, Stone sprang auf und rannte zum Notfallmedizinschrank, der im angrenzenden Raum stand.

»Herzstillstand...«, schrie er Sonders zu, der gerade auf ihn zukam. »Ich brauch den Defibrillator und den Sauerstoff.«

Er riss die Doppeltüren des Schrankes auf. Aus der Kühlung griff er sich Isotonische Lösung, Adrenalin und ein leichtes Sedativum, außerdem Spritzen, Nadeln und alles, was er brauchte, um einen Zugang zu legen. Er schlitterte wie ein Baseballspieler auf dem Weg zur Base über den Boden und kam punktgenau neben seinem Klienten zum Liegen.

Alles passierte gleichzeitig, er war ganz Chirurg und handelte dementsprechend, den Zugang legen, die Isotonische Lösung anschließen, Sonders Anweisungen, die Sauerstoffzufuhr betreffend, geben, nebenbei die Blutdruckmanschette anschließen, die Sonders geistesgegenwärtig mitgebracht hatte, Adrenalin aufziehen und es zwischen die Rippenbögen direkt in den Herzmuskel spritzen, den Defibrillator auf 10 laden...

»Alle weg... fertig? Und Feuer...«

Der Körper unter ihm zuckte...

Sonders kümmerte sich um den Sauerstoff, er machte das sehr geschickt und definitiv nicht zum ersten Mal.

Erneutes Aufladen, diesmal auf 20, anlegen und Feuer...

Der Körper zuckte, als hätte er einen epileptischen Anfall, und dann... plötzlich, als er schon glaubte, er hätte ihn verloren, setzte der Herzschlag wieder ein.

Das war knapp.

»Wir haben Puls«, bestätigte Sonders.

Durchatmen... puh... Scheiße, er hatte es geschafft. Er hatte den Klienten zurückgeholt, für den Moment zumindest. Adrenalin schoss durch seine Adern und

Stone schloss für einen kurzen Moment die Augen, während er das Gefühl genoss, Gevatter Tod diese Seele entrissen zu haben.

»Puls stabil, Atmung stabil«, dokumentierte er die Situation, nachdem er erneut den Blutdruck kontrolliert hatte. Die Augenlider des Patienten zuckten. Er zog ein leichtes Sedativum auf, um ihm weitere Schmerzen, die seinen Kreislauf belasten könnten, zu ersparen.

Die Wachmänner brachten die Transportliege. Die Handgriffe saßen und geschahen wie automatisch. Anpacken – auf Drei –anheben – fertig.

»Schneller, schneller, schieben wir ihn in den OP rüber, sonst verlieren wir ihn womöglich wieder.«

»Was ist mit dem Agenten? Soll ich ihn losmachen?«, fragte Sonders.

»Nein... der bleibt, wo er ist. Ich habe noch eine Rechnung mit ihm offen. Er kann warten, ich befasse mich später mit ihm.«

»Wie Sie meinen, Sir.«

»Sonders...?«

»Ja, Sir.«

»Gute Arbeit!«, bedankte Stone sich bei dem Wachmann und gab ihm einen kleinen Klaps auf den Oberarm.

»Danke, Sir.«

»Rufen Sie Direktor Bishop an und unterrichten Sie ihn von den Vorfällen hier. Sagen Sie ihm, ich melde mich später bei ihm, wenn ich aus dem OP-Saal komme. Und... ähm... ich wäre Ihnen dankbar, wenn sie den Agenten vorerst nicht erwähnen.«

»Ja, Sir. Natürlich!«

# 23

Stunden später betrat Stone erneut den Verhörraum. Ihm bot sich ein Bild der Verwüstung. Es sah aus wie in einem Schlachthaus. Überall war Blut.

Ein riesiger Fleck auf dem Boden, eine breite Schleifspur, die bis zu dem Punkt führte, wo sie den Gefangenen auf die Transportliege geladen hatten. Blutgetränkte Stiefelabdrücke verteilten sich kreuz und quer im Raum, bis sie schließlich, zusammen mit den Abdrücken, die die Rollen der Liege hinterlassen hatten, zur Tür hinausführten. Von da verliefen sie, mit jedem Meter blasser werdend, aber immer noch gut sichtbar, den Gang hinunter bis in den OP-Saal hinein.

»Was für eine Sauerei«, stellte Stone trocken fest.

»Smith, das wird auf jeden Fall ein Nachspiel haben», warf er dem am Boden sitzenden Agenten zu.

Bequem war dessen Pose nicht, stellte Stone zufrieden fest, zwangen ihn doch die an den Ring geketteten Handschellen, seine Arme ausgestreckt über seinem Kopf zu halten. Nun, selbst schuld, keiner hatte ihn gezwungen sich hinzusetzen, er hätte stehen bleiben können. Außerdem hatte er jede nur erdenkliche Strafe mehr als verdient. Smith hatte sich an seinem Klienten vergriffen, das nahm er persönlich. Niemand mischte sich ungestraft in seine Arbeit ein.

»Nachspiel? Jaja, blablabla... zück lieber den Schlüssel und mach mich los. Ich muss dringend pissen oder das Nachspiel wird größer als du denkst«, konterte Smith großspurig zurück.

»Ich denke, Sie verkennen gewaltig die Lage Ihrer Situation.« Stone stellte sich mit verschränkten Armen vor Smith hin und sah ihn mitleidig von oben herab an. »Eine Anklage wegen Mordes dürfte selbst Ihrer Karriere schaden.«

»Mord? Ist der Highlander tot?«, fragte Smith hoffnungsvoll nach und überschlug im Geiste seine möglichen Gewinne.

»Nein... Ihr kleiner hinterhältiger Plan ging nicht auf, er erfreut sich bester Gesundheit.«

»He, was soll dann der Scheiß? Ich war vielleicht etwas übereifrig, was soll's. Wo gehobelt wird, fallen bekanntlich Späne«, versuchte Smith die Situation zu entschärfen. »Ich habe dir nur ein bisschen Arbeit abgenommen. Das bisschen Blut ist nun wirklich nicht der Rede wert. Herrgott, die Folter ist schließlich dein Geschäft, da musst du doch an so was gewöhnt sein.«

»Oh nein, so einfach kommen Sie mir nicht davon. Was immer Sie mit diesem kleinen Spiel bezweckten, es war das letzte Mal, dass Sie mir dazwischen funken und Hand an meinen Klienten legen.«

»Komm schon, Amigo, bleib locker. Ist doch nichts passiert, und wie du selbst sagst, die paar Kratzer haben dem Arsch nicht geschadet.«

»Kratzer? Smith, sind Sie noch bei Trost? Versuchen Sie mich für dumm zu verkaufen? Wir wissen beide, was Ihre Absichten waren. Sie haben die Videoüberwachung ausgeschaltet, Sie haben ein nicht autorisiertes Verhör durchgeführt und es dazu benutzt, einen Mordanschlag auf den Klienten auszuüben. Welcher Ihnen auch fast gelungen wäre.«

»Haha, dass ich nicht lache, haltlose Anschuldigungen, die du niemals beweisen kannst. Offiziell habe ich nichts anderes gemacht als du, nämlich den Gefangenen unter Folter einer Befragung unterzogen. Schließlich wollen wir irgendwann Resultate sehen, außerdem ist er zäher als er aussieht, er...«

»Falsch«, fuhr Stone ihm über den Mund. »Meine Tätigkeit hat mit dem hier nichts zu tun.« Mit einer ausladenden Handbewegung zeigte er auf das Chaos rund um sie herum. »Ich bin Profi und kein Schlächter. Mein Job ist es, möglichst effektiv Informationen zu beschaffen. Ihre Bosse zahlen sehr gut dafür, dass der Klient bei der Ausübung meiner Tätigkeit weder verstirbt, geschweige denn bleibende Schäden zurückbehält. Die Folter ist eine hohe Kunst, sie erfordert Ausdauer, Geduld und vor allem anatomisches Wissen. Eigenschaften, von denen Sie nicht eine besitzen.«

Gott sei Dank!, fügte Stone in Gedanken hinzu. Mit besseren Grundkenntnissen wäre es ihm womöglich gelungen, den Häftling um die Ecke zu bringen. Er beugte sich zu Smith herunter. »Ich kenne Typen wie Sie zur Genüge und Sie sind mir zuwider.«

Es wurde wirklich Zeit, dass er dem kleinen Scheißer eine Lektion erteilte. Mit dieser Aktion hatte er seine wochenlange Arbeit mit dem Klienten zunichte gemacht. Er hatte sein Meisterstück verdorben, es würde ein weiterer Monat vergehen, ehe er an seine bisherigen Erfolge anknüpfen könnte, und das war etwas, was er sehr persönlich nahm.

Smith kochte hier sein eigenes Süppchen, und diesen Zahn würde er ihm ein für alle Mal ziehen. So hatte er es auch mit Direktor Bishop abgesprochen, als er aus der OP kam. Der Klient würde überleben, was er nicht zuletzt seiner Weitsicht, das Eigenblut betreffend, und seinem chirurgischen Können zu verdanken hatte.

Nun war es an ihnen, dafür zu sorgen, dass das auch so blieb, und Bishop war mehr als bereit, ihm die Sache mit Smith zu überlassen. Daraufhin hatten sie sich den Luxus gegönnt, mit einem guten Whisky anzustoßen. Erst danach war er in den Verhörraum zurückgekehrt.

Wie beiläufig schlenderte Stone an der Wand mit den Peitschen vorbei. Noch ehe Smith realisierte, was er tat, hatte er nach einer der Peitschen gegriffen, schwang sie aus dem Handgelenk heraus und ließ sie auf den Agenten niedersausen.

»Aauuu...«, jaulte dieser mit schmerverzerrtem Gesicht auf, als ihn bereits ein zweiter und dritter Peitschenhieb traf.

Smith zerrte verzweifelt an den Handschellen, dabei wusste er selbst, wie unsinnig das war. Diese Methode hatte schon die letzten Stunden nicht funktioniert, also tat er das einzige, was ihm logisch erschien, er versuchte nach Stone zu treten. »Du Hurensohn, das wirst du mir büßen«, kreischte er völlig außer sich, mit hochrotem Kopf.

»Nun haben Sie sich Mal nicht so... sind doch nur ein paar Kratzer, die man höchstwahrscheinlich unter dem Stoff nicht einmal sieht. Außerdem dachte ich, es macht Ihnen Spaß.«

»Spaß? Spaß...? Mach mich los, du Wichser und ich zeig dir, was Spaß ist«, Smiths Stimme überschlug sich fast, so sehr brüllte er.

Stone hingegen blieb ganz ruhig, ja, seine Stimme wurde sogar noch etwas leiser: »Ich habe gesehen, wie viel Spaß es Ihnen bei meinem Klienten bereitet hat. Ich habe es in einer mehrstündigen OP gesehen, als ich ihn Stück für Stück zusammengeflickt habe. Sie wollten doch meine Arbeit verrichten? Nun ich demonstriere Ihnen gern ein paar Praktiken.

Die erste Lektion ist: Erfahre am eigenen Leib, welchen Schaden die Spielzeuge anrichten, die du verwendest. Denn nur dann kann man richtig einschätzen, wie weit man möglichweise gehen kann.«

Smith bekam weiße Flecken auf der geröteten Gesichtshaut. »Okay...«, keuchte er. »Okay, ich hab's kapiert. Also lass den Scheiß und mach mich endlich los.«

»Nein!«

Einen Moment sah Smith ihn verdutzt an. »Dann eben nicht, aber wirf mir wenigstens meinen Schlüssel rüber. Der liegt irgendwo da drüben mit meinen anderen Sachen. Der Wachmann, diese kleine Beutelratte, hat sie mir abgenommen, als er mich hier festkettete. Den knöpf ich mir auch noch vor.«

Bemerkenswert... ging es Stone durch den Kopf. Er studierte Smith wie eine Fallstudie. Eben zitterte dieser noch, doch im nächsten Moment war die Unterwürfigkeit verschwunden, ja er verlangte regelrecht freigelassen zu werden und schmiedete im selben Atemzug Rachepläne.

Wie kam er nur dazu, anzunehmen, er würde ihn einfach so gehen lassen? Was war das? Naivität? Dummheit? Verwirrtaktik oder einfach nur ein total verdrehtes krankes Hirn? Was auch immer, Smiths

Lektion war noch nicht beendet. Er lief sich gerade erst warm.

»Liegt da auch ihr Handy?« Stone sah sich im Raum um und entdeckte Smiths Habseligkeiten auf einem kleinen Tischchen außerhalb seiner Reichweite. Sonders... war wirklich ein fähiger Mann. Er hatte den Agenten nicht nur gefesselt, er hatte ihn auch vorschriftsmäßig durchsucht und ihm den Inhalt seiner Hosentaschen, seine Schuhe und seinen Gürtel abgenommen.

»Mein Handy? Wozu...«, fragte Smith alarmiert nach.

»Wie ich bereits erwähnte, ich kenne Typen wie Sie und Ihre Vorlieben. Keine Videoüberwachung heißt, keine private DVD für gewisse Stunden, das muss Ihnen doch in der Seele weh getan haben, und deshalb konnten Sie bestimmt nicht wiederstehen, ein paar Schnappschüsse zu schießen.«

Smith rutschte unruhig von einer Arschbacke auf die andere. Ob er wohl ahnte, was Stone vorhatte? Dieser nahm gut sichtbar das Handy zur Hand und rief die Fotogalerie auf. »Erwischt! Und gleich so viele, da konnte wohl jemand nicht genug bekommen?«

Er fuhr mit dem Daumen über das Touchscreen-Display, um ein Foto nach dem anderen aufzurufen.

»Kleine Kunstwerke, nicht wahr? Dafür halten Sie sie doch. In Wahrheit ist das alles nichts als Schrott. Aber für Sie sind sie wichtig. Enorm wichtig...

Geht Ihnen einer ab, wenn Sie sie betrachten?«

Smith traten Schweißperlen auf die Stirn. »Lass das, hör auf, damit rumzuspielen. Oder...«

»Oder was? Kommt jetzt irgendeine leere Drohung?« Erbärmlich, der Kerl schwitzte wie ein

Schwein. Nun, mal sehen, ob er ihn noch etwas weiter die Palme hochtreiben konnte.

»Ups...«, ein Piepton erklang. »Jetzt habe ich aus Versehen auf Löschen gedrückt.«

»Nein...«, schrie Smith.

»Alle löschen?«, las Stone laut vor. »Ähm – Lassen Sie mich überlegen - Ja...! Nein...! Ja...! Nein...!«, sein Daumen wanderte sichtbar von oben nach unten und wieder zurück, so als wäre er sich nicht sicher, was er auswählen sollte.

Mehrere Pieptöne erklangen hintereinander.

»Ich warne dich, nimm deine Dreckgriffel von meinem Handy. Dazu hast du kein Recht. Ich bring dich um...«, keifte Smith wie ein altes Waschweib.

Stone fuhr ungerührt in seinem Tun fort. »Sind Sie sicher?«, las er laut vor. Ein Piepton ertönte. »Ja... jetzt schon, denn ich lass mir nicht drohen. Von niemandem...«

Stone drückte betont langsam auf eine der Tasten. Ein langgezogener... endgültig klingender Ton erklang und dann war es still.

»Ahhh... es ist vollbracht. Wie fühlt sich das an?«, fragte er scheinheilig nach.

Smith heulte auf, wie ein verwundetes Tier. »Dazu hast du kein Recht! Ich werde... dich, ich werde...«, stotterte er, während er mit seinem Fuß die Wand malträtierte. »Die gehören mir. Ich bring dich um... Ich bring dich um...«

»Hören Sie auf zu winseln«, erklang Stones kalte emotionslose Stimme nach einiger Zeit. »Ihre wertvollen Fotos sind alle noch auf der Speicherkarte. Ich habe Sie ein bisschen verarscht. Schließlich würde ich nie Beweismaterial vernichten.«

Er sah den freudig hoffenden Blick in Smiths Gesicht. Es waren immer wieder dieselben Reaktionen. Nun war er reif, ihm den Todesstoß zu versetzen. »Aber dafür werde ich Ihre Speicherkarte konfiszieren.«

Smiths Kinnlade fiel nach unten.

»Und das natürlich...« Stone ging zur hinteren Wand, hob das Klappmesser auf und verfrachtete es in eine durchsichtige Plastiktüte mit Selbstverschluss. Danach entnahm er Smiths Handy die Speicherkarte und legte es wieder zu den anderen Sachen.

»Nur damit wir uns richtig verstehen, fasse ich noch einmal zusammen. Erstens, der Klient gehört mir, zweitens, ich bin ein sehr nachtragender Mensch, deshalb werden Sie mir drittens nie wieder ins Handwerk fuschen. Haben wir uns verstanden?«

Smith nickte, die Lippen fest aufeinandergepresst, doch mit unverhohlen mörderischem Blick.

»Gut, dann wollen wir sehen, dass wir genügend Schmerz in ihr kleines krankes Hirn einpflanzen, dass sie diese Zusagen zukünftig auch garantiert einhalten werden.«

Stone holte sein I-Phone aus der Hosentasche, suchte sich eine vorgespeicherte Playliste aus und schaltete auf Wiedergabe. Anschließend legte er es auf einem der Rolltische ab, der reich mit Skalpellen und anderen Utensilien bestückt war.

»Was soll das heißen? Mach mich los!« Smith ruckelte verzweifelt an den Handschellen, während Stone in aller Seelenruhe sein Handwerkszeug zusammensuchte.

»Nun schauen Sie nicht so entsetzt«, wandte er sich Smith zu. »Jetzt fängt der Spaß doch erst an. Sehen

Sie es von der positiven Seite. Sie bekommen exklusive Einblicke in meine Arbeit, und wenn wir fertig sind, können Sie vielleicht sogar ein kleines bisschen mitreden. Das wollten Sie doch immer. Einblicke in meine Arbeit gewinnen. Glauben Sie mir, Ihre kühnsten Fantasien werden erfüllt werden. Das wird eine Erfahrung fürs Leben.«

»Das kannst du nicht tun«, protestierte Smith. »Ich bin Agent, dafür... dafür wird man dich suspendieren, anklagen und wegsperren.«

Stone zuckte offenbar gelangweilt mit den Schultern. »Ich bin kein Agent, für mich gelten keine Regeln, ich stehe über dem Gesetz. Doch genug davon, lassen Sie uns beginnen.«

Als Mr. Stone seine Arbeit beendet hatte, ging er in den Vorraum, wo der Wachmann Sonders auf ihn wartete.

»Sir!«, begrüßte dieser ihn. »Ich habe mir erlaubt, Ihre Aktentasche, nebst Jackett, Mantel und Hut für Sie aufzubewahren.« Er deutete auf einen Stuhl.

»Kann ich sonst noch etwas für Sie tun?«

»Vielen Dank! Haben Sie alles aufgezeichnet?«

»Ja, Sir! Und ich habe Ihnen bereits die Sitzung, wie gewünscht, auf DVD gebrannt. Möchten Sie die Kopie für Direktor Bishop gleich mitnehmen?«

»Ja. Vielen Dank! Und löschen Sie die Originaldateien.«

»Schon geschehen.«

»Gute Arbeit.« Stone wandte sich zur Tür, um zu gehen.

Sonders räusperte sich: »Ähmm...«

»Ja...?«

»Was wird mit Agent Smith?«

»Lassen Sie ihn laufen.« Er blickte auf seine Uhr. »Aber nicht sofort, sagen wir so in zwei Stunden? Bis dahin hat er sich wieder beruhigt und wird ihnen dankbar sein, dass Sie ihn befreien.«
»Ja, Sir.«
»Ich wünsch ihnen einen schönen Feierabend!«
»Danke, gleichfalls!«

## 24

*- Heute –*

Das Rasseln des Schlüssels und das Geräusch des sich zurück schiebenden Riegels rissen Gerry aus seinen Gedanken.

Im Spiegelbild der Fensterscheibe beobachtete er reglos, wie die Tür sich langsam öffnete. Derselbe Wachmann, der ihm das Frühstück gebracht hatte, betrat seine Zelle und legte ihm wortlos frische Kleidung aufs Bett. Beim Rausgehen nahm er das Frühstückstablett mit, nur die Tasse mit dem Tee, die McGregor nicht angerührt hatte, stellte er auf dem Fußboden ab.

Erst als die Wache den Raum verlassen hatte und Gerry das Verriegeln der Tür vernahm, löste er sich aus seiner Starre. Er schloss ruhig das Fenster und drehte sich zum Bett um.

Skeptisch sah er auf die frische Kleidung, die aus einer ausgewaschenen, einst schwarzen Leinenhose mit Bindeband, T-Shirt und Shorts bestand, die allesamt in einem tristen grau gehalten waren.

Bis auf Strümpfe, die man ihm vorenthielt, damit er sie nicht zusammen mit einem Stück Seife als Waffe benutzen konnte, einmal komplett und das unter der Woche, das war mehr als seltsam.

Normalerweise kam er nur ein Mal pro Woche in den Luxus frischer Kleidung und das lief immer gleich ab. Die Wachen holten ihn ab, geleiteten ihn in die Duschräume, wo er sich seiner Kleidung entledigte und sie in einen bereit stehenden Behälter warf. Nach dem Duschen, wofür man ihm genau 3 Minuten zugestand, bekam er die frische Kleidung ausgehändigt.

Die Kleiderfrage ließ ihn erneut über den seltsamen Besucher nachgrübeln. Auf jeden Fall musste er in offizieller Mission unterwegs sein, warum sollte man ihn sonst in frischer Kleidung präsentieren wollen?

Vielleicht sollte er ihnen einen Strich durch die Rechnung machen und so bleiben wie er war. Allein das Gefühl, frische Kleidung auf den Leib zu bekommen, siegte über das Für und Wider, sich der Anordnung zu wiedersetzen. Als er mit dem Umziehen fertig war, legte er die gebrauchte Kleidung ordentlich zusammengefaltet auf dem Boden, neben dem Fußende, ab und setzte sich aufs Bett.

Das Warten begann.

Im Allgemeinen war er gut im Warten, nur heute fiel es ihm schwer. Seine Nerven waren aufs äußerste angespannt, während sein Herz unkontrolliert umherhüpfte. Ein Knistern lag in der Luft, das sich anfühlte wie die Stille kurz vor der Explosion. Er musste sich beruhigen, er musste sich ablenken, oder ein Funke würde genügen, sein mühsam aufgebautes Kartenhaus einstürzen zu lassen.

Sein Blick fiel auf den Tee. Angewidert nahm er die Tasse in die Hand und starrte auf den inzwischen erkalteten Inhalt.

Er hasste Pfefferminztee, schon allein der Geruch verursachte ihm Kopfschmerzen. Entschlossen stand er auf, um das Gebräu in das kleine Waschbecken zu entsorgen, da bemerkte er an der roten Farbe, dass es gar kein Pfefferminztee war, sondern eine Art Früchte-Kräutertee.

Vorsichtig probierte er einen kleinen Schluck und stellte überrascht fest, dass er gut schmeckte. Angenehm fruchtig mit einer Spur zu viel Zucker, aber im Großen und Ganzen sehr schmackhaft.

Wieso ist mir das beim Frühstück entgangen?, fragte er sich in Gedanken. Dieser Tag hielt wirklich einige Überraschungen bereit.

Er ging zurück zum Fenster und stellte die Tasse auf dem Fensterbrett ab. Der Nebel begann sich zu lichten, langsam ließen sich einzelne Konturen vom Innenhof erkennen, wie der graue Asphalt oder die untere Fensterfront von gegenüber. Ganz nebenbei trank er Schluck für Schluck den Tee.

Seine Gedanken kehrten zu dem anvisierten Besucher zurück. Wer hatte genügend Macht, Beziehungen oder Geld, um einen Besuch bei ihm zu bewirken? Vor allem, wer wusste, dass er hier war? Er zermarterte sein Gehirn nach einem Namen für einen möglichen Kandidaten, doch ihm fiel keiner ein, auf den alle Suchkriterien gleichermaßen zuträfen.

Obwohl, Sergej Sokolow, der Russe, hätte genügend Geld, um sich mit seinen Beziehungen in einflussreiche Kreise einzukaufen. Aber woher sollte er wissen, dass Gerry in Schwierigkeiten steckte? Sergej war ihm nichts schuldig. Er hatte sich von ihm verabschiedet. Ihm gesagt, dass er das Land verließ. Ihre Freundschaft auf Eis gelegt. Nein... auch Sergej musste er von seiner äußerst kurzen Liste streichen.

Ein weiterer Schluck Tee rann seine Kehle herunter. Seltsam, das süße, blumig-fruchtige Aroma beruhigte seine angespannten Nerven, oder lag es daran, dass der Duft ihn an Cate erinnerte.

»Catherine...«, flüsterte er leise. Ihr Name klang in seiner Seele nach.

Tief atmete er das Aroma des Tees ein, und als er die Augen schloss, konnte er Cate ganz deutlich vor sich stehen sehen. Ihre von der Sonne gebräunte Haut, das glänzende Haar, das der Wind leicht hin und her bewegte, ihre strahlenden Augen und nicht zu vergessen die sinnlichen Lippen. Sie war ihm so nah, so unglaublich nah, dass er glaubte, ihre Lippen mit den seinen berühren zu können.

Unbewusst neigte er sich mit dem Oberkörper ihr entgegen. Seine Lippen öffneten sich leicht, in freudiger Erwartung dessen, was gleich geschehen würde. Die Erfüllung seiner Sehnsucht, die Berührung ihrer beider Lippen, um sich in einem alles verzehrenden Kuss zu vereinen.

Doch stattdessen prallte er schmerzhaft mit dem Kopf gegen die Fensterscheibe. Benommen und im ersten Moment irritiert, öffnete er die Augen.

Es war nur ein Traum, drang die Wirklichkeit abrupt in sein Bewusstsein vor, alles nur ein Traum. Unbeholfen hob er die Hand und rieb damit über die schmerzende Stelle auf seiner Stirn.

Wenige Augenblicke später wurde die Tür geöffnet. Die zwei Wachen, die kamen, um ihn in den Besuchsraum zu geleiten, waren ihm bekannt. Sie hatten ihn schon oft durch die Gänge geleitet.

Unaufgefordert kam er ihnen auf halbem Weg entgegen, streckte die Hände nach vorn und verharrte. Verwundert registrierte er, dass sie ihm heute den Bauchgurt und die Fußfesseln ersparten. Lediglich die Handschellen wurden ihm angelegt.

Gerry runzelte die Stirn und kniff die Augen zusammen, als die Wachen ihn durch die Gänge eskortierten. Er hatte den Eindruck, die Deckenlampen verströmten heute ein extrem helles Licht, das sich zudem an den weißen Wänden brach und ihn blendete.

Er senkte den Kopf, blinzelte und starrte, die Augen zu schmalen Schlitzen zusammengekniffen, auf den gefliesten Boden. Gott, was gäbe er jetzt für eine Sonnenbrille. Es fühlte sich an, als würde gleißendes Sonnenlicht sich in den Fliesen spiegeln und als stechender Schmerz direkt in sein Gehirn bohren.

Er hob die Hände an die Augen und linste durch die Finger. Ein armseliger Versuch, sich vor dem Licht zu schützen. Er stöhnte auf, schloss die Lider, nur für ein – zwei Schritte lang, dann wieder öffnen. Arg... Scheiße... Drei Schritte, bis er sie wieder öffnete, sieben, zehn...

Er stolperte.

Erschrocken riss er die Augen auf. Der Schmerz hatte nachgelassen, doch alles um ihn herum wirkte plötzlich seltsam verschwommen. Er rieb sich die Augen, um den Schleier wegzuwischen, doch damit machte er es nur noch schlimmer.

Was war nur los mit ihm?

Seine Füße, sie...

Er lief nicht mehr auf harten Betonfliesen, sondern auf watteweichen Wolken.

So hatte er sich schon einmal gefühlt. Seine Erinnerungen waren das reinste Déjà-vu. Doch damals stand er unter dem Einfluss diverser Drogen.

Der Tee... schoss es ihm durch den Kopf.

Scheiße..., er hätte es wissen müssen, der Tee wurde immer mit abgeräumt. Immer...

Es war seine Schuld, er war nachlässig. Er hatte geglaubt, der neue Wachmann wäre noch unerfahren und hätte ihn deshalb stehen lassen. Doch spätestens, als er bemerkte, dass der Tee zu stark gesüßt war, hätte ihm klar sein müssen, das etwas mit dem Getränk nicht stimmte.

Nun war es zu spät, wie er am eigenen Leib feststellen musste. Die Wirkung war mehr als nur berauschend und sie traf ihn just in diesem Moment mit voller Wucht.

Wow... das war neu. Er schwebte, er schwebte mit einem breiten Grinsen im Gesicht durch den Flur, der nun nicht mehr weiß, sondern...

Gerry legte den Kopf schief.

Diese Farben, sie waren überall und wunderschön. Orange, Türkis, Lila, Rot, Grün, Gelb und Blau. Ein Regenbogen nach dem anderen sprudelte aus den Deckenlampen, wie aus einer Sprinkleranlage, hervor. Er sah auf seine Hände, sie wurden gar nicht nass, wunderte er sich, aber dafür glitzerten sie, und wenn er sie bewegte, zogen sie einen orange-goldenen Schweif wie ein Komet hinter sich her.

Das war so cool.

Er malte mit den Händen Achten in die Luft und beobachtete verzückt den Schweif, dabei geriet er ins Stolpern und rempelte einen der Wachmänner an.

Ein schmerzhafter Ellenbogenscheck traf ihn in die Nieren und holte ihn kurzzeitig in die Realität zurück. Wenn sich die Benommenheit auch nicht restlos abschütteln ließ, so konnte er sich doch vorübergehend auf den Wachmann konzentrieren.

»He, 537, reiß dich zusammen. Was soll das Getorkel? Bist du besoffen?«

Unsanft wurde er mit dem Rücken an die Wand gedrückt. »Und stell dieses dämliche Grinsen ab oder ich prügele es aus deinem Gesicht.«

Der Wachmann erhob die Faust zum Schlag, während er mit der anderen Hand auf Gerrys Brust drückte, der keinerlei Anstalten machte sich zu wehren. Die Faust sauste auf Gerrys Gesicht zu, doch im letzten Moment wurde der Schlag von dem anderen Wachmann abgeblockt.

»Nein, nicht!«, beschwor dieser seinen Kollegen eindringlich.

»Daniels, du spinnst ja wohl. Lass sofort meinen Arm los.« Wütend riss der Wachmann seinen Arm aus Daniels Umklammerung.

»Sieh dir seine Augen an. Wir sollten ihn einfach abliefern und dann gehen. Vertrau mir! Ich habe so was schon einmal gesehen.«

Daniels hatte recht! Ein Blick in die geweiteten Pupillen des Gefangenen hatte ausgereicht, die Wut des Wachmanns zu besänftigen. Er packte Gerry grob am Oberarm und stieß ihn den Gang entlang. »Na los, da geht's lang.«

Gehorsam trabte Gerry los.

Im Besuchsraum angekommen, wich die Euphorie einer plötzlichen Melancholie. Gerry versuchte auf einem der drei Stühle, die an dem Tisch mitten im Raum standen, Platz zu nehmen, doch er stellte sich so tollpatschig an, dass der Stuhl umfiel. Was ihm eine wirklich fiese Kopfnuss von einem der Wachmänner einhandelte.

Erschöpft sank er auf den Stuhl.

»Bleib da sitzen, wir sagen Bescheid, dass du hier bist«, ließ Daniels ihn wissen, bevor er den Raum verließ.

Gerry gähnte. Müde stützte er seine Ellenbogen auf dem Tisch auf. Sein Kopf fühlte sich auf einmal unglaublich schwer an, und so stützte er ihn, die Handflächen an die Schläfen gepresst, ab. Er gähnte erneut. Die Müdigkeit, die sich auf ihn legte, war bleiern, er war kaum noch im Stande, seine Augen offen zu halten und sehnte sich tatsächlich zurück in seine Zelle, in sein Bett, um sich fallen zu lassen und zu schlafen. Was für ein verlockender Gedanke.

Nein... nein... schrie etwas in ihm auf. Du darfst jetzt nicht einschlafen.

»Nicht einschlafen...«, murmelte er vor sich hin.

Es war wichtig, dass er wach blieb... Es war...

Seine Augenlider fielen zu, schlafend brach er über dem Tisch zusammen.

# 25

Als Gerry die Augen öffnete, sah er verschwommen eine Gestalt vor sich stehen, die sich nach mehrmaligem Blinzeln als John Carter entpuppte.

»John?«, fragte er verwirrt. »Was machst - du hier?« Das Sprechen fiel ihm schwer. Seine Stimme war schleppend, als hätte er einen Knoten in der Zunge.

»Dich retten, was sonst.«

»Du hast - dir reichlich - Zeit gelassen...«, eine Bewegung seitlich hinter seinem ehemaligen Partner erregte Gerrys Aufmerksamkeit. Sie waren nicht allein. Er fixierte so gut es ging seinen Blick auf den kleinen Mann im Nadelstreifenanzug, der ihm seltsam bekannt vorkam.

»Al Capone?«, lallte er das Erste, was ihm in den Kopf kam, und ließ denselben erschöpft auf den Tisch sinken.

»McGregor, he, Mann... nicht wieder einschlafen. Hörst du mich? Sieh mich an. Verdammt, konzentrier dich...« John sprach mit lauter eindringlicher Stimme auf ihn ein.

Als Gerard keine Reaktion zeigte, ergriff Carter seine Schultern, schüttelte ihn und ließ nicht locker, bis dieser aufrecht auf dem Stuhl saß.

»Oh Mann, du siehst echt Scheiße aus«, kommentierte John seinen Zustand. »Aber das bekommen wir wieder hin, ab jetzt geht es nur noch bergauf...«

Carter redete eindringlich und bestimmt auf Gerry ein, doch seine Worte rauschten nur so an ihm vorbei. Eine bleierne Müdigkeit legte sich über ihn und löschte jeden halbwegs normalen Gedanken aus.

Konzentrieren, er musste sich konzentrieren. Verdammt, das Zeug, das man ihm im Tee verabreicht hatte, machte ihn kaputt.

Warum war John noch gleich hier? Es war ihm wichtig, aber er kam nicht drauf. Er gähnte und kniff dabei die Augen zusammen. Da fiel es ihm wieder ein, er musste ihm sagen...

»Tee...«, lallte er mit einer Zunge, die sich taub und geschwollen anfühlte. »Hätte Teteee – Nicht trinken sol...«, er atmete schwer und gähnte erneut.

»Was...? Was soll das heißen? Verflucht noch eins, reiß dich endlich zusammen«, hörte er John verärgert schimpfen, bis irgendjemand in seinem Kopf einen Schalter umlegte. Johns Stimme verschwand, sie wurde leiser und leiser, ein unwirkliches Wispern, ein entferntes Rauschen.

Er war so entsetzlich müde.

Ich darf nicht schlafen. John... muss John sagen, dass Tee... ver... vergiftet.

Er musste es versuchen: »Tee, Tee Gi-f-tt... ver-giftet...«, hauchte er mit letzter Kraft, ehe er mit hängendem Kopf in sich zusammensackte, kaum dass die Worte seine Lippen verlassen hatten.

»Tee...? Du willst Tee? Sonst hast du mir nichts zu sagen?« John Carter raste vor Wut. Wie war das nur möglich? Offensichtlich war McGregor high. In diesem Zustand konnte er nicht mit ihm reden. Und er befürchtete, genau das war der Grund, weshalb man ihm Drogen verabreicht hatte.

Frustriert hob er Gerards Kopf an und sah in sein Gesicht. Selbst jetzt, in diesem erbärmlichen Zustand, sah der Highlander immer noch gut aus. Das kurze Haar stand ihm, und die leicht ergrauten Schläfen gaben seinem markanten Äußeren einen ganz besonderen Reiz.

Wütend packte John ihn grob an den Schultern und begann ihn erneut zu schütteln.

»Verdammt..., wach auf!«, fluchte er. Er musste ihn soweit wach bekommen, dass er verstand, was er zu ihm sagte und den verdammten Wisch unterzeichnete. Das war seine einzige Chance, ihn hier lebend raus zu bekommen.

Monatelang hatte er auf solch eine Gelegenheit gewartet, hatte Gefallen eingefordert und jede nur erdenkliche Beziehung ausgenutzt. Selbst Chief Bell war er in den Arsch gekrochen. Doch der hatte ihn mit den Worten: »Der verdammte Highlander ist gut aufgeboben da, wo er jetzt ist. Vergessen Sie ihn«, eiskalt abserviert.

»Aber...«

»Kein aber!«, hatte er ihn grob unterbrochen. »Ich gebe Ihnen einen guten Rat, Agent Carter: Geben Sie sich nicht mit toten Männern ab. McGregor ist tot, und nicht einmal der Teufel könnte ihn retten.«

Der Teufel nicht, wie sich herausstellte, er schon. Auch wenn er dafür seine und Gerards Seele an das Kartell verkaufte. Eine Organisation adliger reicher Geschäftsleute, deren Einfluss bis in die höchsten Regierungskreise reichte.

Bell hatte letztendlich doch noch geholfen und den Kontakt hergestellt. Inwieweit der MI6 mit drin hing, konnte er allerdings nicht sagen. Bell hielt sich diesbezüglich sehr bedeckt. Monate, nachdem er ihn abblitzen ließ und sie sich zufällig auf dem Flur vor den Fahrstühlen trafen, fragte er ihn: »Wollen Sie immer noch dem Highlander helfen?«

Als er nickte, fuhr Bell fort: »Heute Abend 8:00 Uhr in der Tiefgarage, steigen Sie in die schwarze Limousine, welche auf Stellplatz D 0235 auf Sie wartet, ein.«

»Und dann...?«

»Tanzen Sie mit dem Teufel, mein junger Freund.« Bell lachte und stieg in den Fahrstuhl.

An diesem Abend traf John den Anwalt.

Und nun, wo es endlich so weit war, sollte alles umsonst gewesen sein? Nein... das konnte und durfte er nicht zulassen. Verzweifelt raufte er sich die Haare. Er brauchte eine Idee und zwar schnell.

»Ich glaube, ich verschwende hier meine Zeit«, meldete sich plötzlich sein Begleiter mit knarrender Stimme zu Wort.

»Machen wir es kurz, Agent Carter. Sie haben mir einen Top-Agenten versprochen. Sie sagten, er wäre der einzige, der diesen Job ausführen kann. Und er würde umso effizienter arbeiten, da er ein persönliches Interesse daran hätte.

Aber ehrlich gesagt, zweifle ich sehr daran, dass dieser Mann dazu in der Lage ist. Sehen Sie ihn sich an, das ist kein Krieger, das ist ein Häufchen Elend. Es tut mir leid, aber unter diesen Umständen werden wir auf seine Mithilfe verzichten müssen.« Mit den Schultern zuckend wandte er sich der Tür zu, um zu gehen.

»Warten sie.« John hielt ihn zurück. »Bitte... Sie haben seine Akte gelesen, ich gebe zu, er ist in keiner besonders guten Verfassung, aber er ist unser... ihr...«, verbesserte er sich, »...er ist ihr Mann.«

John sah den zweifelnden Blick seines Gegenübers. »Sie haben ja recht«, lenkte er in versöhnlichem Tonfall ein, »im Moment sieht er scheiße aus, aber geben Sie mir etwas Zeit, egal was man ihm verabreicht hat, ich versichere Ihnen er wird sich erholen, und dann werden Sie sehen, dass ich Ihnen nicht zu viel versprochen habe.«

Himmel, was sollte er denn noch tun? Vor dem Mann auf den Knien rutschen und um das Leben seines Freundes betteln? Okay... er würde es tun.

»Ich bitte Sie... Sie sind den weiten Weg hierher gekommen. Geben Sie mir etwas Zeit. Bitte...«, seine Stimme klang flehend und ganz schön verzweifelt, aber das war nun auch egal. Hierbei ging es um das Leben eines Mannes, um das Leben eines Freundes, da war jedes Mittel recht.

»Also gut.« Demonstrativ sah der kleine Mann auf seine Uhr. »Ich habe noch etwas Zeit, ehe mein Flieger geht. Ich gebe Ihnen eine Stunde, sehen Sie zu, dass Sie in dieser Zeit Ihr schlafendes Dornröschen wach bekommen.«

»Danke!«, antwortete John erleichtert.

»Nein, danken Sie mir nicht, eine Stunde ist schnell um. Er muss wirklich ein besonderer Mensch sein, wenn Sie sich so für ihn einsetzen. Wer weiß, ein Mann mit solch treuen Freunden ist vielleicht doch interessant für mich.«

Er ging zur Tür und klopfte nach den Wachen. »Bringen Sie mir Kaffee, eine große Kanne, schwarz und stark, sehr stark, dazu drei Tassen. Und sputen Sie sich«, herrschte er den größeren der beiden Wachposten an, der sich auch sofort auf den Weg machte, um dem erhaltenen Befehl Folge zu leisten.

John baute sich erneut vor Gerry auf und versuchte ihn wachzurütteln; als die sanfte Methode nicht wirkte, verpasste er ihm kurz entschlossen rechts und links eine Ohrfeige.

Sein Begleiter trat interessiert näher, neugierig besah er sich den Häftling von allen Seiten, legte zuerst zwei Finger auf dessen Hals, um den Puls zu fühlen, und öffnete ihm danach mit Zeigefinger und Daumen ein Auge.

»Ahhh... sehr interessant«, stellte er trocken fest. »Sehen Sie sich das an, erweiterte Pupillen und keine Reaktion bei Lichteinfall. Ich tippe auf einen Drogencocktail, versetzt mit einem sehr starken Sedativum, könnte sogar haarscharf an der Grenze zur Überdosis sein. Was meinen Sie?«

»Ja, ja, natürlich, Sie haben Recht.« Wieso war er nicht selbst darauf gekommen? Wäre nicht der erste Versuch, den Highlander auf die andere Seite zu befördern, und plötzlich viel es ihm wie Schuppen von den Augen.

»Der Tee, das wollte er mir sagen. Der Tee war mit Drogen versetzt«, schlussfolgerte John laut.

»Oder Stärkerem, Sie sollten sich beeilen, er sieht nicht gut aus.«

»Scheiße...« Hektisch griff John nach seinem Handy, um einen Arzt anzurufen, doch er wählte die Notrufnummer nicht. Ehe von außerhalb Hilfe käme, wäre Gerard bereits tot. Und der Anstaltsarzt? Nein... Wer, wenn nicht der Arzt, hätte ihm die Drogen verabreichen können. Er durfte niemandem vertrauen.

Blieb nur...

John griff Gerry energisch unter die Arme, um ihn auf die Beine zu ziehen. Schwankend kam dieser zum

Stehen. Gemeinsam schafften sie es irgendwie, zur Tür zu gelangen, sich an dem verdutzt dreinblickenden Wachmann vorbei zu zwängen und auf den Gang hinauszutreten.

»He, he«, fand dieser einen Augenblick später seine Stimme wieder und kam hinter John und Gerry hergelaufen. »Wo wollen Sie mit dem Gefangenen hin? Sie können nicht einfach... warten Sie.«

»Dem Mann ist schlecht, das sieht man doch. Also los, stehen Sie nicht rum und packen Sie mit an. Wir bringen ihn in die nächstgelegenen Waschräume.«

»Aber die sind nur fürs Personal! Auf dieser Ebene gibt es keine...« protestierte der Wachmann.

»Na und?«, schnitt John ihm das Wort ab. »Entweder die oder er kotzt ihnen alternativ die Gänge voll. Wollen Sie das?«, fuhr John den Mann energisch an und hoffte, dass sein barscher Tonfall zu blindem Gehorsam führte.

Erleichtert atmete er aus, als es funktionierte und der Wachmann Gerrys Arm ergriff. Gemeinsam zerrten sie ihn mehr den Gang herunter, als dass er selbst lief. Immerhin, es funktionierte, sie kamen langsam aber stetig vorwärts.

In den Duschräumen angekommen, dirigierte John sie unter eine der fünf nebeneinander angebrachten offenen Duschen, wo sie Gerry mit dem Rücken gegen die Wand lehnten.

»Okay, hier steht er gut, wir können ihn loslassen.« John hatte den Satz kaum beendet, da gaben Gerrys Beine nach und er rutschte langsam wie in Zeitlupe nach unten, bis er an der Erde saß.

»Dann eben so.« John wandte sich dem Wachmann zu. »Ich brauche ein Paket Salz, ganz normales Speisesalz«, fügte er an, »und ein Glas. Können Sie mir das besorgen? Möglichst schon gestern?«

Der Wachmann nickte. »Geben Sie mir 2 Minuten.«

»Okay. Anschließend schicken Sie nach frischer Kleidung für den Gefangenen«, befahl John kurz und knapp.

Der Wachmann wandte sich um, er war bereits im Gang, da hielt John ihn noch einmal zurück.

»Warten Sie, ich brauch den Schlüssel für die Handschellen.«

Der Wachmann griff in seine Hosentasche, doch dann zögerte er, nur kurz, so als überlegte er, ob das, was er hier tat, richtig war. Ein Blick in das entschlossene Gesicht des Agenten überzeugte ihn schließlich und er warf ihm mit einem »Jawohl, Sir«, den Schlüssel zu. »Also ich geh dann«, merkte er pflichtbewusst an. »Ähm... soll ich Verstärkung rufen?«

»Nein, das wird nicht nötig sein«, antwortete John, den Schlüssel geschickt mit einer Hand auffangend.

»Ich komme hier klar, beeilen Sie sich nur mit dem Salz. Na los, stehen Sie nicht rum, laufen Sie los.«

## 26

Als er mit Gerry allein war, kniete John sich neben ihn und nahm ihm die Handschellen ab.
»Komm schon, na los, du musst wach bleiben«, schrie er ihn an und schüttelte ihn. »Rede mit mir.

Gerard McGregor, hörst du mich? Rede mit mir.«

Es schien aussichtslos zu sein, doch er gab nicht auf, rüttelte und schüttelte ihn, bis dieser die Augen schwerfällig öffnete.

»John?«, kam es flüsternd aus Gerrys Mund, so dass jener es beinahe überhört hätte. »Der Tee.« Mit seiner Hand griff er nach Johns Arm. »Es war der Tee.« Gerrys Augen fielen erneut zu.

»Ich weiß, und deshalb darfst du nicht einschlafen. Komm schon, Mann, komm schon.«

Keine Reaktion.

»Okay, dann eben auf die harte Tour.« Entschlossen zog John ihm die Schuhe aus und warf sie an die gegenüber liegende Wand, dann richtete er sich auf und stellte die Dusche an.

Er regelte die Temperatur herunter, bis nur noch kaltes Wasser aus den Düsen kam, und stellte den Hahn auf volle Stärke. Wie ein Sturzbach ergoss sich das Wasser über Gerry und durchtränkte ihn samt seinen Sachen, die er immer noch am Leib trug.

Das Erste, was in sein Bewusstsein drang, war die Kälte, die seinen Körper erzittern ließ, dicht gefolgt von der Nässe und dem lauten Rauschen des Wassers.

Orientierungslos kämpfte er sich aus der Dunkelheit zurück ins Leben und zwang seinen Körper, die schweren Augenlider zu heben. Unfähig, die zitternden Glieder zu bewegen, sah er durch den Vorhang aus Wasser John an, der ihm den Rücken zugekehrt hatte und dabei war, seine Anzugjacke auszuziehen. Er sah, wie er sie anschließend auf einen Haken an der Wand hängte und sich seines Schlipses entledigte. Es folgten seine Schuhe und Strümpfe, bevor er die Ärmel seines Hemdes hochkrempelte.

Er drehte sich zu Gerry um. Ihre Blicke trafen sich. »Oh, du bist wach. Gut...«, merkte John an, während er noch schnell seine Hosenbeine bis kurz unters Knie hochkrempelte.

Dann kam John zu ihm. Mit der einen Hand drehte er die Dusche zu, die andere hielt er ihm hin und half ihm auf die Beine. Wortlos legte er sich Gerrys Arm über die Schulter und begann mit ihm, im Waschraum auf und ab zu laufen. Immer ein schwankender Schritt nach dem anderem.

»Na, komm schon...«, spornte er Gerry erneut an, »Du musst wach bleiben, hörst du.... Heb die Füße..., ja so ist es gut... weiter.... Komm schon, Mann, komm schon.« Immer wieder trieb er Gerry an und drehte mit ihm seine Runden, bis endlich der Wachmann zurückkam.

»Wo bleiben Sie denn?«, fauchte John ihn mürrisch an.

Er half Gerry, sich auf den Fliesenboden zu setzen.

»Salz war aus. Ich war noch in der Kantine und habe den Inhalt der Salzstreuer, auf den Tischen, zusammengeschüttet.« Er hielt ihm eine halbe Porzellantasse voll hin. »Meinen Sie, das reicht? Das ist alles, was ich zusammenkratzen konnte.«

»Geben Sie her.« John riss dem Mann die Tasse nebst Glas aus der Hand und schüttete in etwa einen guten gehäuften Esslöffel Salz in das Glas. Mit zwei großen Schritten stürmte er zum Wasserhahn und füllte den Rest mit Wasser auf. Mit einer Hand griff er in seine Hosentasche und holte das Klappmesser hervor und verrührte die Mischung, bis sich das Salz vollständig aufgelöst hatte.

»Helfen Sie mir«, wandte er sich entschlossen an den Wachmann, das Messer in seiner Tasche verschwinden lassend. »Knien Sie sich hinter ihn und halten Sie seinen Kopf fest, während ich ihm die Mischung einflöße. Alles klar?«

Das kurze Nicken des Mannes reichte ihm als Antwort.

»Okay, dann los.« Er hockte sich halb über Gerrys Beine und hob das Glas. »Ziehen Sie seinen Kopf noch etwas nach hinten. Ja so ist es gut...«, kommentierte er und setzte das Glas an Gerrys Lippen; langsam begann er ihm das Gebräu in den Hals zu schütten.

Doch nach den ersten Schlucken begann dessen Körper, sich reflexartig zu wehren, aber John ließ nicht locker. Er kniete sich mit seinem vollen Gewicht auf Gerrys Beine, während er ihm mit Daumen und Zeigefinger gewaltsam den Unterkiefer herunter drückte, um ihn zum Trinken zu zwingen.

»Du musst schlucken, komm schon..., Gerard, du musst schlucken«, schrie er ihn energisch an.

Als dieser die Mischung endlich intus hatte, ließen sie ihn los. Einen Augenblick später tat die hochkonzentrierte Salzlösung ihren Dienst und die angestrebte Wirkung setzte ein.

Gerrys Körper krampfte sich zusammen, verzweifelt presste er die Handflächen auf den Magen, um den Schmerz etwas zu lindern. Als es trotzdem schlimmer wurde, drehte er sich seitwärts, so dass er auf allen vieren am Boden kniete, und begann zu würgen. Er würgte und spuckte, bis er sich schließlich hustend und prustend übergab.

In hohem Bogen landete sein Mageninhalt vor ihm auf den Fliesen. Eine halb verdaute breiige, schleimige Masse, die einst ein Toast war, rötlich eingefärbt und umgeben von dem Teegemisch. Es sah nicht nur eklig aus, es roch auch sehr penetrant und löste gleich die nächste Brechattacke aus.

»Oh Gott, ist das widerlich«, stellte der Wachmann angeekelt fest und wandte sich von Gerry ab, dem der Speichel aus dem Mund lief und, lange Fäden ziehend, über sein Kinn nach unten auf den Boden tropfte.

Eilends ergriff der Wachmann die Flucht. »Ich bin dann draußen und kümmere mich um frische Kleidung«, rief er John von der Tür aus zu und verschwand.

Gerrys Atem ging stoßweise, er keuchte und würgte abwechselnd, er hatte das Gefühl, als würde er sich gerade die Seele aus dem Leib kotzen. Trotzdem gönnte John ihm nur eine kurze Erholungsphase; kaum ließ das Würgen etwas nach, verabreichte er ihm klares Wasser.

»Trink...«, befahl er in barschem Ton, während er Gerry das Glas hinhielt. »Das Gift muss komplett raus.«

Aye, John hatte Recht. Das Gift musste heraus, und dies war eine effektive Lösung. Kniend, sich mit einer Hand an der Wand abstützend, mit der anderen das Glas haltend, trank Gerry das Wasser. Schluck für Schluck quälte er es sich herunter. Immer öfter musste er das Glas absetzen, weil er aufstieß oder sich erbrach, doch John war unerbittlich und füllte das Glas jedes Mal wieder auf.

Gerry versuchte ruhiger zu atmen, mehr Wasser zu sich zu nehmen, doch schon bald erschien es ihm schier unmöglich, auch nur einen winzigen Schluck hinunterzubekommen.

Seine Kehle zog sich zu, sein Herz raste, als wolle es zerspringen, er bekam keine Luft, Tränen liefen über seine Wangen, sein Magen krampfte sich schmerzhaft zusammen, Luft drängte seine Speiseröhre herauf und entwich als lauter Rülpser. Der Druck ließ nach und er bekam wieder Luft.

Völlig fertig ließ er sich seitwärts fallen und blieb mit zuckenden Gliedern, zusammengekauert auf dem kalten Fliesenboden liegen.

John kniete sich neben ihn und legte ihm beruhigend eine Hand zwischen die Schulterblätter auf den Rücken. »Ganz ruhig, langsam ein- und ausatmen, so ist es gut. Du hast schon viel schlimmeres überstanden, du wirst auch das hier überstehen.«

Johns Worte und die Berührung beruhigten ihn tatsächlich. Er spürte, wie die Wärme aus Johns Handfläche in seinen Körper strömte. Die Schnappatmung regelte sich auf normal herunter und auch das Zittern ließ nach.

Nach der kurzen Verschnaufpause zog John ihn auf die Beine und begann abermals mit ihm seine Wanderung durch den Waschraum. Acht Mal hetzte er ihn durch den gesamten Raum, erst dann gestattete er ihm, sich wieder hinzusetzen, aber nur, um ihm aufs Neue so viel Wasser wie irgend möglich einzuflößen.

Kurz behielt Gerry es diesmal bei sich, doch dann begann er erneut zu würgen. Auf den Knien kauernd, vornübergebeugt und sich dabei mit den Unterarmen abstützend, übergab er sich hustend. Gallebitter schmeckte sein Speichel, den er sich wenig später, schwer atmend mit dem Handrücken vom Mund wischte.

John hockte sich neben ihn und hielt ihm wiederum das Wasserglas hin, doch Gerry schüttelte nur langsam verneinend den hochroten Kopf.

»Zwing mich – nicht - das zu trinken... - bitte...«, flehte er mit gebrochener, krächzender Stimme und Tränen in den Augen. Er konnte einfach nicht mehr, sein Puls raste und sein Schädel brummte.

»Probiere es wenigstens, mit ein paar kleinen Schlucken bin ich schon zufrieden«, antwortete John und gab ihm das Glas in die Hand, ehe er sich erhob.

Angeekelt probierte Gerry zu trinken, doch als der Brechreiz aufs Neue einsetzte, beschränkte er sich darauf, mit dem Wasser den bitteren Geschmack aus seinem Mund zu spülen.

»Okay! Sehen wir zu, dass wir dich vorzeigbar machen und zurück bringen, ehe sich das Zeitfenster schließt«, merkte John an und drehte die Dusche über Gerry an.

Unter dem eiskalten Strahl, am Boden kauernd, begann Gerry sich mit zitternden Händen das T-Shirt über die Schultern nach vorne über den Kopf zu ziehen, anschließend rappelte er sich von dem kalten

Fliesenboden auf und entledigte sich auch der restlichen Kleidung.

Als der Highlander sich vollends gesäubert hatte, stellte John das Wasser ab und fragte: »Geht's wieder? Sicher?«

Vor Kälte und Erschöpfung am ganzen Körper schlotternd, nickte Gerry zustimmend und fing das Handtuch auf, welches John ihm hinüber warf. Beim Abtrocknen musste er sich mit der Schulter gegen die Wand lehnen, um nicht umzufallen, aber die Tortur hatte sich gelohnt, sein Geist war wieder klar.

In diesem Moment kam der Wachmann mit frischer Kleidung zurück.

»Ich habe Ihnen auch ein trockenes Hemd mitgebracht«, bemerkte dieser an John gewandt.

»Oh, danke das ist sehr aufmerksam von Ihnen.«

»Sorry, wir haben leider nur blaue Hemden. Dienstkleidung halt«, fügte er entschuldigend hinzu.

»Aber dafür ist es trocken und sauber.« An Gerry gewandt, sagte er: »Hier, 537- deine Kleidung.«

Immer noch schwankend nahm Gerry die Kleidungsstücke entgegen und zog sich unter den Argusaugen des Wachmannes an.

»Oh Mann, siehst du scheiße aus«, stellte John fest, während er sich selbst wieder ordentlich herrichtete. »Dann los, Gerard, es wird Zeit für uns zu gehen.«

»Warte«, erwiderte Gerry rau, seine Kehle tat weh und er konnte kaum sprechen, aber da John ihn immer noch ansah, fuhr er fort. »Wieso, zur Hölle, nennst du mich immer noch Gerard, ich hasse Gerard, wann wirst du endlich Gerry zu mir sagen?«

John sah ihn ungläubig an und wusste nicht, ob er nun laut los lachen sollte oder eher annehmen, dass der Schotte jetzt komplett verrückt geworden war.

»Andere Sorgen hast du nicht?« Als er keine Antwort erhielt, fuhr er wahrheitsgemäß fort: »Thomes hat dich immer Gerry genannt. Ich dachte, es wäre deinen Freunden vorbehalten.«

»Du zählst dich also nicht zu meinen Freunden?«

»Ich...«, verschämt senkte John den Blick. »Ich habe dich hier reingebracht. Es tut mir so Leid... ich wusste nicht... Ich...«

»Lass gut sein... ich verzeihe dir. Und von heut an Gerry, okay?«

John nickte. »Wir sollten gehen.« Mit den Worten »Warte, ich helfe dir«, griff er Gerry unter den Arm und brachte ihn, dicht gefolgt von dem Wachmann, zurück in den Besuchsraum.

Vor der Tür blieben sie stehen und John ließ Gerry los; er wollte gerade die Türklinke herunterdrücken, als dieser ihn am Arm fasste und leise zu ihm sagte: »Nur eine Frage noch, John.« Er unterbrach sich kurz, um dann mit gequälter Stimme fortzufahren: »Geht es ihr gut?«

Überrascht blickte John auf, er wusste auf Anhieb, von wem der Highlander sprach, mit allem hätte er gerechnet, aber nicht mit dieser Frage. Er dachte also immer noch an die junge Frau, ging es ihm durch den Kopf. Was sollte er ihm sagen?

Die Wahrheit?

Dass er sie, trotz des Versprechens, das er ihm gegeben hatte, seit damals nicht wieder gesehen hatte und nicht wusste, wie es ihr ging?

Nein... das wäre so kurz vor dem Ziel nicht klug, und deshalb antwortete er schnell: »Es geht ihr gut. Sie ist wohlbehalten zu Hause angekommen. Mach dir keine Sorgen, es ist alles in Ordnung.«

Er wich Gerrys dankbarem Blick aus und öffnete rasch die Tür. Betend, dass Gott ihm seine Notlüge verzeihen möge.

# 27

Als Gerry gefolgt von John den Raum betrat, schlug ihm ein angenehmer Kaffeegeruch entgegen. Der kleine Mann im Anzug, Al Capone, wie ihn Gerry für sich nannte, stand am Fenster und wandte sich nun zu ihnen um.

»Setzen Sie sich«, ergriff dieser sofort das Wort und deutete auf den Stuhl ihm gegenüber. »Möchten Sie einen Kaffee?«

»Nein... Danke!«, krächzte Gerry kopfschüttelnd und machte dazu eine ablehnende Handbewegung, während er sich auf den ihm zugewiesenen Platz setzte. Der Kaffee duftete verführerisch, er würde alles für eine Tasse Kaffee geben, aber im Moment hatte er einfach zu viel Angst, sich erneut übergeben zu müssen.

»Können wir jetzt beginnen?«, fragte der kleine Mann, sich John zuwendend.

»Ja«, antwortete dieser, »wir wären dann so weit.«

Gerry musterte den Mann mit der seltsam knarrenden Stimme vor sich eindringlich und fragte sich, wer er wohl war, aber vor allem, was er von ihm wollte. Warum machte er sich die Mühe, ihn kennenzulernen?

»Nun«, unterbrach der kleine Mann seine Gedanken. »Sie fragen sich sicher wer ich bin, aber das tut nichts zur Sache, Namen sind nicht wichtig, aber wenn Sie wollen, nennen Sie mich weiter Al Capone«, er lachte trocken, anscheinend amüsierte ihn der Name. »Wichtig ist einzig und allein nur, was ich Ihnen anzubieten habe. Sind Sie interessiert?«

Eine kleine Pause entstand; als er keine Antwort erhielt, fuhr er einfach fort; »Machen wir Nägel mit Köpfen. Ich bin Anwalt und arbeite im Auftrag von... nun nennen wir es einfach, das Kartell.

Ich bin hier, um Ihnen einen Deal anzubieten. Sie erledigen einen Auftrag für uns und wir kümmern uns im Gegenzug um Ihre Freilassung. Natürlich kann ich Ihnen zu diesem Zeitpunkt keine Einzelheiten, den Auftrag betreffend, mitteilen, aber unser guter Mr. Carter hier hat Sie uns für die Lösung unseres Problems wärmstens empfohlen.

Um genau zu sein, er war so verwegen zu behaupten, dass wir nur mit Ihnen Erfolg haben werden. Wenn Sie wirklich so gut sind, wie in ihrer Akte steht, dann dürfte Ihnen dies keine größeren Probleme bereiten. Nun, was sagen Sie? Nehmen Sie das Angebot, für das Kartell zu arbeiten, an?«

Dieses Angebot stank nach MI6. Sie konnten ihn nicht brechen, nun versuchten sie es auf diese Weise. Alles in ihm schrie abwehrend auf... Er konnte nicht, nein... nie mehr... Er hatte es sich geschworen, doch damit zersprang seine wahrscheinlich einzige Hoffnung auf Freiheit in tausend Scherben.

»Nein... bedaure, aber ich arbeite nicht mehr für diese Leute oder die Regierung oder den MI6 oder wie auch immer sie es nennen wollen, nie mehr«, grollte er.

»Das werden Sie auch nicht, das Kartell untersteht weder der Regierung noch dem MI6, meine Klienten sind sehr einflussreiche Leute und die zu erledigende Aufgabe sehr speziell. Sie und Ihr Partner bekommen

Ihre Anweisungen direkt von mir und sind auch nur mir gegenüber Rechenschaft schuldig.«

Gift, Gift... Al Capone vergiftete mit seinen Worten seinen Verstand. Er mochte den Kerl nicht. Hinter der korrekten, netten Fassade lauerte etwas Verschlagenes, ihn umgab eine Aura, die vor Hinterlist triefte. Winkeladvokaten wie er versprachen einem das Blaue vom Himmel, doch sie hielten sich immer ein Hintertürchen offen. Er sollte ihm nicht zuhören, und dennoch fanden seine Worte, die wie kleine giftgetränkte Nadelspitzen waren, einen Weg in seinen Verstand. Himmel, er wäre verrückt, auch nur eine Sekunde lang über dessen Angebot nachzudenken.

»Wenn überhaupt, dann arbeite ich allein«, hörte er sich zu seiner eigenen Überraschung erwidern.

»Diesmal nicht. Sie arbeiten mit einem speziell für diesen Auftrag freigestellten MI6-Agenten zusammen.«

»Ha... der MI6«, er spuckte den Namen angewidert aus. »Ich wusste, dass die Firma mit drin hängt. Halten Sie mich wirklich für so bescheuert? Sie geben dem Teufel einen anderen Namen und setzen ihm eine Maske auf, aber deshalb bleibt er immer noch der Teufel. Erst recht, wenn Sie ihn obendrein mit Geschenken ausstatten. Was glauben Sie, wer mich hier reingebracht hat? Es gibt keine Instanz, die höher wäre, und deshalb werde... - kann ich nicht für Sie arbeiten«, verbesserte er sich.

»Ist das Ihr letztes Wort?«

»Aye.« Gerrys Stimme klang emotionslos und kalt, mit einem Hauch von Endgültigkeit.

»Schade, wirklich schade«, unterbrach der kleine Mann die eingetretene Stille. »Ich dachte, Sie wären gut in der Vergangenheit mit unserem Mr. Carter ausgekommen? Nun gut, wenn Sie nicht wollen...«, er zuckte mit den Schultern.

»John wäre mein Partner?«, Gerry wurde hellhörig.

»Ja... habe ich das nicht erwähnt?«

»Bisher nicht«, knurrte er.

»Würde dieses kleine Detail etwas an Ihrer Einstellung ändern?«, fragte Al Capone, mit einem listigen Funkeln in den Augen, verschlagen nach.

Verdammt... der Mistkerl spielte mit ihm, ging es Gerry durch den Kopf. Er wusste genau, dass er keine andere Wahl hatte, dieses Angebot war sein Ausweg. Sein Weg in die Freiheit, doch der Preis, den er dafür zahlen musste, war ganz bestimmt höher als man ihm vorgaukelte. Wenn John allerdings mit von der Partie war, dann...

»Ein Auftrag und es ist alles erledigt?«, fragte er misstrauisch nach, während er sich den, vom vielen Sprechen, schmerzenden Hals rieb. »Wo ist der Haken?«

»Es gibt keinen Haken, sehen Sie selbst, ich habe hier Ihre Begnadigung.« Al Capone zog aus seinen Papieren ein amtliches Schriftstück und schob es über den Tisch direkt auf Gerry zu. »Von der Queen höchst persönlich unterzeichnet.«

Gerry warf einen Blick auf das Blatt Papier, ohne es in die Hand zu nehmen. Er erkannte das Wappen auch den Kopfbogen und die Schriftzüge. Eine Begnadigung von der Queen höchstpersönlich. Der Instanz über der Instanz.

Wut sprudelte in ihm hoch und brachte sein Blut in Wallung. Der verdammte Hurensohn hatte das Schreiben die ganze Zeit in seiner Tasche gehabt. Seine Abneigung dem Anwalt gegenüber wuchs ins Unermessliche.

Er sah auf, direkt in Johns Augen, der ihm leicht zunickte und mit den Lippen lautlos formte: Greif zu! Ja... John hatte Recht. Er sollte sich nicht von seinen Gefühlen leiten lassen und zugreifen, sofort...

Er schluckte seinen Zorn herunter und zog wie in Zeitlupe das Schriftstück zu sich herüber.

»Gute Wahl!«, schnurrte Al Capone und fuhr ganz geschäftsmäßig fort. »Um alle Unklarheiten, Ihre Freilassung betreffend, zu beseitigen, fasse ich die Konditionen dieses Deals noch einmal zusammen: Ihre Akte wird gelöscht, Sie bekommen für die Dauer des Auftrags eine neue Identität und sind nach Erfüllung ein freier Mann.

Ein angemessenes Taschengeld für Ihre Mühen selbstverständlich inklusive. Alles, was Sie im Augenblick dafür tun müssen, ist diese Einverständniserklärung zu unterzeichnen. Sie verpflichten sich zu absolutem Stillschweigen, über Ihre Tätigkeit und die Personen, mit denen Sie zu tun haben werden. Ich denke, ich brauche nicht weiter ins Detail zu gehen, das alles kennen Sie, von Ihren früheren Jobs für die Firma.«

Ein weiteres Schreiben wurde über den Tisch gereicht, gefolgt von einem mehrseitigen Vertrag. »Tja... und dann wäre da noch die Rückgabe dessen, was Sie, sagen wir, so großzügig für meine Klienten aufbewahrt haben.«

Das ist also der Haken, sie wollen zurück, was er ihnen entwendet hatte. Die Dateien waren seine Lebensversicherung. Warum sollte er sie ihnen nun so einfach zurückgeben, nachdem er bis jetzt geschwiegen hatte? Der kleine Mann schien seine Gedanken zu lesen, denn er merkte an: »Keine Sorge, dieser Vertrag ist Ihre Rückversicherung, alle Einzelheiten sind in ihm schriftlich fixiert, man wird Sie nie für irgendetwas belangen können. Sie gehen aus diesem Deal als freier Mann mit blütenweißer Weste.«

»Nehmen wir an, ich bin einverstanden und gebe ihnen zurück, was sie fordern, Sie hätten keine Garantie, dass ich nicht Kopien davon habe«, sagte Gerry sehr ruhig und langsam.

»Das kann ich nicht wissen, Sie haben Recht. Meinen Auftraggebern geht es nur um die Originale, ich könnte verstehen, wenn Sie zu Ihrer Sicherheit irgendwo Kopien davon aufbewahren, aber das ist nicht mein Problem. Haben Sie sonst noch Fragen?«

»Was verstehen Sie unter einem angemessenen Taschengeld?«

»Eine Summe im 7-stelligen Bereich plus monatliche Bezüge, Prämienzahlungen und eine private Krankenversicherung, so lange Sie für uns tätig sind.«

Als Gerry immer noch zögerte und keinerlei Anstalten machte zu antworten, ergriff John das Wort: »Nun..? Wie sieht es aus Freund, machen wir, dass wir hier raus kommen? Oder hast du noch nicht genug gelitten?«

Erwartungsvoll blickte er Gerry an und fügte hinzu. »Vertrau mir, ich will nur dein Bestes. Ich gebe dir mein Wort darauf, dass es keinen Haken bei der Sache gibt. Und was die Bezüge angeht, sie sind mehr als gut, sie sind fantastisch. Also..., bist du dabei, Partner?«

»Ich gehe als freier Mann hier raus?«

Nicht so ganz, aber das konnte er ihm nicht sagen. Gott... der Highlander würde ihn dafür hassen, doch es gab keine Alternative. Eine Lüge, die einem höheren Zweck diente, war keine Lüge, versuchte Carter sich zu beruhigen. Jetzt bloß nicht rot werden und mit ruhiger Stimme antworten...

»Du unterschreibst und schon können wir gehen.«

»Gut.« Antwortete Gerry und nahm mit zitternder Hand den Stift, der ihm entgegengehalten wurde und kritzelte seinen Namen unter die Dokumente. Noch während er unterzeichnete, zog Al Capone, unbemerkt eine Spritze aus seiner Jackentasche heraus. Er stellte sich seitlich neben ihn und beugte sich zu ihm hinunter, als wolle er die Unterschriften prüfen.

Doch dann...

Mit einer sehr schnellen und präzisen Bewegung, die man diesem kleinen behäbigen Körper kaum zugetraut hätte, injizierte er ihm eine farblose Flüssigkeit in den Hals-, Nackenbereich.

So schnell er bei ihm war, war er auch wieder um den Tisch herum gelaufen und ließ die Spritze in seiner Tasche verschwinden.

Erst als Gerry den Einstich spürte, registrierte er, was geschehen war.

»Was...«, stammelte er und griff sich an die Einstichstelle, gleichzeitig sah er John vorwurfsvoll an. »Warum...? Warum...?«, fragte er, doch zu mehr kam er nicht, seine Stimme versagte und alles um ihn herum fing an sich zu drehen. Stumm blickte Gerry immer noch zu John, in seinem Blick sah man überdeutlich die Enttäuschung, aber auch die nicht ausgesprochenen Worte: Ich habe dir vertraut. Warum hast du mich verraten?

Al Capone lachte. »Was dachten Sie denn, wie wir Sie hier rausbringen? Durch die Vordertür? Wohl kaum... wehren Sie sich nicht dagegen, das ist ein Betablocker, der die Herztätigkeit hemmt. In der Regel wirkt das Mittel sehr schnell. Offiziell haben Sie gerade einen Herzanfall, den Sie leider nicht überleben werden. Und da man heute schon einmal versucht hat, Sie auf die andere Seite zu befördern, wird es wohl keine genaueren Untersuchungen geben.«

Mit letzter Kraft versuchte Gerry aufzustehen, er stützte sich mit beiden Händen auf dem Tisch ab, der Stuhl fiel mit einem lauten Krachen zu Boden und es wurde zusehends dunkler um ihn herum..., wie in Zeitlupe brach er zusammen. John sprang zu ihm und fing den leblosen Körper auf, bevor er auf dem harten Steinboden aufprallte.

Vorsichtig ließ er ihn zu Boden gleiten und stammelte dabei: »Vergib mir, mein Freund, vergib mir!«

*Lesen Sie weiter in:*

# Catherine Oertels Roman

# *GERRY & CATE*
## *Zurück zu Dir*

### 1

*Glasgow - Scotland*

Die Arme vor dem Körper verschränkt stand Catherine träumend am Fenster und sah hinaus in den angrenzenden Park. Feiner zarter Nieselregen fiel vom Himmel herunter und tränkte die satte dunkle Erde auf den verschlungenen Wegen, die sich anmutig zwischen den Bäumen verloren.

Ihr Blick glitt von dem satten dunkelgrünen Rasen über die riesigen alten Laubbäume, die ihre Blätter sacht im Wind wiegten, hin zu den farbenprächtigen Rosen in den Beeten, direkt unter dem Fenster.

Fasziniert sah sie den einzelnen Regentropfen zu, die sich in den Blüten fingen und wie glitzernde Tränen über die zarten, samtigen Blätter liefen.

Eigentlich wollte Catherine nur eine kurze Wohnungsbesichtigung machen und dann zu den anderen Gästen zurückkehren, aber als sie das Arbeitszimmer ihrer besten Freundin betrat, konnte sie der ruhigen Atmosphäre dieses Raumes nicht widerstehen und stellte sich für einen kurzen Moment an das weit geöffnete Fenster.

Der Regen verstärkte den intensiven Geruch des frisch gemähten Rasens, der sich mit dem Aroma der satten dunklen Erde und dem schweren Duft der altenglischen Rosensorten mischte. Für einen Moment schloss sie die Augen und saugte den Duft ganz tief in ihre Lungen.

Es roch himmlisch...

Sie liebte es, während und nach einem Regenschauer im Park spazieren zu gehen und die aromatische Luft einzuatmen. Von ihrer Wohnung aus, die nur wenige Gehminuten die Straße entlang weiter unten lag, konnte sie auch direkt auf die Parkanlage blicken. Nur die Rosenbeete vor dem Fenster sah sie nicht, es sei denn, sie lehnte sich weit über die Brüstung nach draußen, denn ihre kleine Wohnung lag zwar zur Parkanlage hin, aber direkt unter dem Dach.

In warmen Sommernächten allerdings, wenn sie die Fenster weit öffnete, kam der süße schwere Duft der Rosen bis zu ihr ins Zimmer geschwebt und mit ihm die Erinnerungen an vergangene glückliche Tage, die sie zusammen mit Gerry auf der Insel verbracht hatte.

In diesen wenigen heißen Nächten im Jahr, war er ihr immer noch ganz nah und sie hätte schwören können, dass er nicht nur in ihren Träumen, sondern körperlich bei ihr war.

Es war ein immer wiederkehrender, gleichbleibender Traum, in dem sie die durch die Hitze des Tages in den Räumen aufgestaute Luft nachts nicht schlafen ließ.

Einer dieser Träume, die sie liebte, einer... der guten Träume, in denen sie nackt ausgestreckt, mit dem Bauch nach unten, auf der Bettdecke lag. Ein leichter Windhauch wehte vom Fenster her ins Zimmer herein, während sie träumend vor sich hin döste.

Irgendwann in diesem schwerelosen Zustand zwischen Traum und Wirklichkeit kam er zu ihr und setzte sich neben sie aufs Bett. Sie spürte, wie die Matratze unter seinem Gewicht nachgab. Spürte seine Fingerspitzen sanft über ihre nackte Haut streichen, wie sie ihr das offene Haar von den Schultern schoben, und als er sich zu ihr herunterbeugte, da fühlte sie ganz deutlich seinen heißen Atem an ihrem entblößten Hals, während seine Hand ganz sacht über ihren Rücken streichelte, so dass sie ein leichtes Kribbeln durchfuhr.

Ihr Körper bekam eine Gänsehaut, während seine Lippen ihren Hals und Nacken liebkosten, um anschließend, wie selbstverständlich, der zarten Linie ihrer Wirbelsäule ganz weit hinunter zu folgen bis...

*DANKSAGUNG*

Ein großes Dankeschön geht an alle meine Leserinnen und Leser! Danke, für eure Begeisterung und das positive Feedback. Ich hoffe, ihr bleibt weiterhin dabei!

Ich danke meinen lieben Freunden, für ihre Hilfe und Unterstützung. Insbesondere Adelheid Ehrlich fürs Korrektur lesen und ihre unermüdliche Geduld die sie beim Komma setzen bewiesen hat.

Ein ganz besonderer Dank geht an meinen Mann. Danke, für deine unerschütterliche Liebe, für alles, was du für mich bist und tust. Den Zuspruch, die Seelenstreichler und aufbauenden Worte. Danke für dein grenzenloses Vertrauen und deinen unbeugsamen Glauben an mich.